残り物には福がある。 5

日向そら

Sora Hinata Presents

fairy kiss

残り物には福がある。5

一、はじまり

揺れる馬車の中、隣に座る少し眠そうなエリオットの背中をトントン叩《たた》いていると、ふっと涼しい風が吹き込んできた。

顔を上げると旦那様が窓のカーテンを手の甲で押し上げてくれていた。後ろに広がる青空よりも爽やかで透き通る美貌に美しい微笑《ほほえ》みを湛《たた》えて「おいで」と形のいい唇が動く。低いのに穏やかで優しい声は吸い込まれるよう……。

ほわぁっと周囲に花びらが舞い、誘われるまま抱きつこうとしたわたしだけど、それよりも早く、旦那様がすっとエリオットを抱き上げると膝の上に乗せた。当然ながらわたしの手はすかっと宙を掻《か》くわけで。

……あっエリオットですよねー！　いやうん、分かってた‼

少し高くなった視界に、寝ぐずりをしていたエリオットの機嫌も少しだけよくなり、わたしも子供体温で汗ばんでいた肌が冷えて涼しくなった。

だけどついでにわたしにも触れてくれてもいいんですよ⁉　ちょっと期待しちゃったじゃないですか！　いや、あの『おいで』がホンットよくない、よくないわー。わたし以外にやったら問答無

用で襲われますからね⁉

心の中で憤りつつも、なんでもないフリをしてパタパタと襟元を仰ぐ。

子供が眠る前って、なんでこんなにあったかくなるんだろうね。わたしもわりと子供体温なんて揶揄《からか》われてきたけれど、やっぱり本物には敵《かな》わない。

ふと視線を感じて見上げると、柔らかく目を細めくすりと笑う旦那様と目が合った。

ん？　もしかしてわたしの邪《よこしま》な心の声に気づいてらっしゃる……？

気まずいながらチラチラ様子を窺《うかが》っていると、旦那様は意味深に笑みを深めたものの、すぐに窓の向こうを視線で示した。

「ナコ、エリオット。もう少しで到着ですよ」

「！」

旦那様の言葉に、わたしはカーテンを開いて、エリオットと同時に馬車の窓に張りつく。

そんな姿を、馬車と併走していた馬上のリックにばっちり見られてしまったらしい。目が合うなり噴き出すように笑われてしまった。失敬な！　と思うけれど、わたしとエリオットの顔はとても似ているのだ。突然同じ顔がぬっと出てきたら、自分だって笑ってしまうかもしれない。……というわけで顰《しか》め面だけで遺憾の意を表明しておく。

けれどそんなリックも慣れたもので、エリオットの視線の方向を見てすぐに意図に気づいてくれた。にかっと笑って前が見えやすいように、馬の速度を緩め少し後ろにずれてくれる。

開けた視界の中、最初に目に入ったのは地平線まで続く灰色の長い壁。その真ん中には周囲を見渡すことのできる高い見張り台が突き出した大きな建物があり、今この馬車はそこに続く道をまっすぐ進んでいた。

入り口でずらりと並ぶ馬車を見るだけで、その向こうにある街の賑《にぎ》やかさが想像できる。否応《いやおう》なしに気分も盛り上がって声も弾んでしまう。

「エリオット。あれがアネラ領だよ。楽しみだね！　今年はあそこで夏を過ごして、いっぱい楽しい思い出作ろうね」

そう、あの壁の向こうは、かの辺境の地――『アネラ領』。

数年前まで旦那様が領主を務め、長い年月をかけて貿易の中継地として発展させた土地である。

今年はちょうど開拓四十年にあたるらしく、盛大に記念祭を行うということで、現領主テールマン伯爵から『ぜひご家族で』と招待されたのだ。ちょうど今は騎士団が関わるような大きな行事もなく、旦那様の長期休暇と被ったこともあり、一か月間避暑も兼ね、アネラで過ごすことにしたのである。

場所的に言えば、数年前に神殿が召喚したユイナちゃんの特殊能力『転移』で飛ばされたのが西のゼブ村で、旦那様の悪友……やめるやめる詐欺してるオセ様が未《いま》だ仕えているクシラータもそっち。今回はその真逆とも言える東で、気候も文化も西や王都とは随分違うらしい。

アネラから王都にやってきた使用人さん達の話や、お屋敷で出てくる料理から、食文化は薄味嗜《し》好《こう》で出汁の概念もあることは分かっているので、料理に関しても楽しみだ。個人的にアジア寄りだと思っているから、東の国から輸入されるという変わった調味料が、醬油《しょうゆ》や味噌《みそ》である可能性もあるんじゃないかと期待している。

そう、それに記念祭には取引のある隣国のキナダールに仲介してもらい、その向こうの東国から花火職人を呼び寄せ、大陸ではまだ珍しい花火を上げるそうで――。

――「ほら、また大きな花火が上がりますよ」

――「本当！　うわぁ、綺麗《きれい》ですね！」

――「おや、私にとっては貴女《あなた》の方が……」

とかなんとか言っちゃって重なる二つの影……くぅう！　最高にいい……！

『花火を見ながらイチャイチャ』は『旦那様とやりたい100のこと』三十二番目である。

「みんなも、もうすぐ到着するの気づいてるかな？」

後ろを振り返れば、幌《ほろ》を外した荷台から身を乗り出して関所を見ている使用人さん達が数名。その表情は大なり小なり懐かしさでいっぱいだ。

おーい！　と、手を振れば気づいた数名が同じように応えてくれる。みんな故郷の家族に会うのが楽しみなのだろう、珍しくクールな料理長まで手を振り返してくれて、ますます気持ちが盛り上がってくる。

そう、今回の旅は旦那様の提案により、アネラから王都まで旦那様についてきてくれた使用人さん達の帰郷も兼ねているのだ。大所帯の移動になり、その分時間はかかったけれど、おかげで道中はとっても賑やかで快適だった。

リックを始め、いつもお世話をしてくれているメイドさん達がいるから、退屈したエリオットの遊び相手もしてくれるし、料理長の野外料理もとても美味しくて、みんなで火を囲みわいわいご飯を食べたのも楽しかった。エリオットも魚釣りや山菜採りを始めとした大自然に触れ合うこともできたし、これだけでもよかったなぁ、と母としても大満足だ。ほら、自然は偉大な先生とかいうし。

ちなみにマーサさんとアルノルドさんは残念ながら、お屋敷の管理があるので留守番。

リンさんも特にアネラ領に関わりがないので留守番組に入るかと思いきや、しっかり同行してくれた。だけどこれにもちょっとした経緯《いきさつ》があって……。

『ッシャァァ！　辺境の地といえば旦那様が四十年過ごした地！　即ち聖地巡礼！　ああ、土を持ってかえる袋と、空気……ああ、なんでこの世界にビニール袋がないの……!?』

アネラに行くと聞いた時に、自分の部屋に入ってからぐっと拳を握り締めてそう叫んでいたら、いつのまにか後ろにいたリンさんにその様子を見られていたのである。

パタン……と静かに扉を閉めて、冷ややかにわたしを見つめること数十秒。

それはもう盛大な溜息《ためいき》をつき『心配で休暇どころではなさそうなので、付き添います』と、同行してくれることになったのだ。

結果的にリンさんに懐いているエリオットは大喜びだったし、わたしも心強い……いや、でもわたしだって子供も産んで早数年。旦那様萌《も》えは人がいるところでは我慢できるし、以前に比べて分厚くなった淑女の仮面も被れるから！　現地に行ってもちゃんと誰も見てないところでハスハスするし、凄腕《すごうで》の暗殺者の如《ごと》く速やかに土を採取するくらいの分別はあるよ！

それに日頃お世話になってるからこそ、リンさんには長いお休みを取ってもらいたい。そんな気持ちもあったから食い下がったんだけど、言葉を重ねれば重ねるほど、リンさんの瞳は薄く細く……それ見えてる？　って聞きたくなるくらい平べったくなってしまった。

続く無言の圧力に耐えかねたわたしは『ハイ。デハヨロシクオネガイシマスネ……』と気づけば粛々と頭を下げていた。美人の毒舌も怖いけど、無言の圧力はもっと怖い。わたし、リンさんには一生勝てない気がする……。

「あと十分ほどで関所に到着するでしょうか。――ああ、そうだ」

要塞のような長い壁と高い建物に興奮しているエリオットを支えながら、旦那様は伏し目がちにわたしを見下ろした。あ、と顔を上げれば思っていた以上に近い距離にあった旦那様の顔に、わぁ素敵……と見惚《みと》れかけて、はっと真面目な顔を作る。

マズイマズイ。そろそろ他の馬車も近づいてきたし、子供と並んで窓の外を見るなんてはしゃぎすぎだろう。この馬車にリンさんが乗ってなくてよかった。『関所に入っても領主邸まではまだ距離がありますし、落ち着きを取り戻すまで伯爵とは別の馬車にしましょう』なんて接近禁止命令を出されてしまう。

気持ちを切り替えて慌てて元の位置に戻り「なんでしょう？」と尋ねると、旦那様は口元に笑みを浮かべた。

「先ほど休憩した時に返事があったのですが、思ったよりも早くにアネラに到着したので今お伝えしておきますね。記念祭の前の数日間、国境沿いの村まで行ってきます」

「……？　国境沿い……といえばキナダールの方でしょうか。何かご用事でも……？」

今回アネラに行く前に、エリオットも交えてリンさんに見せてもらった大陸の地図を思い出しながら首を傾《かし》げる。アネラ領は二つの国と接しているんだけど、その内の一つ、キナダールの第二王子と旦那様の仲がいいことは有名な話だ。実際エリオットを出産した時も直筆のお祝いの手紙と高価な贈り物を頂いたので、よく覚えている。

「ええ。キナダールにもいくつか神子《みこ》についての書物や口伝が残っているらしく、以前から調査を依頼していたんです。少し前に建て替えた神殿から纏《まと》まった資料が出てきたということで、この機会に受け取ることにしました」

「神子についてですか？」

意外な言葉に、思わずそのまま聞き返してしまう。

——そう、わたしはかつて現代日本からこの国ベルデに召喚された神子だった。だけど一向に神子が持つはずの特殊能力が現れず、国の色んな思惑の中、長く続いた戦争を終結させ、勇者とも名高い二回り以上年齢の離れたグリーデン伯爵へと降嫁されることになったのだ。

最初こそ年齢差に驚き、逃げようとしたものの、当日、顔を合わせ言葉を交わした瞬間に恋に落ちたわたしは日々旦那様への愛を叫び続け、たくさんの困難や擦れ違いの末、見事旦那様の愛を勝ち取ったのである。

——が、しかし。話はそれで終わらなかった。

二人初めての夜を過ごしたその次の日——なんと旦那様は二十代前半の美丈夫へと若返ってしまったのである。つまりはそれがわたしの神子としての特殊能力だったわけで……もちろん、周囲は大騒ぎになり、旦那様は連日王城や神殿に呼び出され、誘拐事件にまで発展してしまった。

もちろん、旦那様が格好良く助けに来てくれたし、その後誘拐犯の黒幕が神殿派の大貴族だったことが分かり、表立ってわたしに近づいてくる貴族はいなくなった。

それからリオネル陛下が大々的に神子の力が失われたと宣言してくれたり、その後大神官長の汚職事件で神殿自体大幅に縮小されたこともあって、わたしを神子として祀《まつ》り上げようとする人達は完全にいなくなった。わたし自身もエリオットを産んだことでいっそう慌ただしく過ごすようになったせいか、何となく自分の中ではもう終わったような気持ちだったんだけど……。

確かに特殊能力については曖昧なままだ。旦那様が老議会に呼び出された時に、破瓜《はか》の血一度きりの奇跡だと押し通したらしく、一部の偉い人達にはそう伝えられているらしい。

だけど実際のところは分かっていなくて、一人一回きりで相手が変わればまた若返って、体液が秘薬だなんて言われる可能性も考えられる。試そうにも旦那様以外の人と……なんて想像するだけでゾッとするし、確かめようがない。

「……ナコ。不安にさせてしまいましたか？」

思わず黙り込んでしまったわたしに、旦那様は気遣わしげに尋ねてくる。

はっと我に返って、いつのまにか俯《うつむ》いていた頭を上げて首を振った。

「いえ。わたしもエリオットの子育てが落ち着いたら、ちゃんと神子や特殊能力のこと調べてみようかなって……」

迷いながらそう話せば、一瞬沈黙が落ちた。

どうかしたんですか、と尋ねるよりも先に、旦那様はエリオットの背中を撫《な》でると、ゆっくりと首を横に振った。

「……エリオットはまだ幼いですし大事な時期ですからね。それにナコが神子について調べていると神殿派の貴族に広まれば、それを会話のきっかけにして近づこうとしたり、まだ能力が残っているのかと疑う者も出るかもしれません。なので、神子について調べることは私に任せてもらえませんか？　……ああ、それに思い出して下さい。特殊能力とは『神子が幸せになるためのもの』だと記載されていました。ナコは今現在どうですか？」

「幸せです！」

食い気味に答えたわたしに、旦那様はやや険しかった表情を和らげた。少し照れたような笑みを浮かべた旦那様に、わたしの不安もすっと消えて頬が緩む。くぅ……っ旦那様のこの笑い方可愛《かわい》い、最高かよ……。

「……そうですね！　旦那様に任せてばっかりで心苦しいですけど、わたしが出ていって余計ややこしいことになるくらいなら大人しくしてます」

そう言ったわたしに、旦那様はどこかほっとしたように微《かす》かに息を吐く。

多分、危険なことに極力わたしを関わらせたくないって思ってくれてるんだよね。ちょっと過保護すぎる気もするけど、それもまた嬉《うれ》しいというか……愛されてるなぁって思うのだ。

うん、せっかくの旅行中の楽しい空気を壊したくない。そう思って話題を変えてみる。

「そうだ。前から聞きたかったんですけど、旦那様とキナダールの第二王子って、どういう経緯で仲良くなったんですか？」

けれど口にして早々、旦那様は口を噤《つぐ》んでしまった。

……戦争時代の話じゃないし、こうして一緒にキナダールと隣り合うアネラまで旅行に連れていってくれるくらいだから大丈夫かと思ったけどタブーだった？　それとも相手は王族だから身内にも話せない機密事項になるとか？

「あの、話せるところまでで大丈夫ですよ？」

慌ててそうつけ足したわたしに、旦那様は「いえ」と、首を振った。

「そういったことではなく、私自身は特に何もしていないのでどう話したものかと」

そう前置くと、旦那様は軽く顎を撫でて過去を思い出すように少し斜め上に視線を置き、言葉を続けた。

「そうですね……。私がアネラを離れる数年前、キナダールとの国境近くのアネラ管轄の村で誘拐事件が起こったんです。犯人はキナダールで力を持つ商業組合の理事の一人である大商人……ドルガという男だということは証拠と共に摑《つか》めたのですが、相手は他国の人間。捕縛できたとしてもこちらで裁くには多くの手続きが必要かつ複雑で、時間がかかるのは明白でした。当時は第二王子が国境付近のキナダールの騎士団を指揮していて、彼の人となりは周囲から聞いていましたから、こちらが集めた証拠をお渡ししたのです。実はドルガは王家の政敵の資金源だったらしく、それらを上手く利用して彼からの献金を理由に失脚させることができたようで……。それで恩を感じて、今でも色々と気にかけて下さっているようですね」

旦那様の説明にふむふむと頷《うなず》く。

領主時代もやっぱり大変だったんだよね。……でも。やっぱり旦那様ってすごいなぁ。

だってそれってこちらの労力は最低限にして、あとはキナダールに任せて事件を解決したってことだよね？

それにキナダール王家にとっても、政敵を失脚させる証拠品なんて、まさに転がり込んできた幸運だし……逆によくしてくれる理由も分かってすっきりした。

ちなみにベルデの神殿に残っていた記録や書物には、神殿派側にとって都合の悪い部分は消されたり抜き取られたりした形跡があったそうだ。もう怒りを通り越して呆《あき》れちゃうよね。それもあって旦那様は他国まで神子についての調査を広げていたらしい。

「でもキナダールの国境近くまで行くんですよね？　……旦那様のことだから大丈夫だと思いますけど、気をつけて下さいね」

「ええ。さすがに無関係の私が国境沿いで隣国の王子の遣いと密会して誤解されても困りますから、表向きは領主のハンスの商談に同行するという形で向かいます。だから護衛もつきますし大丈夫ですよ」

不安を口にすれば、旦那様は伸ばした手の甲でわたしの頬を撫でてくれた。温かくて、少しカサついた大きな手。待ち望んでいたスキンシップに嬉しくなってスリスリしていたら、旦那様はすっと上半身を屈《かが》めて、わたしの唇に羽が触れるような優しいキスをした。

「〜〜〜っ！」

思わずぱっと顔を上げてしまい唇が離れると、至近距離にある旦那様の目が悪戯《いたずら》っぽく細まる。そして自分の唇についた口紅を親指でゆっくりと擦《こす》り取ってから、ふふっ、と吐息だけで笑った。

かっと顔が熱くなる。

くっ……わたしを萌え殺す気ですか……！　何！　ふふって、可愛いがすぎるんですけど！

「……先ほどから反応が可愛くてつい。そんな顔をしないで下さい。片時も離れたくなくなりますから」

先ほどってもしかして『おいで』から⁉　意地悪！　でも好き！　だけど最後に関してはこっちのセリフ――！

そう叫びたい気持ちを堪《こら》えつつ、ちらりとエリオットを見れば、エリオットは窓の外の景色に夢中だった。このタイミングで甘い言葉を吐くなんて気遣いが完璧すぎる……くぅ……！

ああ、旦那様の魅力は日を追うごとに輝きを増し、わたしを毎日萌え殺していく……。昨日の旦那様も大好きだけど今日の旦那様も大大大好き。愛は果てしなく終わりは見えない。

「お母さま！　もうすぐ入り口につくよ。……お顔赤いけどどうしたの？」

「なっなんでもないよ……！　ちょっと暑くて、ね……」

不意に振り返ったエリオットがわたしの顔を見上げて、こてりと首を傾げる。

あっ、ウチの子の可愛いさにオーバーキルされた。

慌てて首を横に振れば、旦那様は口元に拳を置いてくすくす笑い出した。

ついでに「人目が増えてきましたから」と言ってカーテンを閉じてくれる。

あぁ、声を出して笑ってるのもレア！　でもそんな顔しても、不意打ちは許しませんからね。旦那様のキスは心構え百パーセントで受け止めたいのです！

突然の過剰な愛情供給に、どきどきうるさい胸を落ち着かせている間に、馬車はアネラ領の関所を潜《くぐ》ったらしく、一瞬馬車の中が暗くなった。

ゆっくりと馬車が停まり、扉の外が賑やかになったかと思うと、誰かが駆け寄ってくる足音がした。慌ててエリオットを窓から引き剝がして、わたしと旦那様の間に座らせる。

エリオットは一瞬むうっと唇を突き出したけど「しー」と旦那様が人差し指を唇に置いてみせると、すぐに唇を引っ込めて、お行儀よく膝に手を置いた。

むむ……悔しい。わたしが同じことやってもエリオットは聞いてくれないんだよね。まぁそれはそれとして、旦那様、後で私にも「しー」っていうの、やって下さいね？

コンコンと忙《せわ》しないノックの音。次いで「ジル様！」と聞き慣れない若い男性の声が扉越しに聞こえてきた。

旦那様は軽く目を瞠《みは》って、「ロドニー？」と知らない名前を呟《つぶや》き――途端、勢いよく開かれた扉の向こう側にいたのは、貴族らしい礼服を身に着けた大柄な青年だった。思わずエリオットを抱え込んで後ろに下がる。

「ジル様！　そうです、僕です。ロドニーです！　覚えていて下さったんですね！」

今にも乗り込んできそうな勢いで話しだした青年の顔を改めて見れば、意志の強そうな眉にすっと通った鼻筋、大きな目と……と、なかなかのイケメンだ。長髪のキリッとした美青年……かと思いきや、水色の瞳は潤んでいて、大袈裟《おおげさ》な仕草と相俟《あいま》って妙に子供っぽく見えるアンバランスさが印象に残る。後ろで一つに結んだ焦げ茶色の髪がぶんぶんと上下する様子はまるで、飼い主にじゃれつく子犬の尻尾みたいに見えた。

「数年ぶりなのに声だけで分かってくれただなんて、この感動をどうお伝えすれば……」

青年は一気に捲《まく》し立てた後、旦那様を見上げるなりはっと息を呑《の》み、口元を手で押さえた。水色の目を大きく見開き、上から下へと舐《な》めるようにたっぷりと眺めること数秒。

……いや、だから誰？　ううん、それよりも、ウチの旦那様を不躾《ぶしつけ》に見つめすぎじゃありませんこと？

それとも何？　考えたくないけど旦那様の若返りを間近に見て、いつかの貴族みたいに嫌な言葉でも浴びせようとか？

――よし、ここは二人の間に躓《つまず》いたフリをして身体を捻《ねじ》り込ませて強制割り込みだ！

エリオットを背中側に移動させて、よし、行くぞ、と身体を動かそうとしたその時、何故か青年は雷に打たれたように、膝から崩れ落ちた。

よく見れば旦那様の足元――馬車の足を置く部分に蹲《うずくま》り、ブルブルと震えている。

「ああ、そのお姿……！　なんと尊い……。若返ったと聞いておりましたが、こんな奇跡……やはりジル様は神に愛されていらっしゃるのですね……！」

しゃがみ込んで額に手を当て首まで振るその姿はかなり仰々しく芝居がかっている。しかも俯いているのに、やっぱり声が大きくて、賛美の言葉も、狭い馬車の中では騒音でしかない。

お屋敷ではあまり見ないタイプのせいか、エリオットはぽかんと青年を見つめている。……これは我に返ったらギャン泣きしそう……。心の中で数分後の自分にエールを送ると、旦那様が口を開いた。

「……驚きました。本当にロドニーなのですね」

「ええ！　覚えていて下さって感激です。あ、いえ！　こんな場所では積もる話もできません。さっそく屋敷に向かいましょう。よろしければカーテンを開けて、領民達にもご尊顔を拝ませてやって下さい！　きっと喜びます！」

旦那様に苦笑交じりに声をかけられた青年は、ぱああっと顔いっぱいで笑い、止める間もなくカーテンを開けてしまった。

旦那様の顔が少し険しくなったのは、きっとわたしとエリオットに気を遣ってくれたのだろう。外からわたし達が見えないように、少し身体を移動して隠してくれたのでほっとする。

……というかこの人、わたし達の存在に気づいてないような……。無視とかってレベルじゃないくらいに旦那様しか見てないし。

「……」

ははーん……これはアレだ。憧憬タイプのエレーナ王女とはまた別のタイプの旦那様ファン……。しかも相当熱狂度は高いと見た。

今まで素敵すぎる旦那様の奥さんの座を死守してきたわたしは、数多《あまた》いる旦那様のファンから瞬時にその熱量を感じ取り、即座にカテゴライズするスキルを持っている。——そして彼は間違いな

く『思い込みが激しいタイプ』である。しかも服装からして貴族に間違いないから、身分からいっても面倒な、危険レベル最高値だ。

そこまで分かっているその上で言わせて欲しい。いや、きっとわたしと旦那様のこれまでの日々を知る人間ならば、同じ気持ちになるだろう。ふ……声を合わせて言ってみようか。

まぁたこのパターン⁉

いや分かるよ⁉　旦那様が積み重ねてきた歴史も功績も素晴らしいし、顔も神様が超気合を入れて作ったような美しさだし、性格は穏やかで優しく、けれど敵と見なした人間には躊躇《ちゅうちょ》しない潔さもあってその二面性にも惹《ひ》かれちゃうよね。ヒューヒューかっこいい！　最高、最強だよ！　そりゃ一目見ただけでファンになっちゃう！　だけどもう熱狂的すぎる強火同担拒否勢はお腹いっぱいです！　ついでに後方恋人面もいらん！　旦那様にはわたしだけ！　異論は認めん！

「いえ、隠居した身ですから、派手な演出は結構です」

旦那様にしては少々厳しい声。確かにこれまでのやりとりが失礼すぎるし、しょうがないだろう。わたしはわたしで、なんとかエリオットの機嫌を保つことに専念していると「ははは！」と、再び大きな笑い声が鼓膜を直撃した。

いや、うるさ……っ⁉

すぐにエリオットの耳を塞ぎ、旦那様の背中越しに眉を顰《ひそ》める。

「そんなこと仰《おっしゃ》らないで下さい！　稀代《きだい》の英雄に対する礼儀というものですよ。――よしお前達！　準備はいいいな！」

最初は旦那様に、最後は振り返って後ろの方に叫ぶと、「では、後ほど！」と馬車の扉を勢いよく閉めた。青年の声が馬車の中でエコーがかって居座り、耳の奥がキーンとする。

体格と肺活量は比例するのだろうか。きっと彼の二つ名は『歩く騒音』だ。間違いない。むしろわたしがそう呼ぶ。

「旦那様。今の方……」

足音が遠ざかってから、わたしはエリオットを抱っこしたまま尋ねると、旦那様は若干言いづらそうに小声で呟いた。

「……現アネラ当主の跡取りのロドニーです」

「うわぁ……」

思わず手のひらで口元を覆う。

アネラに来る前に一応領主の家族構成はあらかじめ教えてもらっていたので、名前はしっかり覚えていた。すぐに思いつかなかったのは、『跡取り』『貴族令息』っていうイメージと彼が、あまりにかけ離れていたからだ。

でもあの人が跡取り？　間違いなく人の話を聞かないタイプだよね？　せっかく旦那様が開拓した大事な土地なのに大丈夫？

「ん？　でもロドニー様って十六歳じゃなかったですっけ？」

二十歳は軽く超えてそうな体格を思い出せば、旦那様は「ええ」と目を細めて軽く頷いた。

「見ない間に随分身長が伸びたようですね。まだ子供といえば子供ですが……色んな意味で伸びしろに期待でしょうか」

「十六……じゃあ、まぁ……うーん……」

十六といえばわたしが旦那様に出会った頃………。役立たず神子に対する世間の世知辛さに腐りに腐ってた時期だ。

うう……つまり、わたしだって偉そうに説教できる立場じゃない。だけど、さすがに当時のお気楽能力なし神子と抱えているものの大きさが違いすぎない？

そしてこの世界における十六歳の体格のよさよ……。そういえばリックに会った時も最初の数か月は年上だと思ってたっけ？

もうすっかり昔のように思える記憶を掘り起こしていると、御者さんから声をかけられ、再び馬車が動き出した。

きっちり整備された煉瓦《れんが》道は、今までと違い揺れも少ない。

これなら街の様子も落ち着いて見られる。そう思った瞬間、旦那様越しの窓の向こうに、たくさんの人達が行き交っているのが見えた。みんな、なんだなんだと歩くスピードを緩めこちらに注目しているのが分かる。途端、さっきの騒音……もといロドニー様の声が鼓膜に蘇《よみがえ》った。

『よろしければカーテンを開けて、領民達にもご尊顔を拝ませてやって下さい！　きっと喜びます！』

——え、ちょっと待って。開いている窓のすぐ近くに座っている旦那様はもちろんだけど、エリオットもわたしも見られるんじゃ……!?

今更そんなことに気づき、ばっと一番手前にいる旦那様をチェックする。……本日も史上最高の美丈夫です。ありがとうございます。

次にエリオット。素早く少し出ていたシャツをズボンの下にきゅきゅっとしまい込み、よれた蝶《ちょう》ネクタイをしっかり伸ばす。そして最後にわたしも髪を手櫛《てぐし》で整え、ピンと背筋を伸ばした。時間にして僅《わず》か三十秒。よし、体裁は整った！

ふぅ、と額に浮かんだ汗をコソッと拭ったところで、馬車は大きな門を潜り抜ける。

するとそこには両横に並んだ騎士達が剣を斜めに掲げ、馬車が通る舗道の脇に立っていた。白銀の剣先が太陽の光を反射し、きらきら光っている。

まるで勇者の凱旋《がいせん》のような迫力のある光景に、思わず目を見開く。エリオットも「わぁ！」と歓声を上げて、素早く旦那様の膝に乗り上がり、苦笑した旦那様に抱っこされて窓の向こうを見始めた。

若干はしゃぎすぎているエリオットの背中を撫でて落ち着かせていると、一つ通りを過ぎた辺りで、号令と共に剣が掲げられる角度が変わった。

おおーっと上がった歓声に、遠目からでも騎士達の後ろに領民達が続々と集まってくるのが見えた。肩車をしてもらっている子供が一生懸命手を振っているのを見つけて、小さく振り返すと、旦那様も合わせるように手を振ってくれた。

子供だけでなくその両親まで目を丸くした後、きゃあっと喜ぶ声がここまで聞こえてきて、改めて旦那様ってすごい人なんだなぁ、と感心する。前領主というよりは、まさに勇者の凱旋だ。

……旦那様とエリオット越しであまり見えなそうだけど、やっぱりわたしだって笑顔でいた方がいいよね？

一糸乱れぬ動きを見せる騎士達が作った道は、随分先まで続いているようで終わりが見えない。背伸びして馬車の窓を覗《のぞ》きながら手を振ってくれる領民達に手を振り返す。絶対明日は筋肉痛になるわ……と、既に重い右手とほっぺたに覚悟を決めたのだった。

――そうしてわたし達の乗った馬車はゆっくりと進み、アネラ領主の邸宅に着いたのは予定よりも随分遅い時間だった。

小高い丘の中腹にある領主邸の造りは、華やかさよりも機能性や頑丈さを重視したような印象で、王都のお屋敷に似ているせいか親近感が湧いてしまう。それに周囲に植えられた色とりどりの花のおかげでエントランスに続く道は、武骨な印象を柔らかく打ち消していた。

本来なら『旦那様が住んでいらっしゃった場所』として、四十年という歳月分濃く凝縮された旦那様成分を堪能していただろう。だけどわたしは泣く泣く外観を観察するだけに留め、引き攣《つ》って強張《こわば》った頬をむいむいとマッサージしていた。このままでは領主様に挨拶もできない。

ちなみに一緒についてこざるをえなかった使用人さん達は、領主邸の敷地に入ってすぐに飛び出すように馬車から降りてきた。その顔はわたしと同じく緊張で強張っていて、みんな今のわたしと同じように頬をマッサージしていた。分かる。強制パレードって一般人には罰ゲームにしかならないよね……。

その後、みんなは馬車の中で手を振るわたし達に頭を下げてから、それぞれお土産の入った荷物を抱えて、自分の実家や友人の家へと元来た道を戻っていった。

リンさんはアネラ領主邸の使用人さんに案内され、一足先に荷物を運び込むためにわたし達が生活することになる別邸へ行くらしい。『失礼のないように』と、遠くから口パクで伝えられ、最初の三文字で分かってしまった悲しさよ……。

ちなみにリックはここまで馬車を引いてきた馬の体調と、お世話になる厩舎《きゅうしゃ》を確認してくると言って、さっさとそちらに向かっていった。馬至上主義はここに来てもブレない。

そして馬車は領主邸の正面玄関の前に着き、出迎えてくれたのは細身の紳士——現アネラ領主とその家族だった。

あらかじめ聞いていた人物像と同じなので、細身の紳士が領主様なのは間違いない。年齢は五十歳を過ぎたところで、白髪の交じった焦げ茶色の前髪を全て後ろに流しているせいか、それより少し上にも見えた。灰色の涼やかな瞳が印象に残る。

とっつきにくいような堅い雰囲気はあったけれど、逆にそのおかげで僅かに上がった口角だけでも、歓迎してくれているのが分かった。

その隣には先回りしたのだろう歩く騒音……もとい、満面の笑みを浮かべるロドニー様がいた。

視線の先はもちろん旦那様で……まぁ色々物申したくはなるけれど、それを呑み込み視線を流せば、その隣には乳母らしき年配の女性と、彼女のスカートに隠れるように小さな女の子がいた。

——彼女の名前はアメリアちゃん。エリオットの一つ上の五歳で、領主様の家族構成を聞いた時からエリオットと仲良くしてくれたらいいな、と思っていたから、しっかりと名前は覚えていた。

上目遣いに見つめてくる水色の瞳と目が合って、にこっと笑ってみる。けれど残念ながら、さっと乳母さんのスカートの陰に完全に隠れてしまった。

大人しそうだし、人見知りかな？　ここはガンガンいかずに少しずつ慣れてもらう方がいいよね。

ただ心配なのはこのアメリアちゃん、三年前にお母さん……つまり領主夫人を亡くしてるんだよね。わたしとエリオットが一緒にいるところを見たら寂しくなっちゃうんじゃないかな、とか色々不安があるので、わたしはなるべく二人の間に入らず、遠くから見守っていようと考えている。

「――グリーデン伯爵夫人、ジルベルト様、ご子息様も、ようこそおいで下さいました。私はジルベルト様よりこのアネラを引き継ぎましたハンス・ロドリゲス・テールマンと申します。よければハンスとお呼び下さい」

朗々とした落ち着いた声で挨拶してくれる領主様にさっと視線を戻す。しかも何げなくわたしの名前を先に呼んでくれている上に、元神子じゃなく『グリーデン伯爵夫人』って呼んでくれていることにものすごい配慮を感じる……。息子であるロドニー様に丸無視されたから、ちょっと身構えていたけれどいい人そう。

旦那様もどこか満足げな笑みを浮かべると、ハンス様に近づき手を差し出した。

「ハンス。世話をかけます。こちらは私の妻のナコ、それから四歳になるエリオットです」

「私の娘と一つ違いですね。では私の家族も紹介させて下さい。――ロドニー」

「はい！　父上！」

さっきからそわそわしていたロドニー様が、スポーツ大会の宣誓のような勢いで返事をして一歩前に出た。後ろに腕を組み胸を張る姿は軍隊のような勇ましさだ。けれど内輪だけの挨拶にしては大袈裟すぎる所作が引っかかったのだろう、ハンス様は若干眉を寄せてから紹介を続けた。

「ジルベルト様には今更かと思いますが、息子のロドニーです。……派手な出迎えはするなと言っておいたのに、愚息が勝手をして申し訳ありません」

紹介してすぐに謝罪の言葉を口にするハンス様に少し驚く。

領主の許可なく、あんな風に騎士を動かしちゃ駄目なんじゃ……と少々呆れ気味に見ていると「非番の者と退役した騎士が有志で集まりましたので、警備に支障はありません！」と、ハンス様に反論していた。

「ジルベルト様は控えめな方だから、目立つようなことはやめろと言っておいただろう。それに今回はご家族で来ていらっしゃるのだ。夫人や幼いエリオット様のことも考えろ」

「ハッ……！　あのまま他の商団や旅人に紛れて一緒に領地入りなんてとんでもない！　ジル様がアネラでなさった偉業は父上こそ身近で見てらっしゃるはず！　まだ国境も不安定な頃襲いかかる隣国の破落戸《ならずもの》を追い払い、山に潜んでいた野盗を討伐し、その圧倒的な強さは他国への牽制《けんせい》になりました！　それに自ら開拓し、領民と寝食を共にされたという……くぅ、こんな素晴らしい方がいますか！　もっと……それこそ花火を打ち上げて勇者の帰還を祝うべきであり、こんなものでは足りないいくらいです！」

あー！　その内容は気になるなぁ！　だけど、いつかのゼブ村の青年団なんて目じゃないくらい、旦那様しか見えていない。ガッチガチの強火同担拒否勢である。これは性別を超えたライバル《オセ様》以上に危険だ。だって自分の思い込みで推し……もとい旦那様のことを第一に考えられないとかありえないし、一方的な強すぎる想いは迷惑極まりない行動を起こすこともある。

とうとう呆れたのかハンス様は険しい表情のまま口を噤んだ。こめかみを指で押さえ「この話はまた後で」と、話を引き上げると、こちらに視線を戻した。ロドニー様もさすがに旦那様の前だということに気づいたのだろう。顰め面のままむっつりと黙り込む。

「お見苦しいところをお見せして申し訳ない。改めまして、そこの乳母の陰に隠れているのはアメリアです。ほら、アメリア。前に出てご挨拶を」

ハンス様の言葉に、アメリアちゃんはぴくっと肩を震わせてから、おずおずと出てきた。

ん、偉い。ちゃんとお客様だって分かってるんだよね。

再びハンス様がアメリアちゃんの名前を呼ぼうとしたことに気づき、わたしは首を横に振った。

第一印象は大切である。

「いえ、ハンス様。きっと大所帯で訪ねてきたからびっくりされてるんでしょう。このままご挨拶だけさせて下さい」

そう断るとエリオットの手を引いて、乳母さんに背中に手を添えられ、おずおずと前に進んだアメリアちゃんの前に立った。

王都じゃないしいいよね、と、スカートの裾を捌《さば》いてわたしは目の高さを合わせるようにその場にしゃがみ込んだ。

亡くなった母親譲りなのか、ハンス様とは全く違う淡い金髪と水色の瞳を持つアメリアちゃんは、近くで見るとお姫様みたいに可愛い。でも、やっぱりエリオットより一つ上のせいか、身長はあまり変わらないけれど、身体つきは随分しっかりしていた。

「アメリア様。ナコと申します。こちらは息子のエリオット。仲良くして下さいね」

よく見なくても目尻が赤くて、涙目なのが痛々しい。もしかして無理やりここまで連れてこられちゃったのかな？　と、申し訳なく思っていると、慌ててわたしと同じように屈んだ乳母さんが口を開いた。

「失礼ながら発言をお許し下さい」

「あ、はいどうぞ」

「あの、可愛がられているカナリアが怪我《けが》をしてしまって。ずっと気を揉《も》んでおられるのです」

恐縮した様子の乳母さんに、なるほど、と納得する。

そうか、小鳥……。この年齢なら飼っている小動物はみんな『お友達』だ。大人のわたしだって旦那様に頂いた白馬のブランの元気がないって聞いたら、同じように心配するもんね。

「……そうなんですか。心配ですね……」

頭を撫でたいけど、よそ様の、それも貴族のお子様だし、出しかけた手を我慢する。

なんて言って慰めるべきか……と、悩んでいると、それまで黙っていたエリオットが一歩前に出た。

「……見せてくれる？」

小さく呟いた言葉に思わず止めようとする。けれどそれよりも早く、アメリアちゃんが口を開いた。

「……ココを？」

「うん」

普段よりもはっきりとした物言いに、ちょっとびっくりする。エリオットも若干人見知りなところがあるから意外だった。相手が優しそうな女の子だからかな？

でもココって多分カナリアの名前だよね？　弱ってる小鳥を見せたくないような気もするけど……エリオットの慰めたいって気持ちは大事だし、尊重したい。

それはアメリアちゃんにも伝わったらしく、彼女はエリオットの手をそうっと握り締めると、言葉少なく「こっち」とだけ言って引っ張った。

「エリオット行っていい……ですか？」

言葉の途中でわたしは慌ててハンス様に振り向き、お伺いを立てる。危ない危ない、ここはハンス様のお屋敷だし、アメリアちゃんはハンス様にとって大事な一人娘だ。

「……ええ、もちろん」

ハンス様も何だかあっさりと仲良くなりそうな子供達に、意外そうな顔をして頷いてくれた。

ハンス様なりに引っ込み思案なアメリアちゃんを心配していたのかな。一瞬父親らしさが見えた気がして、親近感を覚える。

玄関ホールから真正面にある階段を一緒に上がっていく小さな背中の微笑ましさにほっこりしつ

つも追いかけようか迷っていると、察した乳母さんが「私共にお任せ下さい」と中にいた若いメイドさん達と一緒に後を追ってくれた。

わたしが行くとアメリアちゃんが気を遣うよね？　ここはお任せしよう。

何かしでかさないかと気にしつつ、エリオットが向かった二階を見上げていると、ハンス様が仕切り直すように口を開いた。

「では、到着されたばかりですので別邸でお休み頂いてから夕食をご一緒にと思っておりましたが、子供達も仲良くなれそうですし、それまで本邸《こちら》でお休みになってはいかがでしょうか？」

どうします？　と言うように少し首を傾げてみせた旦那様に、わたしは少し迷ってこくりと頷いた。

「旅装のままで申し訳ないのですが、それでもよろしければお願いします」

そう、ハンス様もロドニー様も来賓用の貴族の礼装に身を包んでいるので、服装がちょっとまずい。……多分こういう時は一度用意してもらった別邸で着替えて、改めてディナーの時に挨拶する方が正しいんだけど……ここで断るのは気が引けるし、まぁリンさんも許してくれるだろう。それに初めての場所でエリオットを置いていくなんてできないし。

ハンス様に促され、玄関を潜る前にメイドさんにケープを預けて気持ちを切り替える。

……ここが、旦那様が何十年も住んでいた場所かぁ……。

「ナコ。手を」

感動しつつも少しだけ緊張したわたしに旦那様はすぐに気づいてくれて、手を差し出してくれた。

そっと手を乗せると、スマートに組んだ腕に導かれて綺麗に収まってしまう。

相変わらずのスタイリッシュさに感心して顔を上げれば、旦那様は微笑んで、みんなが背中を向けたタイミングでぽん、と頭を撫でてくれた。

む、旦那様、こんなところで子供扱い……ま、まぁ不安は飛んでいったからいいですけど！

大好きな大きな手の感触に頬を緩ませたのは一瞬、何故かタイミング悪くこちらを振り向いたロドニー様と目が合ってどきっとする。しかもただでさえ大きな目がこれ以上ないくらいに見開かれていた。

……まずい！　子供みたいって思われたかも！

わたしはぱっと視線を逸《そ》らし、何にもなかったようなフリをして、旦那様と一緒に歩き出す。

けれど顔を正面に戻したロドニー様が唇を固く引き結び、険しい顔をしていたなんて気づくわけもなく――。

わたし達は後《のち》に忘れられない思い出の場所となる、アネラ領主邸の玄関を潜ったのだった。

二、よし、その喧嘩買った！

案内された貴賓室には、多くも少なくもない装飾品が品良く飾られていた。カーテンは濃い緑を基調とし、壁紙は同系色の上品な薄緑色で床は白い大理石。重厚ながらもセンスよく纏まっていて落ち着きがあった。

ハンス様に勧められるまま旦那様と二人並んでソファに腰を下ろせば、座り心地のよさに一瞬力が抜けかけてしまった。旅の疲れが一気に押し寄せたように身体がどっと重くなる。

うわぁ……マズイ。パレード騒動で緊張したのもあって、何だか眠くなってしまう……。

何より外観を見た時にも思ったけど、そこはかとなく漂う実家感……というか、家具の配置とか色合い、装飾品の飾り方が王都のお屋敷に似てるんだよね。

そんなことを考えながら失礼にならない程度に部屋を見渡していると、隣に座っていた旦那様も同じような仕草をしていることに気づいた。わたしと目が合うと苦笑して、おもむろにハンス様に視線を向けた。

「ここは私が出た時と全く変わってませんね。気を遣わず好きなものを置いて下さって構わないのですよ」

「いえ、この屋敷を取り仕切っていたアルノルド様のセンスは昔から際立っていましたし、敢《あ》えてそのままにしているんですよ。大事なお客様をお迎えする場所ですからね」

なるほど！　アルノルドさん！

領主邸の外観も含めて納得する。旦那様はインテリアや装飾品に興味はなく、これまでインテリア関係は全てアルノルドさんに任せていたので、似たような印象を覚えるのは当然だ。

どうりで既視感を覚えるはずだよね。

わたしも結婚した当時、アルノルドさんから『女主人になったのですから、好きな場所を模様替えして構いませんよ』と言われたんだけど、新しく買い替える必要性を感じなくて『そのままでいいと思います……』って答えたもん。

ああ、懐かしいなぁ……。何だか今日は昔を振り返ることが多い。

そんなことを考えていると、わたし達の斜め前の一人掛けのソファにハンス様、正面の三人掛けのソファにロドニー様が座った。

アネラではウエルカムシャンパンみたいな風習があるらしく、すぐにメイドさん達がお茶の代わりにワインや手軽につまめる軽食やお菓子を運んできてくれる。

一人、旦那様の美貌に見惚れて手が止まったメイドさんがいたけれど、少し年上のメイドさんに肘で小突かれ、慌てて給仕を再開した。……いやまぁうん、旦那様の美丈夫っぷりに見惚れるのは仕方ない。それに強火同担拒否勢のロドニー様のせいで、それくらいのことなんて可愛く見えるし。

でもこの感じだと、彼女達は旦那様が領主だった頃は働いていなかったんだろう。領主邸のメイド業は一種のステータスになるから、領民の年頃の女の子を雇用することが多く、入れ替わりが激しい。

料理もお酒も出揃《でそろ》い、メイドさん達も退出したところで、ハンス様は旦那様が頷くのを確認してからグラスを手に取った。

「このワインは今年穫《と》れた葡萄《ぶどう》で作りました。もう少ししたら各地へ出荷されるので、味見してやって下さい。それでは再会を祝して」

ハンス様が乾杯の音頭を取り、全員で軽くグラスを掲げる。

わたしも形式的に一口だけ飲んで、ちょっと心配そうにこちらを見ている旦那様に向かって微笑む。やだなぁ。さすがに喉が渇いてるからって一気飲みなんてしませんよ。

でもこのワイン、すごく軽くて口当たりがいい。ワインよりはもっと甘い果実酒の方が好きなんだけど、これなら果物やお菓子と一緒にすっきり飲めそうだ。

旦那様達には甘すぎたようで、すぐにグラスは空になり、二杯目はスコッチやブランデーらしい琥珀《こはく》色の飲み物が注《つ》がれる。匂いもザ・お酒という感じで、香りを吸い込むだけで酔っぱらってしまいそうだ。

ちなみにロドニー様は私と同じワインを飲んでいて、そのペースは遅い……というよりは、お酒は二の次で、旦那様に話しかけるタイミングを今か今かと探っているようにも見える。

少しずつお酒も進んでいき、ハンス様は先ほどより幾分和らいだ表情で領地の近況報告を始めた。

お酒の席でも仕事の話をするなんて真面目な人だ。でもきっと旦那様も気になる話題だろう。

旦那様の代から引き継いだ事業の話から始まり、新しく造るインフラ的な設備、農地改革と小麦の品種改良……話は多岐にわたっていき「私などジルベルト様に比べればまだまだですが……」と謙遜したところで、にこやかに相槌《あいづち》を打っていた旦那様が一度テーブルにグラスを置いた。

「建物も随分増えていましたね。道も綺麗に舗装されていましたし、何より街が活気づいていて皆笑顔でした。やはり貴方《あなた》に任せてよかった」

そう言って旦那様はハンス様の前に手を差し出す。静かに目を瞠ったハンス様は、すぐに両手で旦那様の手を包み込むように握り締め、目元の皺《しわ》を深くさせた。

「――光栄です」

噛《か》み締めるように呟いた声は、低く重い。

……カリスマ的人気のある旦那様の後任だもん。すごく苦労したのは間違いない。

うん、男同士の友情……オセ様とはちょっと違う、仲間って感じの雰囲気。こういうのは邪魔しちゃいけない。だって見てよ。あの旦那様の柔らかい表情。なんちゃってパレードで疲れた身体に染みるわぁ……。

さすがのロドニー様も静かに聞いていて、ヨシヨシとほっとする。

きっと二人きりでしたい話もあるだろう。旦那様の昔の話は気になるし、レアな表情も見たいけれど、旦那様の気持ちこそ一番大事、自分本位はよくない！

わたしは邪魔にならない内に、一足早く退室することにした。今頃リンさんは荷物を整理してくれているはずだし、エリオットの様子を見に行って、大丈夫そうだったら手伝いに行こう。

ちょうど話が途切れた時を狙って退室を申し出れば、旦那様も「では私も」なんて立ち上がったので慌てて押し留める。いやいや、旦那様がついてきちゃ意味ないんですってば。

「大丈夫ですよ。旦那様もハンス様と二人でしたい積もる話がたくさんあるでしょう？」

わざと声は潜めずそう答えると、ハンス様は苦笑し、ロドニー様の眉間には分かりやすく皺が寄った。いや、なんでわたしが遠慮するのに自分はいられると思うのよ。図々《ずうずう》しいな……。どうせまた自分ばっかり話しかけて二人の邪魔する気でしょ。

グッと眉を寄せた険しい顔で睨《にら》まれ、そういえば初めて目が合ったな、と気づく。

……いやぁ、普段リンさんやら、リオネル陛下を始めとする個性が強すぎる面々に囲まれているせいか、これくらいの睨みじゃ何も感じない。

むしろ、じぃぃっと旦那様に向けられていた、ねちっこい視線を引き剝がせただけでも上々だし。

そうですよー、ロドニー様。貴方も邪魔ですからね？　ハンス様も旦那様も立場ある身。なかなか家族の前では、若かりし頃の砕けた態度なんて見せることはできないだろうし、ここは二人きりにして思い出に浸ってもらうところだよ。分かってないというかまだまだ浅いわぁ……。

本妻の余裕を見せつけていると、旦那様が珍しく言葉に詰まっていた。

こう言われてしまっては退室するのはハンス様に失礼だし、実際旦那様だってかつて自分が治めていた領地のこと、もっと詳しく聞きたいと思うんだよね。

若干後ろ髪は引かれつつも、ハンス様に一度頭を下げて扉に向かおうとすると、「ナコ様」と呼び止められた。

「よろしければメアリーの……いえ、亡くなった妻の自慢の庭を見てやって下さいませんか？」

振り返ればハンス様は小さな笑みを口元に刻んでいた。優しい声は先ほどよりも分かりやすい。亡くなった領主夫人へ今も向けられている想いを感じ、温かい気持ちになって「喜んで」と頷く。

しかし、続けられた言葉にわたしの笑顔は一瞬にして固まった。

「ではロドニー。中庭へナコ様を案内してくれ」

いやいやいや、なんでロドニー様!?　道案内はメイドさんでお願いします。むしろ彼女達に旦那様が領主時代にいた使用人さん達の名前を教えてもらって、情報収集に勤《いそ》しもうと思っていたのに！

心の中で頭を掻きむしっていると、ふっと頭上から視線を感じた。顔を上げれば旦那様の心配そうな表情。……わたし、さっきから旦那様にこんな顔ばっかりさせてない？

「……」

普段、貴族同士のトラブルに巻き込まれないように、元神子という肩書を最大限に利用して交流は必要最低限に留めている身である。そんなわたしの初めての遠出。若干過保護気味の旦那様にとっては心配なことばかりなのだろう。だけど序盤からこんな調子じゃ妻として些《いささ》か情けない。

わたしは一旦心を落ち着かせ、にっこりと笑う。

「ではロドニー様に案内して頂きますね。旦那様もこちらは気にせず楽しんで下さい」

そうしっかり宣言してから、旦那様を促すように手を引いて、改めて座ってもらう。

そしてまだ心配顔の旦那様の耳元で「大丈夫ですから」と囁《ささや》き、再びハンス様にも軽く会釈をして、ロドニー様と一緒に貴賓室を出たのである。

……とはいうものの、ちょっと煽《あお》ってしまったことで、敵対心剝《む》き出しになってしまったロドニー様と長く二人きりではいたくない。

わたしは無言のまま前を歩くロドニー様の背中を見ながら、気になっていたエリオットとアメリアちゃんの名前を出してみた。

「どうせなら二人を呼びませんか？　ちょうどお茶の時間ですし」

わたしの申し出にずんずん歩いていたロドニー様の足が唐突に止まり、ぶつかりそうになる。そのままくるりと振り返ったロドニー様は、胡乱《うろん》げな視線でわたしの顔から爪先を見下ろすと、眉間の皺を深くさせた。

向き合ったことで、ますます大きく見えてしまい圧迫感を覚える。

……これで十六歳とか詐欺すぎない？

思わず後ずさりかけたものの、負けてたまるかとぐっと堪える。間違いなく値踏みされている嫌な視線は続き、さすがに「何か？」と尋ねようかと口を開いた瞬間、ちょうどロドニー様の肩越しにメイドさんが通りがかったのが見えた。

わたしが「あ」と声を上げると、メイドさんはすぐに気づいて足を止め、頭を下げてくれた。

釣られるように振り向いたロドニー様は、一瞬考えるように間を空けてから、大きな声で叫んだ。

「アメリアとエリオット様を中庭に連れてくるように伝えてくれ！」

その声も少々……いや大きいので、まるで怒られた気分になってしまう。だけどメイドさんは慣れているらしく「承りました」と元来た道を急ぎ足で戻っていった。

……っていうかホント『騒音』だよね。無駄に声が大きい。素敵な重低音で安心感を与えてくれる旦那様の爪の垢《あか》を煎じて飲んでもらいたい……。

さっきの続きで何か言われるのだろうかと身構えていたけれど、意外にもロドニー様はすぐに歩き出した。急ぎ足でついていくけれど、くっ……コンパスの差が憎い。延々続くかと思った沈黙と長い廊下に疲れを感じ始めたところで、ロドニー様はある部屋の前で足を止めた。

両開きの扉を開けて通されたその部屋の明るさに少し驚いて瞬《まばた》きする。部屋の半分はサンルームのような造りで、柔らかな光が部屋全体を明るく照らしていた。窓越しに見えるテラスの向こうには木々に囲まれた明るい庭が広がっているけれど、部屋自体が少し高い場所にあるので、庭の全貌は部屋に入ってすぐのこの場所からは見えない。

ロドニー様はちらりとわたしを見てから部屋を横切り、まっすぐテラスへと出て短い階段を下りる。まぁ当然ながらエスコートはなく、わたしは長めのワンピースの襞《ひだ》を抓《つま》み庭へと入った。

転ばないように慎重に芝生の上に立って、改めてお庭を見回す。木々に囲まれたお庭は少し狭いけれどよく手入れされていて、花びらの色でグラデーションが楽しめるような工夫が凝らされていた。

しかももう真夏だというのに、いくつものトレリスやアーチに絡む薔薇《ばら》の花は、今が見頃とでも言うように咲いていて少し驚く。それに足元にも少ないながらも春の花が植えられていた。

王都のお屋敷の薔薇はもうすっかり花が落ちて、来年のための剪定《せんてい》も済ませていることを思えば、やはりアネラの夏は過ごしやすいのだろう。

夏真っ盛りの今、これだけたくさんの花を楽しめるのは、アネラ《ここ》くらいかもしれない。

そんな花いっぱいの庭園には、真っ白なガゼボや小さなガーデンテーブルセット、小鳥用の小さな水場まで備えられていて、さりげなく置かれた動物の置物まで可愛かった。少し神経質そうで真面目なハンス様が、こんなメルヘンチックな可愛い場所で奥さんと二人でお茶を飲んでいたかと想像すると微笑ましくて思わず頬が緩んでしまう。

子供達とお茶するならあのガゼボかなぁ。子供ってああいう建物好きだよね。秘密基地みたいに思えるのかな。わたしも旦那様と自然にぴったりとくっつけるので大好きですけど！

ガゼボでイチャイチャした記憶を呼び起こしてニヤニヤしかけたところで――背中に思いきり視線が突き刺さるのを感じて、現実に引き戻された。肩書以外は一般人でしかないわたしが気づくのだから、相当どギツイ睨みであることは間違いない。

もちろん相手は一人しかなく、わたしが振り返るよりも先に不躾に「おい」と呼びかけられた。

……おおっと？　人目のないところに来た途端、喧嘩《けんか》売ってきましたね？　なんて姑息《こそく》な。わたし、これでもグリーデン伯爵夫人兼元神子ですが？

返り討ちにしてくれるわ！　と、わたしの中の悪魔が準備運動を始めるけど、天使に『我慢よ我慢』と真面目な顔で諭される。

っく！　ここは大人の余裕で『ぐっと我慢』を選択だ。だって旦那様に心配かけないでおこうって誓ったばかりだし、ロドニー様を貴賓室から不本意な形で退室させちゃったのは確かだから。

本日二度目となる愛想笑いを張りつけ振り向けば、偉そうに腕を組んだロドニー様が、思いのほか近い距離でわたしを見下ろしていた。ホントにでかいな……。目線を合わせようとすると首が痛くなるんだけど。

いっぱいいっぱい首を伸ばしたわたしに、ロドニー様はハッと鼻で笑った。

「小さすぎて見えないくらいだ。まるで子供みたいだな」

え、身長？　予想外の切り口に、思わず「はぁ……」と頷きかける。

そりゃこの世界の基準からすれば少し小柄だけど、決して悪目立ちするほどじゃない。それに旦那様よりも身長が高いロドニー様からすれば過半数が小さくなるんじゃないだろうか。

「ジル様の奥方になったのは伝説の元神子だというから、どんな素晴らしい女性かと思えば……平々凡々を絵に描いたような地味な人間じゃないか」

ええハイ。それもまぁ事実ですね。実際自虐ネタにすることもあるし、そもそも外見中身共に神様みたいな旦那様と比べたら、わたしを含む全人類平々凡々だし、痛くも痒《かゆ》くもない。それに幼く見えるのはもう人種云々《うんぬん》としか言えないからなぁ。

ロドニー様なりの嫌みだとは思うけど、ちっとも響いてこない。旦那様の妻の座を狙う貴族の令嬢達は、もっとえげつないこと言ってきたし、あることないことごちゃまぜで噂《うわさ》にまでしようとしていた。ちなみにそのお嬢様方は、お城の旦那様の執務室にまで押しかけ、お仕事の邪魔までしてしつこく観劇や夜会に誘ったり迷惑をかけてきたから、リンさんと相談して完膚なきまでに叩き潰したけどね！　好きな人に迷惑をかけるなんてファンの風上にも置けん！

「そもそもお前が奇跡の力を持っているなんて信じがたい。伝説の神子などと呼ばれて調子に乗ってるんじゃないか？」

……伝説の神子？　わぁ、それは字面が強い。何？　アネラではそんな二つ名があるの？　レベル100は堅い感じがするよね。

あーハイハイ。ふーん、という感じで右から左へと流していく。もはや流れ作業だ。

そんな風に全く動じないわたしに、ロドニー様は敗北感を覚えたのか焦ったように悪口をヒートアップさせていった。

でもそれも要約すれば結局『旦那様に相応しくない』ということを、言い方を変えて繰り返しているだけなので省略しておく。

ホントにお子様だなー。ロドニー様って反抗期中の中学生って感じ。

視線は逸らさないまま、余裕で聞き流すわたしに、ロドニー様は何度か口を開いては閉じることを繰り返し、最後にはむっつりと黙り込んだ。

え、終わり？　悪口のボキャブラリー少なすぎない？　王都の貴族令嬢ならあと一時間は余裕でネチネチ嫌み言うよ？

口元に手をやり、哀れみを含んだ目で見つめれば、ロドニー様は悔しげな顔をした。けれど、何か思いついたらしく、ぱっと顔を上げ勝ち誇った顔をしてから口を開いた。

「そういえばエリオット様もお可哀想《かわいそう》にな！　母親似の地味な見目も受け継ぐなんて哀れすぎる。

まぁ……あの聡明《そうめい》な輝きを放つ紺碧《こんぺき》の瞳が受け継がれたことだけは幸いだったが」

「……」

わたしは無言のまま張りつけていた笑みを、静かに顔からひっ剝《ぱ》がした。

エリオットはとっても可愛い。それは間違いない。だけどわたし似であることは誰が見ても明らかだ。綺麗事を言っても第一印象はほぼ見た目で決まるのはどの世界でも一緒だ。旦那様に似ていれば、もっと楽に生きていけるかも……なんて思うことはなきにしもあらずで。

つまり的確にロドニー様は、エリオットに対して感じてるわたしの弱みというか申し訳なさというか、そういうものを突いてきたのだ。

悪口に家族のことを持ち出すのはルール違反だ。わたしのことをいくら馬鹿にしたっていいけれど、家族のことは許せるわけがない。

わたしの中の悪魔は既にバットをブンブン振っているし、天使はそのバットに錆《さび》だらけの釘《くぎ》をトンカチで打ちつけている。目が合うと親指を首の前に出して、かっ切る仕草をした。よし、準備は万端だ。

「──あら、ロドニー様は目が悪いんですね。ウチの子可愛いじゃないですか。旦那様はわたしにそっくりなまっすぐな黒髪をとっても気に入っていて、よく撫でているんですよ。その度に可愛い可愛いって仰って下さるんです」

にこにこ笑いながら、口を挟まれないように畳みかける。

「もちろん海のような紺碧の瞳も、とっても素敵ですけどね。ウチの息子。それより……罪のない幼い子供のことを悪く言う時間があるなら、ご自身のその下品な大声について考えてくれませんか？　先ほどから耳の鼓膜が破れそうです」

「げ、下品だと！」

くわっと目を剝いて言い返してきたロドニー様に言葉を続けさせず、一気に追い込む。

「ソレですね。一回ではお分かりにならないようで」

ふふふ……と、嫌みったらしく笑ってから、わざとらしいほど困り顔を作る。もちろん抑えた小声なので、周囲に誰かいたとしても聞こえないはずだ。

「それに領主の跡取りともあろう方が、客人に対する口の利き方すら知らないなんて。旦那様が苦労して興した土地なのに……大丈夫ですか？」

「な、んだ……と……？」

さっきから旦那様の名前を出しているのは確信犯である。旦那様の熱狂的ファンだからこそ、引き合いに出されれば反論できない。何故なら自ら貶《けな》すことになるからだ。これでも少ないなりに社交界に出向いている身だし、リンさんにも日々鍛えられている。

エリオットの話は分が悪いと判断したんだろう、再び矛先はわたし自身へと向けられた。

「こんな意地の悪い女が、ジル様の妻だとはとても信じられん……！」

オーケーオーケー。読み通り。ただしもう許さん。お前はわたしの地雷を踏み抜いたのだ。地獄へ落ちるがいい。

「わたしもロドニー様のような方が、優秀で理知的なハンス様の息子だとは思えませんね。まるで正反対じゃないですか」

素早くそう嫌みを返せば、ロドニー様はカッと顔を赤くした。

「確かに父上は優秀な方だ！　しかし剣技は僕の方が上……」

と、言葉を続けようとしたその時、「お母さま！」と耳慣れた声がそれを遮った。

振り返れば乳母さんに付き添われたエリオットがアメリアちゃんと手を繋《つな》いだまま、反対側の手を振っていた。どうやら仲良くしていたみたいで、アメリアちゃんも先ほどより顔が明るい。

ちらりとロドニー様を見て『今は休戦！』と視線だけで合図すれば、渋々ロドニー様も小さく頷いた。さすがの彼も幼い子供の前で本気の口喧嘩はみっともないと思ったらしい。

手を振り返すとテラスの扉を開けて二人が駆け寄ってくる。気づかなかったけど乳母さんの後ろにはメイドさんもいて、大きな鳥籠を抱えていた。

中では黄色い鳥が、綺麗な声で鳴いている。

もしかしてこの子がさっき言ってたカナリアかな？

わたしが鳥籠を見ていることに気づいたアメリアちゃんは、メイドさんから鳥籠を受け取り、そっとわたしの前に差し出した。

黄色い鳥は長い尾に淡い緑を乗せていて毛艶もよく、今はとても元気そうに餌を啄《ついば》んでいる。

うん、元気そう。怪我をしたって聞いたけどおかしな動きもないから、もしかして治ったのかな。

「あのっ……元気に……っ」

嬉しさで胸いっぱいなのだろう。まだ目尻には涙が溜まっていて、上手く言葉にできないらしくぶんぶんと首を上下に振った。

「よかったねぇ」

その健気《けなげ》な可愛さに思いきり抱き締めたくなるのを我慢しつつ、頭を撫でるだけに留める。アメリアちゃんは照れたように顔を赤くして、こくりと頷いた。エリオットもわたしの真似をして爪先立ちでアメリアちゃんの頭を撫で始める。

か、可愛いっぃい……！　何、この天使達。可愛いに可愛いが乗算されてる……！

わたし、日本にいた時は自分も子供だったくせに、幼い子供が苦手だったんだよね。でもなんだろう。エリオットを産んでから子供はみんな可愛い脳になってしまった。母性本能？　女性ホルモンの乱高下？　ホントにすごいわ……。あの頃の自分に教えてあげたいくらい。

そしてアメリアちゃんの可愛さよ……。最初に見た時も思ったけど、金髪に水色の瞳って本当にお姫様の王道カラーリングだよね。ふわっとしたレースたっぷりのドレスなんかもきっと似合うに違いない。

「ココ、かわいいね。……お母さま？」

「あっうん。……可愛いねぇ」

側《そば》にいたエリオットにまで可愛く首を傾げられて、きゅんっとする。うんうん、君達二人とも可愛いよ。ここは楽園。間違いない。

心の中で荒ぶりつつ、にこにこと同意して改めて一緒に鳥籠を覗き込む。

ちょんちょん、とステップするような動きも、綺麗な声も、丸い黒目もとても可愛い。——が、カナリアだって言ってたよね？　……マズイ、今気づいたけどインコにしか見えない。元の世界でも鳥を飼ってる友達はいなかったし、学校の飼育係でもなかったから全く違いが分からなかった。愛玩動物として鳥を飼ってる人は一定数いて、時々話題にも上がるし、これは遊びに行った時に大恥を掻きそうだ。……うん、後でリンさんに違いを聞くことにしよう。

綺麗な鳴き声を響かせるカナリアの特徴を頭に叩き込んでいると、お茶が運ばれてきた。一緒におやつにしようと二人を促せば、すっかり存在を忘れていたロドニー様と目が合ってしまい、あ、と固まった。まずい、怒られるかも。

だけどそんな予想に反し、ロドニー様は仏頂面ながらも「僕はここで失礼する！」と扉に向かって歩いていった。

ただ擦れ違いざまにアメリアちゃんの頭をぽんと撫でて「よかったな」と呟いたのが意外で、思わず凝視したら、じろりと睨まれてしまい、慌てて視線を逸らす。

心の中で舌を出していると「お兄さまともお茶を飲みたかったです……」と、アメリアちゃんの表情が曇る。……どうやら、彼女にとってロドニー様はよき兄であるらしい。本当に意外だけど。

そして子供達は予想通りガゼボの中でおやつを食べたがり、その中の小さなテーブルにお菓子を並べる。そしてエリオットを間に挟み、わたしはまだまだ慣れないアメリアちゃんと交流を図ったのだった。

＊

そしてあっというまに夕方になり、予定通りハンス様家族と夕食を共にする。

最初こそ和やかに食事は進んでいたものの、ふとした拍子に領主時代の旦那様が暗殺者を返り討ちにし、三日でその組織を壊滅させたという話になり、そこからロドニー様の暴走が始まった。

ここぞとばかりに旦那様に話しかけ、その時の状況や心情を聞いたり、王都の騎士団をどうやって纏めているか、今やっている鍛錬はどんなものかと質問ばかりしてきた。

ゆっくり食べられないでしょ！　とわたしがキレる前にハンス様が注意してくれたので事なきを得たけど、あの反抗的な目はまだ諦めていないないだろう。

わたしはわたしで他人《ひと》様のお宅での初めてのディナーということで、退屈そうなエリオットが今にも椅子から飛び降りてしまわないか、気が気じゃなかった。

王都のお屋敷でも基本的にはみんなが食べ終わるまでは座っているけれど、それは周囲が退屈しないように話しかけてくれるからってところが大きい。今日はまだ隣にアメリアちゃんがいて話し相手になってくれたからなんとかやり過ごすことができた。やっぱりアメリアちゃん、しっかりしてるよね。世間一般で言うところの女の子はしっかりしているってヤツなのだろうか。

そんな感じだったので、アネラの料理を楽しむ余裕もない食事を終え、ようやく別邸へと戻ろうとした——んだけど、アメリアちゃんがエリオットの手を摑んで離さず、ちょっとした騒ぎになってしまったのだ。

あら、ウチの子モテるのねーなんて、ちょっと嬉しくなりつつも、エリオットは今日一日ではしゃぎすぎて既に半分寝ている状態なので、若干引きずられている。

見かねたハンス様が強引にアメリアちゃんを抱き上げて引き剝がすと、今までの大人しさが嘘《うそ》みたいに大きな声で泣き出してしまった。

こういう時にいつも宥《なだ》めてくれるらしい乳母さんが就寝の準備のために部屋に行ってしまったので、場を収められる人がいないのも重なり、ついていたメイドさん達もなんとか泣きやませようとあたふたしている。

「アメリア、ジル様の前でそんな大声で泣くなんてみっともないぞ！」

ロドニー様が慰めにもならない言葉を発しながら、アメリアちゃんをハンス様から抱き取ろうとするけれど、アメリアちゃんはその声に対抗するように「やっ！」と大きな声を張り上げた。きーん、と鼓膜を震わせる大声にやっぱり兄妹なんだな、と変なところで感心してしまった。

ロドニー様には厳しいハンス様も、まだ幼く女の子であるアメリアちゃんをどう扱えばいいのか分からないらしい。宥める声も表情も苦々しく強張ってしまい——またそんな顔を見て、いっそう大泣きするアメリアちゃん……と、悪循環が出来上がっている。

これはもう乳母さんが来るか、泣き疲れるまで待つしかない……そんな諦めがその場に漂ったその時、状況を変えたのは、まさかの当事者の一人であるエリオットだった。

アメリアちゃんの泣き声で目が覚めたらしく、夕食時にグズった時用に用意していたおもちゃ鞄《かばん》から馬のぬいぐるみを取り出すと、「はい」と泣いているアメリアちゃんに差し出した。

「ぼくのかわり、ね。だからさみしくないよ。泣かないで」

……一瞬、ときめいてしまったのは、その穏やかな微笑みが旦那様にそっくりだったからだろう。恐るべきDNA！　そうだよね。イケメンとは内面から溢《あふ》れるもんだよね！　だけどお母さん数時間前とは逆方向に心配になってきたよ……！

アメリアちゃんはあれだけ騒いでいたのが嘘のように静かになり、ぎゅっとぬいぐるみを抱き締めながら、頬を赤く染めてこくこく頷いている。……惜しむべきは、ぬいぐるみがリアル寄りの馬だったことだろう。アメリアちゃん可愛いからデフォルメされたクマやウサギだったら絵になっただろうに……。ちなみにその馬のぬいぐるみをプレゼントしたのはもちろんリック。たてがみと尻尾は本物の馬の毛を使うという拘《こだわ》りで……いや、この話は長くなるからまた今度にしておこう。

結果、アメリアちゃんも落ち着き、今度こそお別れの挨拶をしたわたし達家族は、静かになった途端しぶとく喋《しゃべ》りかけようとしたロドニー様に気づかなかったフリをして、別邸へ向かった。

そして本邸から五分ほど歩いたところにある別邸は、建物自体が新しく、かつ小さめで使い勝手もよさそうだった。とても静かで虫の声しか聞こえないし、近くで水が流れている音がする。きっと落ち着いて過ごしたいというわたし達の一番の希望を汲《く》んで用意してくれたのだろう。使用人さん達も必要最低限で、護衛さんも一定の距離を保って屋敷の外に配置していると、夕食の席で説明してくれていた。

それに旦那様の派手な歓迎会はしない代わりに、式典が終わった後のパーティーは本邸の庭を開放し、旦那様の昔の知り合いも好きな時間に参加できるように気楽な立食式にして、最後はそこから見える花火をみんなで鑑賞するらしい。

うん、とてもいいプランだと思う。……ほんっとにハンス様はこんなに気遣いに溢れているのにあの騒音息子は！

そう憤りながらエリオットと一緒にお風呂に入る。そしてリンさんにも手伝ってもらい手早く身体を綺麗にして、髪を乾かしていると、エリオットがその途中で船を漕《こ》ぎだしてしまった。すっかり乾いた頃には気持ちよさそうな寝息が響いていて、エリオットも色々あって疲れたんだろうなぁ、と長かった一日を振り返る。

「ナコ様も伯爵もお疲れでしょうし、今夜はこちらでエリオット様をお預かりしますね」

「え？　でもリンさんも疲れてますよね」

「大丈夫です。ハンス様が手配して下さったメイド数名で順番で側につきますから」

わたしの遠慮を見越して、そう申し出てくれたリンさんにお礼を言って甘えることにする。

だけど初めての場所だから目が覚めた時、びっくりして泣くかもしれない。とりあえず明日はエリオットより早く起きよう。今日はいつもより夜更かしさせてしまったから、間に合うだろうし。

一度エリオットに用意された部屋に向かい、気持ちよさそうに寝息を立てているエリオットの額に「おやすみなさい」とキスをする。純日本人として最初は恥ずかしかったけれど、数か月もすればすっかり慣れて、今はしないと何だか気持ち悪い。子供の額にするキスは『悪い夢を見ない』おまじないだと教えてもらったからかな？　今日はエリオットも色んな経験をしただろうし、夢の中で上手く整理してくれるといいな。

後ろからついてきてくれていたリンさんに、もう一度申し訳ないと謝れば「伯爵もお疲れのようですから」と返ってきた。

あー、ロドニー様ね……。

結局ハンス様に叱《しか》られつつも黙るのは一瞬で、ずっと旦那様を質問攻めにしてたもんなぁ……。

おやすみなさい、とリンさんに挨拶して、もう一度エリオットの頭を撫でてから寝室に向かう。

「ねむ……」

このまま寝台に入ったら、旦那様におやすみの挨拶もできないまま眠ってしまいそう。

少し考えてからテラスに出て、屋外に設置してあるソファに腰を下ろした。お風呂上がりの熱っぽい肌に、ちょっと冷たい夜風がちょうどいい。

眼下に見えるのは貯水池かな？　揺れる波間に本邸の明かりが反射していて、とても幻想的で、思わずほうっと溜息をついた。

一日の寒暖差の少ないアネラに、夏中いられるなら夏バテしなそう……。

明日は旦那様とエリオットと一緒に街に下りて、観光がてらお土産を買い、使用人さん達の実家に挨拶に回る予定だ。彼らの親世代は旦那様と一緒に開拓してきた人達だから職人さんが多く、アネラの職人街と呼ばれる場所に纏まっているらしい。

リックの生家である牧場みたいに郊外に住んでいる人は、また別の日に訪ねる予定だし、初日なのでのんびり観光できたらいいなぁ、と思う。でもその昔馴染《なじ》みの人達から旦那様の昔の話を聞くのも楽しみだ。結局、バタバタして本邸にいるメイドさん達から旦那様のことを聞けなかったし。

「……」

……きっとみんな旦那様が若返ってることに驚くだろうなぁ。娘や息子を一緒に王都に向かわせるくらいの人達だから、旦那様の外見が変わっても、腫れ物に触るような扱いはしない……と思いたいけど……。彼らを知るアルノルドさんも太鼓判を押してくれたし、本邸のメイドさん達も自然に受け入れてくれたし大丈夫かな？　まぁ万が一、そんな展開になったら『わたしがやりましたけど何か？』と元神子モードを発動させて、黙らせると決めている。オセ様をビビらせた『呪い』だって発動するからね！

……でもそれもわたしが勝手に心配しているだけで、旦那様はたとえ、どんな風に言われても気にしないんだろうけど。

昼間のなんちゃってパレードだって、わたしが引き攣った笑顔を浮かべる中、慣れたように手を振ってた旦那様の優雅さを思い出して再び溜息をつく。ロドニー様の暴走は業腹《ごうはら》モノだけど、堂々と領民に応える旦那様は一段と格好良かった。背景に騎士と観衆を背負ってなお輝く旦那様の高貴さとか、もうスーパーレアじゃない？

これは王都に戻ったらさっそく思い出ノートに書き込もう。

いつか綺麗に纏めて、旦那様ファンクラブを発足させた暁には会報の目玉として連載していく所存である。わたしはエレーナ王女と出会ってから、推しについて同志と語り合う楽しさを学んでしまったのだ。強火の同担拒否勢時代には知りえなかった楽しさに、昨年結婚式を挙げたエレーナ王女とは今でも文通仲間である。

あ、今日のなんちゃってパレードの旦那様の格好良さもエレーナ王女への手紙に書こう。きっとレイさんと共に地団駄踏んで悔しがるに違いない。

そんなことを考え、むふふと頬を緩ませていると、肩の上に柔らかいショールがかけられた。ふわりと石鹸《せっけん》の香りが鼻を擽《くすぐ》る。

「――旦那様！」

振り返れば、旦那様が穏やかに微笑んでわたしを見下ろしていた。

「湯上がりでしょう？　あまり外にいると身体が冷えてしまいますよ」

め、とでも言いそうな甘い視線でそう咎《とが》められ、はふぅ、と溶けてしまいそうになる。慌てて頬を押さえて原形を保ってから、わたしは誤魔化すように自分の髪を指先で弄《いじ》った。

「寝台にいると眠っちゃいそうで……旦那様におやすみの挨拶をせずに眠るのは嫌ですから。……今日はお疲れ様でした」

特に夕食、とつけ足せば、旦那様はちょっと困り顔を作って隣に腰かけた。

「今日一日で落ち着いてくれればいいのですが」

うーん！　無理かな！

溜息交じりの言葉に心の中でそう返事する。だってあの勢いよ……。それに神とも崇《あが》めていそうな旦那様と数年ぶりの邂逅《かいこう》ならば、興奮は一昼夜で収まるものじゃないだろう。

旦那様も言葉にしつつも、返事は分かっていたのだろう。小さく肩を竦《すく》めた旦那様に、わたしは疑問をぶつけてみた。

「あの、旦那様とロドニー様ってどんな関係なんでしょうか？　当時旦那様の部下だったハンス様のご家族ですから顔を合わせる機会はあったと思うんですが……随分慕ってるように見えるので、何か特別なことでもあったんでしょうか？」

老若男女誰をも虜《とりこ》にしてしまう旦那様だけど、生来の思い込みの激しさを考慮しても、さすがにロドニー様の旦那様へ向ける執着は過剰だ。こういった場合、なんか個人的なイベント……琴線に触れるような出来事があったりするのがセオリーだよね。そうなるとますます厄介なお邪魔虫になるんだけど。

旦那様はわたしの言葉に少し首を傾けてから、遠い記憶を辿《たど》るように目を細め話しだした。

「……今聞けば驚かれるかもしれませんが、幼い頃ロドニーはとても小柄で大人しく引っ込み思案だったのですよ。領民の子供に揶揄われて泣いてしまうくらいでした」

「え、あのロドニー様がですか⁉」

信じられない言葉に思わず叫んで、はっと口を押さえる。

いけないいけない。テラスとはいえ、ここは外だ。静かすぎて声が通りすぎる。

「何度かそんな場面を目撃してしまいましてね。見かねて子供達に注意をして追い払ったのですが――その時に、剣術を教えて欲しいと頼まれたのです。それで週に一度だけ時間を作って指導することにしました。慕ってくれているのならそれが理由でしょうね」

うわぁ……間違いなく正義のヒーロー……。絶対その時、激重感情が爆誕してるよね。

「でも、旦那様、よくそんな時間がありましたね」

当時、旦那様は領主であり、とても忙しかったはずだ。それなのに幼い子供の剣術指導なんてする時間はなかったはず。

「それなりに忙しかったですが、父親であるハンスに仕事を引き継いだばかりで多忙にさせてしまった負い目もありましたからね。……それにこう言ってはなんですが、ロドニーはリオネル陛下に比べて格段に熱心で素直で可愛かったのですよ。私にとっても良い気分転換になっていましたし、才能もありましたした。向上心も高かったので指導する喜びを感じたのは、ロドニーが初めてだったかもしれません」

そしてロドニー様はぐんぐん力をつけていき、揶揄ってくる子供達もいなくなったらしく——旦那様が王都に向かう前日まで鍛錬は続いたらしい。

「あ、でも今日よく声だけでお分かりになりましたね?」

「ええ、領民の中で、私のことを『ジル様』と呼ぶのは彼だけでしたから」

なるほど。でも別れた時の年齢から察するに声変わりもしてるだろうに、声だけで分かってもらえたなら感動もひとしおだよね。

そして旦那様の声音には、懐かしさと共に親愛も感じられて、やっぱりロドニー様と言い争いになったことは内緒にしておこうと心に決める。だけど少し間を置いたわたしに、旦那様が訝《いぶか》しげにわたしを見つめた。

「もしや二人で庭に行った時にロドニーに何かされましたか?」

「……いえ? ロドニー様は旦那様に夢中ですから、早く貴賓室に戻りたかったのか部屋に案内してもらうまで無言でしたし、すぐにエリオット達と合流しましたから」

……決して嘘ではないし事実である。ただ言い争いのところを省いただけだ。

うん、旦那様の思い出を汚すのもなんだし……そもそも力では勝てないけれど舌戦なら負けない。なんなら今日の嫌みの応酬だってわたしが最後で、ロドニー様は尻切れトンボで終わったから勝ちだし！　そこ、レベル低いとか言わない！

とりあえず気になっていた旦那様とロドニー様の馴れ初めは分かった。結果、これ以上ロドニー様の話をするのは精神衛生上よくない。だってよくよく考えれば、わたしより旦那様と過ごした年月はロドニー様の方が長いわけで……きぃい悔しい！　……あ、そうだ。

わたしはこほんと咳《せき》払いし、ついでにもう一つ気になっていた……いや、いいなぁとは思いつつ、ちょこっとだけ妬ましく思ってしまったことも聞いてみた。

「あの、ハンス様と仲がいいんですね。旦那様が身内以外にあんなにリラックスされたお顔を見せるのはオセ様以来で、少し驚きました」

わたしを優しく見下ろしていた旦那様の目が僅かに見開かれる。そしてややあってから、むっと眉間に皺を寄せた。

「気心が知れているハンスはともかく、オセにまでそんな顔をしてましたか？」

「え？」

少し不満げな声にちょっと驚いて、まじまじと旦那様を見つめてしまう。すると大きな手で頬を撫でるように覆ってしまい表情を隠されてしまった。けれど指の間から見えるコバルトブルーの瞳と寄せられた形のいい眉は、困惑とちょーっとだけ不服そうな複雑な感情を表していた。

んっ……っかわ……！　これは可愛いやつぅ！　お邪魔虫なオセ様のおかげっていうのが業腹だけど、今回は許す。

「っ旦那様……可愛い……」

自然と頰が緩み、気がつけばそう呟いていた。きっとわたしの声にはハートが乱舞していたに違いない。

わたしはソファに膝で乗り上がると旦那様の手を自分の手で覆って外し、まじまじと覗き込んでみた。滾《たぎ》る思いのまま前髪をそっと払い、形のいい額に口づける。甘えるように首元に頰を押しつけてから、またちゅっとリップ音を鳴らした。

ぱちっと目を丸くした旦那様に、わたしは緩んだ頰もそのままに瞼にも唇を寄せる。すると、軽く瞼を閉じた旦那様がわたしの手を逆に握り返してきた。その力はやや強い。

「……今日のナコは意地悪ですね」

「心外です。労《いたわ》ってるんですよ」

手は振り払わず、そう言いながらも鼻先にもちょんと唇を落とす。

するとすぐに旦那様は、わたしの唇に自分の唇を合わせてきた。自分だって同じことをしていたのに、触れ合うだけのキスは何だか物足りない。少し考えて、今度は下唇をゆっくりと啄み、そろそろと旦那様を見上げてみる。すぅっと細くなった目に胸が高鳴ったのは一瞬。握り締めたままだった手が一度外され、長く節ばった指先が手のひらの内側をつぅっと撫でた。

ぞくりと肌が粟立《あわだ》つ。

旦那様は指の間に自分の太い指を滑り込ませると、もう一度握り締めた。周囲からわたしを隠すように覆いかぶさると上目遣いに艶っぽく囁く。

「……疲れていると思っていたんですが、お誘いを受けたと解釈しても？」

この色っぽさにＮＯと言える人がいるなら挙手して欲しい。無論わたしは直立不動、無抵抗の五体投地である。

「あ……えっと……ハイ……」

ぽわぽわと熱くなってくる顔に、きっと真っ赤になってるんだろうなぁ、と恥ずかしく思いながら、もごもごと頷く。ここで余裕のある微笑みに甘い声で「喜んで」とかなんとか言えない自分の照れと幼さが憎い。いつか特殊スキル『色っぽさ』を会得して、旦那様に人妻の色気をくらわせてやるんだ！　旦那様に言えば『十分ですよ』なんて笑われるんだけど、目標は高く持ちたい。

二度目の口づけは下唇を噛んで名残惜しく離れ、すぐに贈られた三回目のキスは長かった。

優しいキスにうっとりしていると、ゆっくりと歯列を割って舌が入り込んでくる。

「ん……っふ……」

上顎を丁寧になぞり溢れた唾液を旦那様が親指で掬《すく》い取る。誘うように舌先を突っつかれ、おずおずと差し出せば、ゆっくりと舌が擦れ絡まり合う度に、お腹《なか》の奥がきゅうっと切なくなってきた。

「だ、……んなさま……」

「分かっています。さすがに外ではね……貴女のそんな顔を見られるのは私だけの特権ですから」

首に手を回すよう促されて、素直に従う。

不安定な姿勢にもかかわらず、わたしの膝の裏に腕を差し込んだ旦那様は危なげなく抱え上げた。そのまま部屋に入り、寝台に横たえると一度戻ってテラスの扉を閉めてわたしの隣に寝そべり、向かい合う。

大きな手がわたしの腰を撫でて、反対側の手でぐっと引き寄せられたかと思うと、耳朶《みみたぶ》をやんわりと噛まれた。

「っん！」

「相変わらず耳が弱いですね」

低くて甘い囁きのついでに舌が耳の輪郭を辿っていく。脳に直接響くような水音に「ひっ……っあっ」と大きな声が出てしまう。ぞわわっと肌が粟立って旦那様の肩を押して抵抗するけれど、ぴくりとも動かない。

「……っだ、め……っ、……はっ」

「……ココはよすぎて疲れさせてしまいそうですね。今日は本当に疲れているでしょうから、早めに切り上げましょう。――だから頑張って下さいね」

ぎゅうっと身体を硬くさせたわたしに、旦那様はそう言って軽いリップ音を立ててから解放してくれた。

甘い責め苦を受けて、くたあ……っと伸びたわたしに小さく笑ってから、寝着の裾をゆっくりとたくし上げてくる。太腿《ふともも》に旦那様の大きくて温かい手が這《は》い、お尻を優しく撫でてから軽く持ち上げた足の間に差し込まれた。

下着の上からソコに指を添わされるとクチュ……と、濡《ぬ》れた音が響く。

「おや、まだ耳しか弄ってないのに随分熱いですね？」

少し意地悪く囁かれた言葉に、顔がますます熱くなって自然と視界が潤む。

そんなわたしを旦那様は愛《いと》おしそうに目を眇《すが》めて見つめ「可愛い」と蕩《とろ》けそうな甘い声で囁いた。

その間に胸元のボタンは外されていて、胸の膨らみが露《あら》わになる。少し身体を引き上げられたかと思うと、顔を埋《うず》められた。

わわ、と焦っている間に淡く色づいた場所ごと先端を口に含まれ「ん」と声が漏れた。

焦《じ》らされることもなく、まだ柔らかい先端を舌先で転がされ、刺激に硬くなってきたところをじゅっと吸いつかれて、声が止まらなくなる。

その間も足の間の指は器用に動いていて、下着の上から蕾《つぼみ》を親指でぐっと押し潰しては、優しく上下に撫で上げてくる。そんな風に的確にわたしの弱いところを探っていくのだからもう堪《たま》らなかった。

自分でも呆れるくらい濡れてしまった下着の紐《ひも》を解《ほど》いて、直接指が触れる。

入り口を撫でられ、すぐに旦那様の太い指を入れられても痛くないくらい、そこはもう潤っている。気持ちよさに大きな声が出てしまいそうで、旦那様の頭を抱え込んだ。

「くぅ……っあ、ああ、っ」

「いつもよりきゅうきゅう締めてきますね。そんなにココが寂しかったですか？」

「……あ、んんっ……こ、こころも、……っああ……さみしかった、です……！」

熱を孕《はら》んだ声に尋ねられ、はくはく息を吐きながらそう答える。

いや、だって！　数週間前から旦那様はこの休暇のためにお城に泊まり込んだり、夜遅く帰ったりしてたわけで……こういったことはほぼ一か月ぶりだったのである。

寂しさと嬉しさに一番素直だったのは身体だったらしい。うう……。どうした、日本人の慎みはどこに行ったんだ……！

わたしの言葉が意外だったのか、旦那様は小さく目を瞬いた。けれどすぐに蕩けるような微笑みを浮かべ、噛みつくようなキスをされる。早急に絡められた舌がいやらしく絡まり、上顎まで丁寧に嬲《なぶ》られた。寝室に苦しげな吐息と水音が派手に響くような激しいキス。

その最中も親指が蕾を捏《こ》ねて、中の指が増やされていく。

「あ、……だめ……っイっ……ッん、んぅ――――！」

息苦しさと共に、急速にてっぺんまで引き上げられ、快感に身体が強張った後弛緩《しかん》する。

口づけられたまま達した息苦しさに短い呼吸を繰り返せば、旦那様はようやく唇を解放してくれた。そして溢れた唾液を親指で掬い取り、ごくりと飲み込む。その喉の動きに、捕食されるような感覚を覚えて身体中がゾクゾクした。

熱を孕んだ瞳がわたしをひたりと捉えると、ぐぐっとお腹に熱いモノが押しつけられた。

その正体が何か、なんて分からないはずもなく。

「……私も我慢が利かないようです。ナコ、貴女の中に入れてくれますか？」

指も外された足の間、すっかり濡れそぼったソコがすぅすぅする。

寂しささえ感じて返事代わりに旦那様にしがみつくと、「ありがとうございます」という声と共にぐっと腰が寄せられ、ゆっくりと旦那様自身が入ってきた。いつもと違う横向きに寝転んだ体勢は確かに楽だけど、その分いつもと違う場所に切っ先が当たって、気持ちよさに思わず息を止めてしまう。

「……痛くはないですか？」

吐息交じりの低い声が耳を擽る。

その拍子にぐっと力が入ってしまったらしく、旦那様が「……ん」と掠《かす》れた声を吐き出した。

「ナコの身体は気に入ったみたいですね……」

汗ばんだ肌が密着する。もうわたしの身体も旦那様と同じくらいの体温になっていて、肌の境目が分からなくなってくる。

「足を上げますね。ここに足をかけて……。ええ、上手ですね」

言われるまま横向きでゆっくりと身体を動かせば、中に入ったままのモノが、より深く潜り込んでくる感覚に「ん、あっ……！」と悲鳴のような声が出てしまった。

「痛かったら言って下さいね」

いつもよりずっと優しく円を描くようにゆっくりと揺らされる。

ん、ん、ん、これ気持ちいい。べったり旦那様の胸に包み込まれるの、しあわせ。

けれど強い快感を知ってる身体は、物足りなさを覚えて、自然と腰を揺らしてしまう。

「だん、な、さま……もっと、ほし……ッ」

もう頭の中は快感で占められて、心の中で思ったことが、喘《あえ》ぎ声と共に出てしまう。

深いところで繋がっているけれど、もっと強い刺激が欲しい。

「いけない子ですね。そんな男を喜ばせる言葉をどこで覚えてきたんですか」

きゅっと胸の先端を抓まれ引っ張られる。今はちょっと痛いくらいの方が気持ちよくて、ますます旦那様をきゅうきゅう締めつけてしまう。

「ん、……はぁ……今日は本当に貴女に負担をかけないようにと考えていたんですが」

「や、……もっと、ね、ジル、ベルトさ、まぁ……っ」

名前を呼べば、大抵の我儘《わがまま》は許される。寝台なら特に――なんて今更なことを思い出して名前を呼んだ途端、コバルトブルーの瞳に獰猛《どうもう》な光が宿った。

唐突に腰を掴まれ、そのまま上を向いた旦那様のお腹に乗せられる。

「ふぁっ……っやぁ……ッ！」

深く熱いモノが重力に従ってぐっと奥に入り込んできて、慌てて上半身を起こそうとすれば、お尻をぐっと押さえつけられた。

「んんっ」

結局上半身を起こせず中途半端な体勢で旦那様の胸に手を置いた瞬間、下から突き上げられていた。

「……あっ、あああっ」

「ん、ナコはやっぱりゆっくり掻き回されるより、こうして奥を抉《えぐ》られる方が好きなようだ。以前

いな、なんて緩慢な思考の中でそんなことを思う。

密《ひそ》やかに笑う笑みは美しく艶《なま》めかしかった。こんな美しい人がわたしの旦那様なんて信じられないな、なんて緩慢な思考の中でそんなことを思う。

「もう少し身体から力を抜いて下さい。私に身を預けて楽にして」

それは無茶な注文です！

そう言いたいけれど、嬌声《きょうせい》を上げるのにいっぱいいっぱいで言葉にできない。

腰をぐっと持ち上げられ力を抜けば、一際強く引き寄せられ、一番気持ちのよいところに当たる。

「ほら、ナコ顔を見せて」

腰を支えていた手が片方外され、顎を優しく掴まれる。コバルトブルーの瞳が悪戯げに細められ、形のいい唇が笑みの形を刻んだ。

「ほら、ナコの方が可愛いです、よ……っ」

言葉の最後に突き上げられて、返事もできない。一瞬快感から逃れようとお尻を上げれば、「自ら腰を振るなんて健気でやっぱり可愛い」なんて意地悪く囁かれる。

ふと覚えた既視感に少し前の仕返しだと知り、ちょっと大人げないんじゃないですか、なんて反論したくなってしまう。

旦那様をじとっと睨めば、コバルトブルーの瞳は悪戯な色と欲情を滲《にじ》ませた。顎を擽っていた手が頬をなぞり、耳朶を揉むよう弄ぶ。

「ン、あ……っ」

気持ちいいところがまた一つ増えて、快感が一気に膨らんでいく。

耳のすぐ近くで聞こえるのは旦那様かわたしの心臓の音なのか分からず、ただしがみつく。

「ナコ……ッ」

そして一際深い場所を穿《うが》たれ、一気に押し上げられた私は細く甲高い叫び声を上げげた。もう指先一つ動かせなくて、ぱったりと旦那様の少し汗ばんだ胸に倒れ込んだ。


――そして。

「……全然控えめじゃありませんでしたけど……」

息も落ち着き、ぽそりとそう呟けば、さすがの旦那様も思うところがあったのか、「申し訳ありません……つい揶揄われて意地になりまして」と、弱りきった困り眉で謝られた。そしていつものように丁寧に身体を拭かれ、時々軽いキスであやされる。

最後に優しく胸の中で抱き締められ――。

「も、もう次はないですからね！」

なんて、なんだかんだと許してしまうのだった。

三、旦那様、懐古に浸る

静かに寝台を抜け出せば、ナコの白い手が何かを探すように彷徨《さまよ》い、近くにあったクッションをぎゅっと抱え込む。

しかし思っていた感触ではなかったのだろう、むうっと眉間に寄った皺に笑みが浮かび、そっと撫でて伸ばそうとした指を慌てて引っ込めた。

触れれば起こしてしまうかもしれない。

それでも名残惜しく、白いせいで余計に華奢《きゃしゃ》に見えるナコの肩にそっと自分のローブをかけ、音を立てないように素早く身支度を整える。

そうして静かに部屋を出れば、夏の朝らしく既に窓から差し込む日は明るく、空気の入れ換えのために開けられた窓から高原らしい涼しい風が吹き込んできた。

アネラの朝だな、と感傷に独りごちて向かった先はエリオットの部屋だ。

昨晩、ナコが寝入りばなに、見慣れない場所で目覚めたエリオットが泣いてしまうかもしれないと気にしていたので、こうして彼女が起きる前に様子を見に行くことにしたのである。

予定通り起きられないほど無理をさせてしまったのは自分である。ここは責任を持ってナコの代わりにエリオットの機嫌を取るべきだろう。それに何より慣れない旅先で母親を独占してしまった罪悪感もあった。

同じ二階のそれほど離れていない扉の前に立ち、控えめにノックをして返事を待つ。

するとすぐにリン嬢の声がして、静かに扉が開かれた。

「リン嬢、おはようございます。疲れているのに子守りまでさせて申し訳ない。……エリオットはまだ眠っていますか？」

私の顔を見て僅かに目を見開いたリン嬢に気づかないフリをして、潜めた声で尋ねる。

するとリン嬢はすぐに身を引いて、部屋へと招き入れてくれた。

「少し前からもぞもぞしてらっしゃいますので、もうお目覚めになるかと思います」

部屋を横切り、天蓋のかかった寝台を覗き込めば、リン嬢の言葉通り、エリオットは一度二度と寝返りを打ち、口をもごもごさせていた。

天蓋の布が引かれたことで少し眩《まぶ》しいのか、眉間に皺が寄る。それが先ほどのナコそっくりで今度こそ小さな笑い声が漏れてしまった。

エリオットならば許されるだろうと寝台に腰かけ、小さな眉間を指先で撫でる。

んー、と呟いた声に、そろそろ目覚めが近いかと待ち構えていると、後ろからリン嬢が声をかけてきた。

「てっきりナコ様がいらっしゃると思いましたが、伯爵自らお越し下さったのですね」

「……」

どうやら見逃してくれるつもりはないらしい。

「エリオット様に弟妹ができるのは歓迎しますが、予定を繰り下げねばならないほど励むのはどうかと思われます」

いっそう明け透けになった言葉に全面的に降伏する。長引かせて子供の前でする話ではない。

「……昨日は遅くまで付き合わせてしまいまして。……反省はしています」

「ここにはナコ様を敵視される方がいるようですし、ナコ様の弱みにならないようにお気をつけ下さいませ」

揶揄うだけかと思いきや、気にしていたことを念押しされる。

エリオットからリン嬢に視線を向けると、いつも通り姿勢正しく腹の前で手を組んだリン嬢の鋭い瞳とぶつかった。

「ロドニーのことですか？」

「――夕食のお迎えの時にお見かけした程度でしたが、礼儀作法や教育を受けていないとは思いません。伯爵を随分慕っているのは分かります。しかしナコ様を蔑《ないがし》ろにしてよいわけではありません」

整った眉が不快そうに吊《つ》り上がる。普段滅多に感情を表わさない彼女にしては珍しいが、それほど目に余ったということなのだろう。

確かに馬車での初対面では自分の陰になって見えず、ナコの存在に気づかなかったのかと思ったが、それならそれで家族で訪ねると伝えている以上、所在を尋ねるのが当然だ。

自分としてもナコとロドニーの間に漂う不穏な空気は気になっていた。しかし私の前で二人がいがみ合うことはなく、昨夜ナコからロドニーについて質問された時も、思い出話を静かに聞いてくれただけだった。……ナコを困らせる全てのものから守りたいと思っているのに、そうさせてくれないことが少し寂しく、不甲斐《ふがい》なく思う。

それにロドニーが自分にばかり話しかけるということは、ナコに関心がないということでもあり――どこかでそれを歓迎する気持ちがあったのかもしれない。ロドニーも黙ってさえいれば見目も体格もいい青年であり、年齢だけなら自分よりもナコと釣り合いが取れる存在なのだから。

……我ながら浅ましい。

しかしそもそもナコは元とはいえ王に次いで貴き身とされる神子である。私よりもはるかに身分の高い存在だ。まだ子爵ですらないロドニーよりもずっと高く、貴族としても多数の事業を抱える領主の跡取りとしても、自分の感情を分かりやすく表に出すなど褒められたことではない。確かにロドニーは一時は弟子のように可愛がっていた存在だが、自分にとって一等大事なナコを蔑ろにするようであれば――。

「早急に善処します」

しっかりとそう返せば、リン嬢は目を伏せ「生意気なことを申しました」と、謝罪してきた。

「いえ、ロドニーがナコに何か言ってくるようなら知らせて下さい」

「お任せ下さいませ。……あら」

もう一度軽く視線を上げたところで、リン嬢が小さく呟いた。

その視線を追いかければ、寝台で眠っていたエリオットが目を擦りながら、ぼんやりこちらを見上げていた。

「エリオット様、おはようございます」

「……おはよう……。……ん、お父さま？」

「ええ、おはよう。エリオット」

むくりと起き上がるも、エリオットはキョロキョロと周囲を見渡した。すると見慣れない部屋に途端に警戒した表情を見せ、キュッと眉を寄せた。

「お母さま、どこ？」

案の定、続いた言葉にリン嬢が目を薄くさせて私を見てから「顔を洗う水を持ってきます」と、止める間もなく出ていってしまった。

これは困った。

どうにか機嫌を取ってナコを休ませてやりたい。そんな気持ちで、「ちゃんと近くの部屋にいますよ。疲れているから少しだけ寝かせてあげて下さい」と言い聞かせてみる。

けれどみるみるコバルトブルーの瞳は涙で潤み、今にも溢れ落ちそうになってしまった。

子供の瞳というのはどうしてこうも綺麗なのだろう。余計に良心に刺さる。昨晩無理させなければ、本来ここにはナコもいたはずなのだ。

幼い我が子への申し訳なさがいっそう募り、寝起きの温かい身体を寝台から抱き上げ、毛布でくるんで、艶やかな黒髪を撫でる。

気分転換になるかとテラスに出てみれば、涼やかな朝の風が涙で濡れたエリオットの頬を乾かしてくれた。木々の間にアネラの街が見えることに気づき、指をさして教えると、興味を引かれたのかすっかり泣きやんで身を乗り出した。

「今日はあそこに行きますよ」

そう話せば、幸いなことに不機嫌顔はたちまち笑顔になり、はしゃぐようにお喋りを始め、私は心の中でそっと胸を撫で下ろしたのだった。


その後、リン嬢が戻ってきてエリオットの身支度を整えていたところに、慌てたナコがやってきた。

私がいることに少し驚いた顔をしつつも、大人しく胸の中に収まっているエリオットを見てほっとした顔を見せたナコに、書き置きでも残しておけばよかったと後悔する。

そして昨日の無理がたたっていないか注意深く観察する。……幸いなことに顔色は悪くなく、どこかを痛めた様子もなく安堵《あんど》する。

「旦那様、エリオットを見てくれてありがとうございます。すっかり眠りこけちゃいました」

「いえ、本当はもっと眠っていてもらう予定だったんです。……昨晩は無理をさせてしまいましたから」

最後は声を潜めて耳元で囁けば、ナコの頬がふわっと赤く染まる。

ガウンこそ羽織っているものの、昨日の情事の痕跡がうっすら残る気怠《けだる》い雰囲気に『朝から目に毒だ』と思っていると、ナコはしかしすぐにハッとした顔をして、ぐっと拳を握った。

「朝からロドニー様が来襲する夢を見たんです……！」

「ロドニーが、ですか？　……彼も跡取りとしての教育を受けたりいくつか執務もこなしているはずですから、そこまで暇ではないと思いますが……」

あくまで真面目にそう言ったナコに困惑したものの、昨晩の夕食の様子を思い出し、ありえない話でもないと考えを改める。リン嬢も少し考えるように口元に手を置き、同意するように小さく頷いた。

「そういえば昨日お見送りの際にも、伯爵同様毎朝欠かさず鍛錬をされていると仰っていました。あれから研鑽《けんさん》した成果を見て欲しいとも。確かに伯爵を誘うにはいい口実かもしれません」

そう言うと即座に踵《きびす》を返し、クローゼットの中からエリオットの外出用のケープを出してくる。

「今日は大事なご予定がございましたよね？　ナコ様と伯爵も着替えて下さい。昨日見た様子ではお店も多かったですから、観光がてら外で朝食を食べてはどうでしょう？」

「そうします！」

先にナコがそう応え、エリオットに「おはよう」のキスをしてから、私の手を引っ張る。

その性急さに、やはり自分のいないところでロドニーに何か言われたに違いない、と確信し自然と顔が険しくなった。

そして迎えの馬車の手配をリン嬢に頼み、エリオットを抱えて屋敷を飛び出す。

昨日馬車で通った坂を徒歩で下って通りの入り口に到着すれば、以前からあった朝市はもちろん、記念祭の出店も並び始め、朝早くから設置に励んでいた。

エリオットも私の胸に抱かれ、坂を駆け下りる感覚が楽しかったのか、空腹だろうにもかかわらず終始ご機嫌だったことは幸いだった。

少し速度を落とし、ゆっくりと歩き出す。

「おまつり！」

「そうだよー。お祭りの飾りつけかな。綺麗だね」

外灯や公営の建物に飾られた造花やリボンを見て、エリオットが指をさす。

自分の世代では貿易の中継地としてアネラを発展させたが、ここ数年はハンスの手腕で避暑地としても有名になりつつあった。貴族も利用できるような豪華な宿泊施設ができ、買い物も楽しめるように高級品を揃えたブティックから、気軽に入れるお土産店まで揃っていて、今もまだ早い時間だというのに、観光客の姿がちらほら見える。

しかし数年ぶりに見る街並みは、建物こそ増えたもののそれほど変わらず、未だ王都よりも馴染み深かった。

既に人でごった返している広場は避け、軽い朝食を出してくれるような小さな店を探し始める。

時々吹く高原特有の涼しい風、喧噪《けんそう》、活気のある人の呼び込み。幾度も踏まれ少し浮いた煉瓦道。当時の職人達と、ああでもないこうでもないと意見を出し合ったアネラの紋章が小さな旗となって、外灯一本一本に掲げられている。

そしてそんな光景の中に、ナコやエリオット——自分の、自分だけの大切な家族がいると思うと、胸の奥を擽られるような心地になった。過去の自分に対する哀れみや優越感もあるのだろう。けれどそれ以上に感じる『幸せ』を噛み締める。

エリオットの温かさを感じながらつい過去に思いを馳《は》せかけるが、すぐに小さな身体を一度抱え直し、緩く首を振った。

そう、休暇は長い。感傷に浸るのは今でなくともよい。

今日は今屋敷で働いてくれている者達の家族への挨拶、開拓当時に世話になった職人達の家を訪ねる予定だった。昨日派手にアネラに入ったことは確実に彼らの耳に入っているだろうし、今日中に訪ねないと「挨拶にも来ないのか！」と臍《へそ》を曲げる可能性が高い。腕はいいがハンスも手を焼くほど彼らは気難しく我儘なのだ。

「朝ですし簡単に食べられるものにしましょうか。……のんびりした旅行のつもりが、初日から慌ただしくさせて申し訳ありません」

不甲斐なさを思い出し、そう謝れば、ナコはきょとんとした顔をした。

「屋台で朝食なんて初めてじゃないですか？　早朝デートみたいで、すごく楽しいです！」

弾んだ声でそう言い、シャツの背中をちょんと抓む。

腕を持たなかったのは、もう片方の腕でエリオットを抱いていたからだろう。その遠慮がちな仕草や、弾んだ声に愛しさが込み上げてきて、しっかりと手を取り握った。

幼い子供の体重など鍛錬の準備運動にもなりはしない。きゅっと顎を引き、嬉しそうに頬を染めたナコの笑顔はただただ愛らしかった。昨晩の妖艶さを見せない少女のような仕草に、女性とは恐ろしいものだと嘯《うそぶ》いて心の平穏を保つ。……そうでもしないと人目も憚《はばか》らず、エリオットごと抱き締めてしまいそうだった。

ほどなくして見えてきたパン屋に入り、軒先に並べてある一番奥の目立たないテーブルを確保する。

焼き立ての香ばしい匂いに誘われて、自分でパンを二つ選んだエリオットは、私の膝の上で一緒に買った果物のジュースを飲みだした。

「ここはどこ?」

「パン屋さんだよ。食事を取ったら、お屋敷で働いている人達の家族やお父様の知り合いに会いに行くからね。ここで美味しいパンをいっぱい食べて元気に挨拶しよう」

エリオットが「うん!」と素直に返事をすると、ナコは私にはあまり見せない慈しむような優しい顔でエリオットの手をハンカチで拭う。するとエリオットは私の膝から下りようと足をバタつかせた。

一人で座りたいのかとナコとの間に座らせれば、テーブルの上が見えなくなったらしく、今度はナコの膝へと上がってしまう。

「私が……」

「今まで抱っこしてもらってましたし、大丈夫ですよ。ほら、エリオットおいで」

ナコはそう言うと、にこりと笑ってエリオットを引き取ってしまう。

エリオットもすっかり安心しきったような顔をしてから、お腹が空《す》いているのを思い出したかのように、パンを手に取っては吟味していた。

その絶対的な信頼に今朝の出来事を思い出し、まだまだナコには敵わないな、と嘆息したくなる。

もう少し休みがあればエリオットと共に過ごす時間も増え、ナコの負担を減らすことができるだろうか、と少し真面目に考えたのは、昨日からロドニーに振り回されているせいだろう。

私が領地にいた頃は、普通の……いや、少し思い込みが強いくらいの子供だった。

それがどうしてあそこまで酷《ひど》くなったかと考えれば、思いつくのは母親のメアリーの逝去だ。

仕事では難しい交渉をこなすハンスだが、身内のことになると途端不器用になってしまう難儀な性格である。私がいた時も、年を重ねるにつれて反抗するようになったロドニーとぶつかることがあったが、そんな時はメアリーが間に入り、二人の足りない言葉を補足して仲を取り持っていた。

やはり母親というのは、子供の成長において多大な影響を及ぼすのだろう。

自分も他人のことは言えないが……、と反省しつつ二人を見守っていると、さりげなく野菜の入ったサンドイッチを選ばせることに成功したナコが、よしっと小さく呟き、テーブルの下でぐっと拳を握るのが分かった。思わず笑うと、むぅっと眉を寄せて、『お野菜なかなか食べないんですからね！』と口の動きだけで非難してくる。

「エリオットは偉いですね。――ただ、今笑ったのは『母親』のナコも偉くて可愛いな、と、微笑ましくて。いつもエリオットの健康を考えてくれてありがとうございます」

誰もこちらを見ていないのをいいことに、身体を寄せて額に軽く口づけをする。

不意打ちのキスに、ナコはエリオットを腕で抱え込み、上目遣いで睨んでくる。手に千切ったパンを持っているせいで、顔を隠せなかったらしい。真っ赤になったナコに今度こそ頬が緩み、ついには笑い声が漏れた。

「うう……旦那様。もうっ！　昨日から、なんか……甘すぎませんか⁉　このままじゃ心臓がもちません！」

「それは大変だ。でもそうですね。私も生まれて初めての家族旅行に、年甲斐もなくはしゃいでいるのかもしれません。……そうだ。なかなか美味しいですし、ここのパンを手土産にしましょうか」

言葉の途中で随分子供のようなことを言ってしまったと反省して話題を変える。ナコも『生まれて初めての家族旅行』という言葉に何か察したのか、もう、と少しだけ怒ったフリをして困ったように笑うと、こくりと頷いて同意してくれたのだった。

食事を終え、一緒に買った籠に日保《ひも》ちのするパンを入れてもらい、一際賑やかな通りに出る。職人街を目指しながらも観光がてら少し回り道することにした。

馬車の出入りが禁止されている道なら、エリオットと手を繋いでゆっくり歩いても問題ない。

反対側の手でナコの手を握り締め、時々足を浮かせながら弾むように歩くエリオットの歩幅に合わせて歩くこと数分。何故かあちこちから視線を感じ始めた。

私達の服装はありふれた、どちらかというと地味なものだ。その上記念祭が近いせいで様々な国から来た観光客や商売人が行き交っていて家族連れも多く、外国人もちらほら見える。ナコのような黒髪も少ないながらもゼロではなく、むしろ王都より目立たない。

殺気はなく、ナコと自分の身分を知り、つけ狙うものではないことは確かだが、何か珍しいものを見ているようなそんな興味本位な視線に戸惑う。

俯くようにナコを見下ろすと視線が合った。すぐに頷いた彼女も周囲の視線に気づいたのだろう。

声をかけようと近づいてくる気配を感じ、素早くエリオットを抱き上げナコの手を引き、人通りのない裏道に入る。何度か角を曲がり彼らを撒《ま》くと、ナコに話しかけた。

「……少し街の様子がおかしいですね。観光がてらゆっくり向かおうと思っていましたが、まっすぐ職人街まで向かいましょう。あそこは商売人以外は足を踏み入れませんし、情報通も多い。注目されている理由を知る者がいるかもしれません」

「……わたしもそうした方がいいと思います。何だか一度捕まっちゃうと、お忍びアイドルの如く取り囲まれて抜け出せない感じがビシビシ伝わってきますし……」

「アイ……？」

「あ、いえ！　……確かに旦那様は見惚れてしまうほどのイケメンですけど、大抵の人は神々しすぎて声なんてかけられないし、ある程度は理性を利かせて我慢できるんです。なのにさっきの視線は遠慮がなさすぎますし、声までかけようとしてくるなんて、さすがに非常事態だと思います！」

力の入ったナコの熱弁を聞いて思わず苦笑する。随分私のことを持ち上げたものだ。しかしおかげで余計な力が抜けた。誰も見ていないのをいいことに、ナコとエリオットを安心させるように抱き寄せる。すると同じタイミングでぎゅっと抱き返してくれた二人に、ますます笑みが深まった。

そして目立たないようにフードを被って記憶を辿り、人通りの少ない裏道を通って、街の中心から少し離れた職人街へと入る。

職人街といっても、門があるわけでもなく、溶鉱炉や独特の香料の匂い、雑然と工房が並ぶ一角といったところで、地面も土のままだ。

ナコとエリオットの足元に注意を払いながら、目指したのはアネラを開拓して初めて造った大きな建物だ。開拓当時は炊き出しや拠点として使っていたもので、ここで食事を取ったり、何かの記念日にはお祝いをしたり、アネラのこれからについて議論を交わしたりと思い出深い場所だ。

領主邸が完成し、街の広場に正式な集会場ができてからは、炊き出しですっかり料理に目覚めた職人達の纏め役だったマック――料理長の父がここで食堂を始めると聞いた時は驚いたものだが、思い出深い場所のせいか、自分にとっても初期住人となった職人達にとっても居心地がよく、いつも人が集まっていた。

今日も誰かしら来ていると思うが……。

最悪マックがいれば、事情は聞けるだろう。

フードを外し正面にある食堂の扉の前に立つ。少しだけ緊張しているような気がするのは、彼らにこの姿が受け入れられるかという心配もあったからかもしれない。無論自分は何を言われても平気だが、ナコは違うだろう。ナコの「旦那様のお仲間に会いたいです！」という言葉がなければ、一人で来ていたかもしれない。

いや、本当は心のどこかで、かつての仲間に大事な宝物を見せびらかしたい気持ちがあったに違いない。我ながら子供じみていると今更反省して、改めて扉を見た。

食堂の扉は変わっておらず武骨に打ちつけられた看板もそのままで、ここだけは完全に時間が止まっているようだった。

「よし、エリオット。お母様と手を繋いでおこう。ご挨拶ちゃんとしようね」

「……職人が多いので荒い言葉遣いに驚くかもしれません。ですがゼブ村の住人とそう変わりありませんよ。居心地が悪ければすぐにお暇《いとま》しましょう」

少し緊張した面持ちのナコに気づき、安心させるように言葉をかける。

そもそも使用人達の家への挨拶も、私だけで済ませるつもりだったのだ。王都についてきてくれた者の多くは一緒にアネラを発展させた仲間の息子や娘が多く、自分が王都に戻らなければ彼らも親元を離れることはなかっただろう。そのことに申し訳なさを覚えたのは、自分が子の親になったからかもしれない。

しかしナコは顔を上げると「大丈夫ですよ！」と弾《はじ》けるような速さで返事をした。

子供扱いしてくれるな、と顔に書いてあり、また過保護になっていることを自覚する。

リン嬢からもアルノルドからも度々注意されているというのに、もう癖になっているのだろう。

そんな自分に呆れながらも、覚悟を決めて年季の入った扉を開けると、懐かしい特注の大きなドアベルが真上で鳴った。しかし最後までその音色を響かせる前に、懐かしい怒鳴り声がそれを掻き消した。

「王都に行って腕が落ちたんじゃねぇか!?」

びくん、とエリオットの肩が上がり、ナコが慌てて抱き締める。

自分も安心させようと頭を撫でつつも、その老人——などと呼べば怒りだすだろう、マックの怒鳴り声に、懐かしいな、と自然と口角が上がった。

正面から見て左にあるカウンターの向こうの厨房《ちゅうぼう》では鍋を振る我が伯爵家の料理長の姿があり、

その後ろでどうやったらあんな大声が出るのか分からないくらい、小柄な老人が檄《げき》を飛ばしていた。

あの当時の自分よりも年上だったので、七十はとうに過ぎたかと思うが、別れた時と変わらぬ闊《かっ》達《たつ》さで安堵する。

そして声をかけるタイミングを窺い、客席を見ればテーブルは全て埋まり混み合っていた。

その中でカウンターの中にいる料理長に野次を飛ばしながら、ワインを呷《あお》っていた男がふと振り向いて目が合う。特徴的な丸眼鏡が似合うその男はよく見知った者だった。

「——お久しぶりですね。アントニオ」

元大工の彫刻師という変わった経歴を持つそつ細身の男は、上から下まで視線を何度も往復させて、「ジルベルト様‼」と叫んだ。

その途端、やや見覚えのあるような顔をした若い男数名が立ち上がり、こちらへ押し寄せてくる。

その勢いに押し潰されそうになり、急いでナコとエリオットを背中に庇《かば》ったところで「ジルベルト！」と、店中に大きな声が響き渡った。

「待ってたぞ！　ひひひ！　本当に若返ってんじゃゃねぇか！」

マックは年齢を感じさせないどころか、現役の騎士にも劣らない俊敏さでぴょんとカウンターを乗り越えた。私達の周囲に集まった男達を掻き分け、時には踏んづけ、ずんずんと近づき、その途中でぱっと振り返ると、もう一つある奥の部屋に向かって叫んだ。

「オイお前ら！　ジルベルトのご帰還だぞ！」

途端、奥の部屋から次々と出てきたのは、見知った顔ばかりだ。

「久しぶりだな！」

「え、本物？　マジで!?」

「ジルベルト様、若返ったとは聞いていましたが、これほど麗しいとは……まさに奇跡……！」

「はー……絶世の美丈夫だわ……お母さんに聞いてた通り……」

「きゃああ！　イケメン！　ああっ私が三十歳若ければ……っ！」

大工のヨハンに、鍛冶屋のサナ、領主邸で働いてくれた使用人達、それに領主時代は幼かった子供や孫達が加わり、一種のお祭り状態となっていた。

「お前らうるせぇな！」

「かっこいい！　最高！　王都での活躍もお聞かせ下さい！」

「こっち向いてー！」

「サインお願いしまっす！」

「素敵――！　抱いて――！」

全く聞く耳持たず、特に最後に響いた野太い声に、マックの堪忍袋の緒が切れたらしい。ごちんっと重たい拳を一際体格のいい青年の脳天に落とし「黙れ！」と、びりりと床まで震えるような大きな声で叫んだ。

「ぎゃあぎゃあうるせぇ！　個人的な話は後にしやがれってんだ！」

マックが一喝して静かにさせるのも昔のまま。その懐かしい光景に苦笑する。

ようやく会話ができる程度には落ち着いたが、その間も続々と誰も彼も見覚えのある者達が出てきて、一番最後に青年に車椅子を押された老女が、ゆっくりと食堂内に入ってきた。おや、と注目する。

少し痩せてしまっているが、あれは十年前に亡くなった農作物担当の妻のマーニーだろうか。彼女はよく炊き出しに参加し、マックとはまた違う、親元を離れた若い職人達の心を温かくしてくれるような優しい味の料理を作ってくれていた。自分も当時は随分世話になったものだ。

無論彼女だけでなく、見知った顔一つ一つにそれぞれ思い出がある。最初にどこか見覚えがある、と思った者達は彼らの子供や孫なのだろう。よく見ればどこかしら面影を受け継いでいる。

懐かしさに目を細めていると、とうとう目の前までやってきたマックが「おい！　何ぼーっとしとるんだ！」と、がなり立ててきた。……ああ、しかし本当に彼は変わらない。

私は込み上げた笑いを噛み殺し、ようやく彼に返事をした。

「聞いていますよ、マック。本当に貴方は変わりませんね」

「っは！　お前さんが変わりすぎだろう！　ったく祭り前で忙しい時に来やがって」

「またまたぁ。マックさん、ジルベルト様は忙しいだろうから家を回る手間を省くためにって街に下りてるの聞いてすぐみんなに声かけ回ってたくせに。郊外に住む連中にもわざわざ鷹《たか》まで頼んで伝えてくれたし……」

「うるせぇ！　散歩のついでだ、ついで！」

茶々を入れるように口を挟んだアントニオに向かって拳骨《げんこつ》を振り回して反論する。

一番にここを訪ねるはずだという思い込みの強さも相変わらずだが、同時に昔からよく気が利く

男でもあった。この人数を短時間で集めるのは大変だっただろう。

「っち！　おかげでゆっくり喋る時間が取れただろうがよ？」

確かにマックの言う通り工房や住居を一軒一軒回るのは時間がかかっただろうし、ここ一か所で終わるのなら、かなりの時間短縮になったと言えよう。

ありがとうございます、と同意して礼を言えば、苛立《いらだ》たしげに爪先で床を鳴らしていたマックはころりと機嫌をよくし、得意げに胸を反らした。

そして口々に話しかけてくる懐かしい顔ぶれへの挨拶を一旦やめて、後ろにいるナコを振り返った。こくりと頷いたのを確認してから、ナコ達が見えるように一歩横に動く。

「こちらは私の大事な家族で、妻のナコ、息子のエリオットです」

「初めまして。旦那様と苦楽を共にした皆様にお会いできて嬉しいです」

「エリオット、です。こんにちは」

昨日とは違い、エリオットもナコの手を握りながらも、きちんと挨拶をする。その様子に目を細めていると、マックが三白眼気味の目をぎょろりとさせて尋ねてきた。

「……おい。ということは、このお方がお前を若返らせた有名な『神子様』か！」

「きゃああ！　神子様ですって！」

「お姿を見ているだけで寿命が延びる気がするわ……！」

そんな声と共に一斉に拝まれ、ナコは若干引き攣った笑みを浮かべている。

しかしゼブ村と全く同じ展開だからだろうか、ナコは慌てることなく「『元』ですから、今は皆さんと同じ一般人です。気負わず名前を呼んで話しかけてくれると嬉しいです」と、親しみを感じさせる明るい声で答えた。

笑顔を絶やさず、もじもじするエリオットをあやしては、一人一人挨拶するナコに親近感を覚えたらしい。夫に負けずお喋りなマックの妻がおずおずと声をかけた。

「そうかい……？　じゃあジルベルト様の王都での暮らしっぷりや流行りの話なんか聞いても構わないかねぇ」

そんな言葉を皮切りにナコ達の周囲に女性陣が集まり、あっというまに輪の中心になってしまった。

見知らぬ者達に囲まれるナコが心配になるが、目が合ったナコは「大丈夫ですよ」と口の動きだけで伝えてくる。そして女性陣に勧められるまま、椅子に腰を下ろしエリオットを膝の上に乗せた。

エリオットも最初こそナコに張りついていたものの、子育てに慣れた女性陣に上手にあやされ笑顔を見せ始める。

ナコの言葉通り、私の心配はただの杞憂《きゆう》だったらしい。

そしてこちらも男性陣に腕を摑まれ、一番大きなテーブルに座らされるとぐるりと取り囲まれ、各々の近況報告を聞くことになった。

かつての仲間達は元の自分と同世代や少し上の者が多い。自分が離れてから数年が経《た》つが幸いなことに亡くなった者はおらず「腰が痛い」「膝がなぁ……」という実に老人らしい愚痴めいた言葉以外は出てこなかった。………ただその度に「お前はいいな」と、じっとりと睨んでくるのは勘弁して欲しい。

そしてとうとう私自身のことを尋ねられて、一瞬言葉に詰まる。

そもそも私は自分について語ることは得意ではない。アネラから出てからの今日これまで、国家を揺るがすような事件に何度も巻き込まれたが、ここで話すには機密事項が関わりすぎる。

差し障りのない話題を探すがなかなか思い浮かばず、さて困った、とナコ達を見れば、エリオットは既にナコから離れ、車椅子のマーニーの前でお喋りをしていた。動かない瞳孔からどうやら目が見えないらしいことが分かり、眉を顰める。ここを出る前から、少しずつ調子を悪くしていたことは知っていたが、残念なことだ。

「……可愛いお顔を見られたらよかったのにねぇ」

吐息のような嗄《か》れた声が耳を打つ。

頬を優しく撫でられていたエリオットは気持ちよさそうにしながらも「目がいたいの？　だいじょうぶ？」とあどけない声で尋ねている。

「痛くはないのよ。ただ見えないだけなの」

気を悪くした様子もなく、マーニーはコロコロ笑いながらそう言うと、エリオットはきょとんとした顔をして、子供らしく無邪気に笑った。

「なおしてあげる！」

そう言って、背伸びをしてマーニーの頬に触れる。

ナコに教えてもらったらしい「いたいのいたいのとんでけ～」という呪文を無邪気に唱えれば、その微笑ましい光景にくすくすとマーニーが笑い、周囲から温かな笑いが零《こぼ》れた。

こちらのテーブルからもそんな微笑ましい光景を見ている者は多かったらしく、忙しなく飛び交っていた下世話な質問が一気になくなる。

ナコも苦笑し、老女に何か話しかけエリオットを引き取ると、小さな笑いが起こった。ナコも短時間ですっかり馴染んだようだ。

その様子に自分も釣られて思わず微笑んでしまったらしい。それを見ていたマック達が一瞬押し黙ったことに気づいた。顔を戻して、妙な顔をしている彼らに首を傾げる。

「ジルベルトよぉ……」

ぽつり、と名を呼んだマックが、唐突に拳でくっと目元を押さえた。

「儂《わし》はどっか人生諦めてるようなお前のことだから、一人でおっ死《ち》んでいくとばかり……」

そんな言葉にヨハンも同意し、アントニオもまた、私の肩をばんばんと叩いた。

「そんな普通の父親みたいな優しい顔ができるようになるなんてな……っ」

「ほんと、女も子供も苦手だとばかり思ってたよ」

顔を真っ赤にさせて泣くのを堪えているマックに続き、皆目元を押さえたり、机に突っ伏し始め、食堂に嗚咽《おえつ》が響きこだまする。

確かにここにいた時には、まさか自分が子供どころか妻を持つなんて考えてもいなかったし、一生独り身だと思っていた。

彼らなりにそんな自分の頑《かたく》なさを心配していてくれたのだろう、率直な優しい言葉が照れ臭い。

同じ釜の飯を食べ、重い資材を運んで共に村づくりをしたことから始まった関係だが、人情に熱い彼らは変わらないらしい。

「いいや、ジルベルト様はこんな涼しい顔しといて案外子供好きなんだよ。この土地に来たばかりの頃、真っ先に拠点として領主邸造る予定だったのに、痩せ細った当時の子供らを見てすぐに計画変更して、炊き出し用の設備として一番にここ作って、領主邸を造る予定だった日当たりのいい一等地を農地にしたからな」

「おーお。んで、隣の領から私財で種芋買ってきて、畑耕して芋植えたんだよな~大工に何やらすんだって、亡くなったウチの親方怒っちゃってさぁ。宥めるの大変だったわー」

「いやでも、あの時の芋うまかったよなぁ。場所のおかげか品種のおかげか収穫も早かったし、みんなで炊き出ししてさぁ」

そんな古い話まで飛び出し苦笑する。そう、確かにそんなこともあった。

「……子供が飢えているのを見るのは耐えがたいですからね」

苦笑しながら、戦争中はいつも腹を空かせていた自分の幼い頃を思い出す。

自分は貴族だったが、傍流の末端貴族で本家の領地の隅にある小さな屋敷に住んでいて、ほぼ平民と変わらない生活をしていた。

父と兄は戦死し国からの給金もなくなり、母も二人の後を追うようにはかなくなってからは、国境近くにあった屋敷はいつしか国の救護所として使われることになった。――幼すぎて役に立たない自分はただ邪魔にならないように、毎日、隅の方に座り、血だらけで運ばれてくる人達が処置され、時には埋葬されていくのを見つめることしかできなかった。

火薬と鉄の臭い、乾いた血の跡、呻《うめ》き声、腐臭……そういったものが日常にあったためか、最前線に送り込まれた時も、流れる血や周囲に溢れる死体に怯《ひる》むことなく、恐怖心を覚えたこともなかった。

……他人よりも強いと持て囃《はや》されたのも、幼い頃から死を招くものを間近に見すぎた結果だったかもしれない。

「――おーい！　ジルベルトの嫁さんよ！　こいつのこと、ちゃんと見守っててくれよ。無茶ばっかりするからな！」

遠くから呼びかけられたナコはお喋りを中断させてこちらを見る。

私を取り囲む男達の、悪戯めいた顔にその場の空気を察したのだろう、わざとらしく真面目な顔を作ると、すっくと立ち上がり神子らしからぬ仕草でぐっと拳を握り込んでみせた。

「もちろんわたしが全力で旦那様のこと幸せにします！」

そう高らかに宣言し、一瞬の沈黙の後、どっと食堂に笑いが起こった。

「さすがジルベルト様の嫁！」

「とんだ神子様だな！」

そんな心からの賛辞が飛び交い、先ほども感じた面映《おもは》ゆさを覚える。

ああ、ナコの天真爛漫《らんまん》さに救われる。

あまり愉快ではない過去の記憶がみるみる塗り替えられ、やや強張っていた身体から力が抜ける。

しかしいつのまにかナコに握手を求めに行こうとするアントニオを引き止めると、「今も目が眩《くら》みそうなほどの幸せを噛み締めていますよ」と牽制を兼ねてナコに向かって返事をした。

途端、口笛を吹き盛り上がる男達に、顔を見合わせる女性陣とぽんっと顔を真っ赤にするナコ。

「こっちにいた時はモテるのに噂にすらならなかったから、色恋沙汰には興味がないとばっかり思ってたけど……」

「あんな情熱的な一面もあるなんて意外だねぇ」

「お熱いことでいいわねぇ。あたしも新婚時代を思い出すわぁ……こっちが若返っちゃう」

などと揶揄ってくる声が聞こえてきて、少し居心地が悪くなると共に、首まで赤く染まったナコに少し申し訳ないことをしたな、と反省する。

しばらくすると場も落ち着き、料理長とマックが用意した料理が並び出した。ついでだとマックに配ろうとしていた手土産のパンを渡せば「坊主が喜ぶようにパンプディングにしてやるな」とエリオットの頭をがしがしと撫でた。

少し乱暴な手つきながらも、エリオットが泣くことなく「パンプディング！」と素直に手を叩いて喜ぶと、マックは顔をくしゃっとさせて笑い、腕まくりしてカウンターの中へと戻っていった。

と、その時。からん、と再びドアベルの音が食堂に響き、一斉に視線がそちらに向いた。

入り口には、昨日ぶりとなるリックが立っていた。私を見るなり「あ！」と、大きな声を上げて破顔する。

「旦那様！　あ、ナコ様とエリオット様もちょうどいいトコに！　聞いて下さいよ～！　オレの部屋が甥《おい》っ子達の部屋になっちゃってて、昨日は居間のかったいソファで眠らされたんっすよ！　せっかく帰ってきたのに朝から晩まで働かされるし、もうちょっと優しくしてくれてもよくないっすか⁉」

「それはそれは……」

まぁ、実家を出た人間への洗礼のようなものである。食堂内にも覚えがある者が多いのか忍び笑いが漏れ、その後は口々に「リック、久しぶりだな！」「でっかくなってんじゃねぇか」と、親しげに声をかけだした。初期からいた住民は皆家族のようなものだ。

「リック！」

そして老女達と遊んでいたエリオットも、見知った顔にぱっと笑顔を輝かせ、椅子から飛び降り、リックへと突進した。赤ん坊の頃から馬の世話が終わればエリオットの相手をしてくれているせいか、エリオットはリックにとても懐いている。そしてリックも「会いたかったっすよ〜！」とぎゅうっと抱き留め、その場で一回転した。まるで本物の親子のような仲の良さに、やはりもう少しエリオットとの時間を取ろうと、少しばかり嫉妬を覚えてしまう。自分はやはり父親としてまだまだ未熟なのだろう。

「リックこそ、どうしたの？　牧場は郊外なんだよね？　お手伝いとかしなくていいの？」

エリオットを追いかけるように立ち上がったナコも歩み寄る。するとリックは、ぱっと後ろを振り返って「父ちゃんの付き添いっす！」と返した。

後から入ってきたのはリックと同じ鮮やかな赤髪の男だった。最後に別れた時と比べて少し白髪が増えたが、彼もまた昔からの知り合いだった。

「お久しぶりです！　ジルベルト様！」

「クル、元気そうでよかった」

「若返ったというのは本当だったんですね！　それに結婚もされて……ああっ！　奥様！　俺はリックの父親でクルといいます。いつも馬鹿息子がお世話に……」

「あ、リックのお父さんですか！　いえ、こちらこそ！　リックにはたくさんお世話になってます！」

ナコが慌ててそう返す。クルはお喋り好きの男だ。別れた時と変わらない早急さでそのまま立ち話を始めそうな勢いに、もう作ってきたらしい熱々のパンプディングを手にしていたマックが「立ち話せんと、とっとと座れ！」と少々強めにクルを肘で小突いた。

ぐっと脇腹を押さえたクルは私と同じテーブルに座る。そろそろエリオットの世話をするのも疲れただろうナコを呼び寄せれば、リックもついてきてエリオットを膝の上に乗せたまま、ちゃっかりとナコの隣を確保していた。

「わぁ！　ごちそうっすね」

リックは出揃った料理を見てそう言って、エリオットの手を使ってぱちぱちと拍手する。その楽しげな動きにエリオットもきゃあきゃあ声を立てて笑う。

「まぁちょうどよくみんな揃ったな。ちいっと遅い昼食になっちまったが、たくさん食べてってくれ！」

マックの言葉で乾杯し、それぞれが料理を楽しみ始める。

そしてアルコールで場が盛り上がり、皆の口も軽くなった頃を見計らって、アネラの近況を尋ねてみた。

「ハンスもお前の跡目にしてはよくやってるぞ。隣国との交易もこちらに有利なことが多いし」

「景気が悪けりゃ早々に対策を打ってくれるからな。俺ら職人達は今のところ文句はねぇかな」

マック達が話す現領主ハンスの評判はなかなかよく、それだけは皆真面目な顔をして彼の仕事ぶりをいくつか語ってくれた。

「まぁ、もうちょっとユーモアがあってもいいが」

「いい男なのに真面目すぎで愛想がないのよねぇ」

褒めっぱなしでもないのが、彼らなりの愛の鞭《むち》なのだろう。しかしそれも冗談で済むようなものばかりで、評価は悪くない。しかし跡取りであるロドニーにまで話が及ぶと、予想通り苦い顔をする者が多かった。

「ありゃ、腕っぷしは強いが、まだまだ子供だな」

「ジルベルト様に憧れすぎているんだよ。それで父ちゃんにそれを押しつけるもんだから視察に来ても喧嘩ばっかりだぞ？　メアリーさんが生きてた頃は、まだ間に入って取りなしてたんだが、今はなぁ……」

感じていた通り親子の関係性はよくないらしい。領民と領主の関係が近いのはアネラの長所でもあり短所でもある。まだまだハンスは若く現役だが、年を重ねれば今は笑い話で終わっているこの話も現実的な問題になるだろう。跡取り問題が領民を不安にさせているのは間違いない。そしてついさっき自分も危惧したメアリーの不在が危機感を煽っている。

……あまり私が口を出すのは、アネラのためにはならないが……。

問題解決に向けて二人と話すべきか。しかし親子関係に介入し、解決に導くのは滞在期間内では難しいだろう。ただでさえあまり他人に深入りしてこなかった人生だ。そういった個人的な家族間の折衝は苦手だという意識もあった。

ロドニーに次期領主としての自覚が芽生えないのならば、他に跡取りを用意すべきだが――切り捨ててしまうには、頑固だが粘りのある性格と剣術のセンスは群を抜いていて、勿体《もったい》なくも思う。

実直すぎる性格は商談や交渉には向かないと思うが、ならば自分の時のように優秀な補佐をつければいい。だが……その人選は難しく、ハンスやアルノルドを見つけられた自分はとても幸運だった。

しかしそんな中、一人異論を唱えたのは、今まで静かだったリックの父、クルだった。

「うーん。みんな辛《から》いなぁ。……ジルベルト様、騎士団には支持する人間も結構いますよ。ジルベルト様の再来、とまではいきませんけど、やっぱりダントツで強いみたいですね。それに後継者としての仕事や勉強もあるのに、時間があれば鍛錬場に来て古参の騎士に指導を受けたり、逆に見習い騎士と一緒に基礎訓練に参加して指導することもあるみたいです。そんな努力を知ってると、一概に跡取りに相応しくないって言うのは可哀想だと思っちゃいますね」

軽い口調でそう言いつつも、顔は至極真面目だった。

「へぇ、そうなのか」と、職人達も初めて知ったのか意外そうな顔をする。

馬の納入、専用の馬具の調整で騎士団に出入りすることも多いクルらしい情報だ。

確かにあの迷惑でしかなかったパレードめいたことも、希望者や退役した騎士だけだと言っていたし、警備については思うところがあるが、あれだけ人を集める人望はあるということだ。

悪いところばかりではない。少しだけ安堵するものの、やはりどこまで首を突っ込むか迷っていると、ふと、酒が回った赤い顔でマックが豪快に笑った。

「まぁ、あんな石像が立っているからな！　子供なら一度は憧れるもんさ」

「石像……ですか？」

聞き慣れない言葉に思わず問い返す。広場にある噴水以外にそういったものは置いていないはずだったが。

「――その話詳しく」

首を傾げていると、ナコが私に代わり、先ほどまでの笑顔をスッと消してそう尋ねていた。

机に肘を置き完全に聞く態勢を取っているが、肝心のマックはナコの変わりように「おお……？」と戸惑い、黙り込んでしまった。しかしちょうど通りがかった車椅子のマーニーの孫だと紹介されたカイが、ぱちぱちと目を瞬かせ、意外そうに口を開いた。

「え、知らないんですか？　街の中央の広場に若かりし頃のジルベルト様の石像が立ってるんですよ。いやぁこうして見れば本当にそっくりですね！　ん？　そういえばアレってジルベルト様が王都に行ってから作られたものでしたっけ？　すっかり街に馴染んでるから、もっと前からあった気がしてました」

自分の姿が広場に晒《さら》されている――。さすがに眩暈《めまい》を感じ、こめかみを押さえる。

むしろどうして今まで忘れていたのだろう。向けられる視線の理由を聞きにここまで急いで来たことすら綺麗に忘れていた自分の呑気《のんき》さに呆れてしまう。

石像になった男が街を歩いているのだ。自慢ではないが肩書だけは多い人生を送ってきている。そんな男が街にいれば、注目を集めるのは当然だろう。

「ああ、そうだった！　神殿を整理した時にお前の若い時の姿絵が見つかってな！」

「俺が彫ったんです！　いやぁ、こうして改めて見るとそっくりですね！　我ながらいい出来です！」

悪びれずにやにやと笑う彫刻師アントニオ。

これではゆっくりと街を散策などできないだろう。申し訳なさにナコを見れば、彼女の瞳はキラキラと輝いており――何故だか少しだけ悪い予感を覚えた。


そして話は盛り上がりを見せ、気づけばすっかり夜も更けていた。

酔いも回って赤い顔の職人連中に引き止められたものの、リックの腕の中で疲れて眠ってしまったエリオットを見たマックが「坊主を起こすんじゃねぇ！」と一喝し、大人しくさせてくれた。

そのまま見送られて食堂を出れば、既に出発した時に頼んでいた馬車が職人街の入り口まで来ていて、そちらに向かう。

するとその途中で、お揃いの灰色の短いローブを着ている集団が遠くに見えた。その姿の珍しさに思わず足を止める。

「あれは……」

「ああ、東国の花火職人達……若い奴《やつ》らばっかりだから見習いだな。時々足りない道具を借りに来るんだ」

マックがそう言って手を振ると、気づいた一人が一度立ち止まり会釈した。私達の存在に気づいたらしく先を行く仲間も次々に頭を下げたが、すぐに駆け足でその場を去ってしまう。その忙しなさに僅かな違和感を覚え、マックに再度尋ねた。

「随分忙しそうですね」

「ああ、もう本番まで一か月を切ったからな。花火ってのは、作ってから乾かすのに時間がかかるそうだ。今は連日遅くまで作業してるって誰かが言ってたな」

「そうですか……」

花火職人は全て東国の人間だが、彼らについた見習いの多くはキナダールから技術を学ぶために合流した者達だったはずだ。もちろん技術を習う場所と機会を提供する代わりに、キナダールの商業組合には職人達の旅費を半分負担してもらい、通訳も用意してもらった。こちらに損はないようにしたとハンスは言っていたが、理事の一人であるドルガの起こした誘拐事件を経てもなお、大きな影響力を持つ商業組合が大なり小なり絡んでいるというだけで慎重になってしまう。

ハンスはきちんと彼らの身元も確認したと言っていたが、自分を見るなり逃げるように去ったのが気になった。少し調べてみるか、と独りごちる。

「旦那様？　花火職人さん達も大変ですね。ハンス様に聞いて差し入れでも送りましょうか」

「――ええ、いいかもしれませんね」

楽しそうに話しかけてきたナコに頷き、そのままエスコートして馬車に乗り込めば、人目がなくなったことで緊張が途切れたのか、ナコは小さな欠伸《あくび》を噛み殺していた。

「疲れましたか？　結局一軒ずつ尋ねる手間は省けましたが、食堂に長居しすぎてしまいましたね」

「ふぁ、あ……見られちゃいましたね。大丈夫です……って、旦那様気を遣いすぎですよ。本当に大丈夫です。職人さん達はちょっと声が大きくて騒がしいけど優しいし、女性陣もわたしがあんまり仰々しいの好きじゃないって、すぐに察してくれて、普通に話してくれたんです」

ほっと安堵の息を吐き出すと、それを見たナコがにっこりと笑って、膝の上に置いた私の手にそっと触れた。

「わたし、アネラが好きです」

「……それはよかった」

一呼吸置いて、私も微笑む。

ナコがアネラを好きだと言ってくれたことが、思っていた以上に嬉しい。一から作り上げた場所だ。寂しいばかりだった故郷よりも楽しい思い出は多く、我が子のようとは言いすぎだが、自分の大事なものの一つだった。

そして眠るエリオットを運んできてくれたリックに礼を言い、受け取ろうとすれば、何故かリックも一緒に馬車に入ってきた。わたし達が座っている向かい側を陣取り、「オレが抱っこしとくっす！」と人質のようにエリオットを抱え込んだ。

「ちょっとリック。休暇中なのに本当にこっち来るの？　昨日実家に戻ったばかりでしょ。それに一緒に来たお父さん置いてきちゃってるし」

「もうちょっとしたら兄ちゃんが迎えに来るから大丈夫っす！　昨日ちゃんと話してあるんで！」

ナコは昨日の今日でリックが屋敷に来ることに納得しない様子で「本当にいいの？」と何度も尋ねるが、リックもリックで譲らない。私としてはロドニーのこともあり、信頼できる人間がナコの側にいてくれるのはありがたいが……。

この休暇の間に、改めて生家である牧場に行って挨拶しなければ、と心に留めておく。……なんだかんだと滞在中は忙しくなりそうだ。

「いや、だから寝る場所がないいんですって！」

「でも……」

「ナコ、ここまで言うのですから、好きなようにさせてあげましょう。リック、別邸から牧場に通っても構いませんし、特に許可はいりませんからね」

「わぁ！　さすが旦那様！　ありがとうございます！」

これ以上騒ぐとエリオットが起きてしまいそうなので、許可を出す。

そうこうしている内に馬車が動き出し、見送ってくれたマック達が「また顔出せよー！」と手を振る。

その賑やかさに苦笑して手を振り、あとは領主邸の別邸に戻るだけだった――のだが。

「石像格好良かったっすね！」

「うん。再現度半端なかった……アントニオさんって言ってたっけ？　……造形が神すぎる。次会うことがあったら拝ませてもらわなきゃ、いやお布施……？　あれはタダで見ちゃいけないヤツだわ……」

昨日は領主邸から生家の牧場まで直接向かう馬車に乗ったので、リックも広場の石像には気づかなかったらしい。ナコと結託され『馬車から降りない』という約束で、馬車が行けるギリギリの場所で停まり見学してきたのだ。

それ以来ずっとこの調子で盛り上がっているので、当事者として些か居心地が悪い。

特にナコがはしゃぐというよりは、終始真面目な顔をしているのが少々不安だった。時々見せる行動力も相俟って若干恐ろしい予感を覚えてしまう。

「等身大フィギュア……お屋敷にも一体欲しい」

「……ナコ、勘弁して下さい。本物がいるでしょう」

「それはそれ、これはこれです」

「いやぁ……さすがにオレも嫌っす。なんか四六時中見張られてるみたいなのはチョット……」

そんな不毛な会話をすること十数分、ようやく領主邸の正門を潜り、馬車を降りれば待ち構えていたのはアメリア嬢と、何故か木刀を持ったロドニーだった。

「すわ、殴り込み⁉」と、石像見学から興奮気味だったナコが慄《おのの》く。

安心させるようにナコをエスコートして馬車から降り、エリオットを抱えたリックが最後に降りると、一番に駆け出してきたのはアメリア嬢だった。その胸には昨日エリオットが貸した馬のぬいぐるみがしっかりと抱き締められている。

「ねちゃってるんですね……いっしょに遊びたかったのに……わたしの天使さま」

エリオットの顔を覗き込むと、そうぽつりと呟き、しゅんと肩を落とした。

「いやぁ、さすがに天使呼びは……まぁ、ウチの子それくらい可愛いけど」

「出た……っさすがにイタイっすよ、ナコ様」

後ろで呟いたナコの言葉に、リックが即座に否定する。しかしそれを綺麗に無視したナコはアメリア嬢の前に屈み込み、頭を撫でた。

「ごめんね、アメリアちゃん。エリオット寝てるからまた明日遊ぼうね」

ナコの言葉にアメリア嬢はもう一度すっかり寝入ったエリオットを見て、こくりと頷く。そして馬のぬいぐるみの下に隠れていたウサギのぬいぐるみをナコに差し出した。

「エリオットのお母さま。アメリア、お馬さんのかわりに持ってきたんです。いっしょにねかせてあげて下さい」

涙の膜が張った瞳で懇願され、ナコも同じように目を潤ませる。しっかり頷くと、受け取ったぬいぐるみを丁寧に抱え込んだ。

微笑ましいやりとりに場が和むが、直後に乳母と共に数人のメイドが息を切らせてやってきた。どうやらアメリア嬢は無理やり見習いのメイドに強請《ねだ》り、ここまで来たらしい。確かに幼い子供ならもうとっくに眠っている時間だ。

ハンスに報告し、明日改めてお詫《わ》びをすると深々と頭を下げた乳母に手を引かれ本邸に戻るアメリア嬢を見送ったところで、苛立ちを募らせて待ち構えていたロドニーが口を開いた。幼い妹を優先させるだけの分別はあったのだろう。

「――どうして僕を置いていってしまわれたのですか。護衛も道案内も必要だったでしょうに」

今日は懐かしい友との再会が続き充実した一日だったが、知らぬ間に作られていた石像のせいで予定が狂い、慌ただしくもあった。僅かに感じる疲労と共にこのまま家族で静かに過ごしたかったが、同様にうんざりしているナコの表情に気づき、改めてロドニーに視線を戻した。

昔馴染みから聞いた情報からもう少し様子を窺うつもりだった。しかし、こんな時間まで押しかけてくるような分別のなさを見れば、もう気遣いは必要ないだろう。

ロドニーが手にしている木刀を見て、私はゆっくりと口を開いた。

「――しっかりと鍛錬を続けているのですね」

「え？　……ええ！　ぜひ、成果を見て下さい！」

たったそれだけの言葉で不機嫌は吹き飛んだらしい。喜色満面で強請ってくる様子にまるで幼い子供を相手にしているようだと心の中で嘆息する。

「ええ、……では、その後に少し話をしましょうか」

食堂でのロドニーの評判を聞いていたナコは、その内容に思い至ったのだろう。少しだけ顔を曇らせたものの、リックと共に「先に戻ってますね」と言ってロドニーに暇を告げた。

途端、顔を険しくさせ、目を合わせないまま会釈だけで済ませたロドニーを確認し、不快な気持ちが込み上げる。

ナコ達が玄関に消えるのを見届け、弾むような足取りのロドニーに先導されるまま本邸の庭に向かう。少し開けた場所に出ると、思わず懐かしさに目を細めた。

そこはロドニーに剣を教える時に使っていた場所だった。剣を合わせるには狭いが、執務室からも見える場所なので、当時忙しいハンスへの配慮からここに決めたのだ。

振り仰げばハンスはどうやら不在らしく、執務室にも私室にも明かりはついていない。

「こちらでよろしいでしょうか！」

「ええ」

あらかじめ用意されていたらしい木刀を差し出され、軽く振って手に馴染ませる。柄《つか》の部分が汗で黒ずんでいて、相当鍛錬してきたことが窺えた。

戦は終わったが、ハンスの跡を継ぐなら危険なこともあるだろうと、安易に教えた剣術だが、妙な方向に自尊心を育ててしまったのかもしれない。文官気質のハンスと武官気質のロドニーでは性格も考え方も異なる上に、彼は自分の中で過大に美化された私になろうとしている。故に真逆の位置にいる父親のやり方を認められず、深く考えることもなく、反射的に反抗しているのだろう。

「いつでもどうぞ」

生温《ぬる》い風にじわりと汗が浮かぶ。ふと思い立ち、袖を伸ばして持ち手の間に挟み、滑らないように注意する。

そして剣を合わせれば、クルが話していた通り、最初の一撃だけでもロドニーがこれまで努力し続けたらしいことは分かった。体格そのままに全ての打撃が重いが、体幹がしっかりしているので基本姿勢への復帰が速い。

しかし緩急のない打ち合いは、長引けば疲労が蓄積するだろう。それに――。

大きく薙《な》ぎ払った瞬間、もう一撃素早く刀を返しロドニーの木刀を上へと打ちつければ、彼の手から木刀が離れた。……予想通り汗で滑ったのだろう。

一瞬、あ、という顔をしてロドニーは木刀が飛んだ方向を見た。それを逃さず足払いをかければ、受け身を取りつつも派手に地面に倒れ込む。

土埃《つちぼこり》が立ち、汗ばんだ肌に張りつく。

驚きにぱちぱちと何度か目を瞬かせたロドニーは座り込んだまま、興奮気味に叫んだ。

「こんなに早く倒されたのは久しぶりです！　最近では騎士団長ともいい試合ができるようになっていたので……僕もまだまだですね。ジル様は相変わらず素晴らしいです！」

「……訓練といえど、終わりと言うまでは戦いは続いています。素早く受け身を取って立ち上がり、距離を取りなさい」

「……っはい！」

私の言葉にロドニーははっとしたように顔を上げ、指導通り、近くにあった木刀を取り、素早く立ち上がって前に構えた。

その隙のない立ち姿に満足して、今度はこちらから仕掛ける。そして何度か打ち合えば自分の訓練にもなりそうなよい剣捌きを見せるようになり、表情には出さずに感嘆する。

「相手の癖や力量を測ることだけが戦いではありません。温度や湿度、戦いに必要な情報はたくさんあります。ここは大きな貯水池が近くにあって湿度が高い。気温はさほど高くなくても汗は掻くはずです。それで手を滑らせたのでしょう？」

「……はい！」

「ではここまでにしましょう。もう遅い時間ですから」

まだまだ物足りなそうなロドニーの言葉を封じるべく、そう告げて木刀を下ろす。

他にもいくつか気になった部分を指摘してから、じんと痺《しび》れている自分の手を何度か開閉して感覚を取り戻す。実力だけなら王都の騎士団の隊長にも就けそうだ。

「……とても努力をしてきたのですね」

それから最後に素直に思ったことを告げた。やはり簡単に切り捨てるには惜しい人材であることは間違いない。しかし彼が背負うのは騎士の小隊ではなく、全てを統括する領主という立場と領民である。

「ジル様に褒めて頂けただけで、報われます！」

嬉しそうにそう応えたロドニーは感動したように胸に手を置く。

体軀《たいく》は立派に育ったというのに、無邪気に懐く子犬のような目はいつまでも変わらない。そんな彼を静かに見据え、私はゆっくりと口を開いた。

「その力を振るうのに私は関係ありません。貴方が剣を振るうのも努力するのも領民のためであるべきです。――しかし今、領地は安定しています。私がいた頃はまだきちんとした境界線もなく、紛争も絶えなかったため、力で押さえ込むようなやり方ばかり選んでいました。しかし今はハンスのように机上で議論を交わし各国との商談や交渉を纏め、領地を豊かにする方が合っていると思います」

「……え……？」

ロドニーの笑顔が強張ったことに気づきつつも話を続ける。

「もちろん二つの隣国と領地が接しているのですから騎士団の武力は必須です。それを束ねる領主が剣の名手なのであれば、確かに牽制になるでしょう。しかし領主を継ぐのに剣技は絶対に必要なものではありません。現領主のハンスのように信頼できる護衛を置き、私の時に比べて格段に増えた商談取引や領地の経営に集中する方がいいと思います。——先ほども貴方自ら私の護衛や案内をしてくれると仰っていましたが、貴方にも跡取りとしての仕事や勉強があるはずです」

思ってもみない言葉だったのだろう。ロドニーは戸惑ったまま、先ほどまでの勢いが嘘のように、小さく口を開いた。

「……しかし今日の分の執務も……語学や経営学についての課題も、ちゃんと済ませて、います……」

返ってきた言葉を聞き、少し安堵する。ロドニーは本来真面目であり、嘘をつく人間ではない。これで剣術ばかり鍛錬しているわけではないことは分かった。

しかし。

「……それでは眠る時間が確保できないでしょう？」

私の確信めいた言葉にロドニーはぐっと言葉を詰まらせた。跡取りの仕事も勉強もそれほど甘いものではない。その上で早朝、夜もあの時間まで鍛錬をしているとなればあまりにも無茶だ。若い内はなんとかなっても疲労は重なり、全てにおいて効率も悪くなる。私達が滞在している間中、こんな生活を続けるならば、さすがに身体を壊すだろう。

「ジル様は、三日以上眠らず戦っていたことも、あると……」

「いつ死ぬかもしれない戦時中と、有事のない今を比べるなど、懐古に浸る愚かな老人のような真似はやめなさい」

そう切り捨てれば、ロドニーはとうとう俯いてしまう。しかしそれでも途切れ途切れのらしくない小さな声で反論してきた。

「……確かに今はアネラも平和ですが、ご存じの通り二か国に接する難しい土地です。少しでも隙を見せればすぐにこのアネラの地は戦の最前線になるでしょう。……その時に騎士団の指揮を執る領主が剣すら握れないとなれば、騎士団の士気の低下や領民の不安にも繋がると、思います」

ロドニーはゆっくりと顔を上げる。目が合っても何も言わない私に焦燥を募らせ、くしゃりと顔を歪《ゆが》めた。

「……ですから、ジル様のような絶対的なカリスマ性が必要なのです。強いからこそ領民はついてくるものです！　……そっそれに！　職人街の老人などは我が父のことを呼び捨てにして尊敬の欠《か》片《け》《ら》もないのです！」

つい数時間前に会ったばかりの頑固な職人達を思い出し、なるほど、と納得する。ロドニーはロドニーなりに父親のことを気にしているのだろう。

「あの方達はそういう人間です。私も年嵩《としかさ》のマックには呼び捨てにされますよ」

「――なんて失礼な！」

そう応えればロドニーは今までの気弱さが嘘のようにくわっと叫んだ。

……このままでは、明日にでも職人街に赴き、マックを怒鳴りつけそうだ。そして彼も大人しく文句を聞いてやるような男でもないので、散々揶揄い倒して返り討ちにし――ロドニーはまた頑なになってしまうだろう。

それもまた面倒だと心の中で溜息をつき、彼が弱そうな情に訴えてみることにする。

「私は身分差など気にしていられなかったくらい大変だった、開拓当時からの仲間の絆《きずな》だと思って気に入っていますが」

自分が原因でこれ以上両者の溝を広げるわけにはいかない。それに自分を呼び捨てにする者はもうリオネル陛下とマック……そしてオセくらいだ。

フォローした言葉が本心からくるものだと分かったのか、ロドニーは複雑な顔をし、ふるふると濡れた子犬のように首を振った。

「と、とにかく剣術も使えない領主なんて僕はなりたくありません。……もしや、ジル様、自分が剣術ばかりではなく、大人しく勉強だけするように仕向けて欲しいと父に頼まれたのですか？」

「まさか」

単純に昨日の今日で、親子関係などというプライベートの話などできるわけがない。しかしこれ

だけ伝えても素直に聞く耳を持とうとしないロドニーに溜息をつきたくなる。

ここまで意固地になっていては、これ以上話しても無駄だろう。

ただロドニーはロドニーで、アネラのことを考えているのは分かった。今日彼らと話した所感では、ハンスと職人達の関係はロドニーが思うほど悪くはない。自分が話してやるのは簡単だが、また庇っているなどと言い出し認めようとしないことは想像に難くなかった。……ハンスに伝えれば打開策も見つかるだろうか。それとも職人達に……いや、彼らはきっと親子で話し合えと一蹴するだろう。

一旦、話を切り上げ、ロドニーに向き直る。

「……何でしょうか」

じっと静かにロドニーを見据えると、私の言葉を恐れるように顔を強張らせ、一歩後ろに引いた。

「あと一つだけ。これは忠告ではありません。警告だと思って下さい。――貴方のナコへの態度は目に余ります。元神子であるナコは本来なら王族と並ぶ権威を持っていることを忘れていませんか？」

ロドニーはナコの名前が出た途端、しゃちほこばった顔を険しくさせた。その表情を観察しながら言葉を続ける。

「世話になっている身で図々しいのは承知ですが、別邸を訪ねる時は必ず先触れを出すようにお願いします。私達は休暇のためにこちらに滞在しています。普段忙しい分、なるべく家族だけで過ごしたいと思っていますので、先ほどのように待ち伏せするのは控えて下さい」

曖昧に言っても、きっと今のロドニーには伝わらないだろう。はっきり迷惑だと言うと、ロドニーはぐっと唇を噛み締めた。泣きそうに顔を歪ませ、潤んだ目で私に訴える。

「……神子だからといって、ジル様に相応しいとは思えません」

振り絞るような声だったが、その言葉のおかしさに自然と自嘲めいた笑みが浮かんだ。

そんな私の態度に同意を得たと勘違いしたのか、ロドニーはこれまでの口の重さが嘘のようにナコの欠点を並べていった。

先ほどよりも強い不快感を覚え、もう切り捨ててしまいたくなる。当時の自分にしては、気に留めて可愛がっていた子供だというのに、今はもう嫌悪が勝っていた。

「それに奇跡を起こしたといっても本当かどうか……。王城で過ごした二年間、何も起こらなかったのでしょう？　むしろ彼女はたまたま側にいただけで、女神がジル様ご自身に贈られた祝福なのでは……」

あまりに滑稽な話を披露し始めたロドニーに、いっそ哀れみさえ覚える。

「黙りなさい。リオネル陛下がここにいらっしゃれば厳罰を与えたでしょう。それに相応しくないというならば私の方です」

今度こそ嫌悪感を隠すことなく表情と声音に出し、そう言い放つ。

おそらく彼の前で、私がここまで感情を露わにしたことはなかっただろう。

一瞬呆気《あっけ》に取られたようにぽかんと口を開けていたロドニーだったが、みるみる顔色をなくし、呼吸を忘れたかのように息を止めた。

「ジ、ジル様！　お待ち下さい！　気分を害されたのなら、いくらでも謝罪致します！　どうかっ僕の話を……」

「結構です。――そもそも、礼節に欠ける人間は人の上に立つのに相応しくありません」

縋《すが》るように追いかけてきた声に被せるように最後にそう忠告し、その場を後にする。かけた言葉が意味するところは単純だ。

さすがに効いたのか、ロドニーが追いかけてくることはなかった。私も振り向くことなく、ナコの待つ別邸へと急ぐ。

あれだけ苦労して平定したアネラだが、早急に現領主のハンスとも跡取りについて話し合わなければ。ロドニーはあまりにも頑なで思い込みが激しすぎる。今の段階での判断は、先ほどロドニーに宣告した通りだ。

別邸の玄関を潜ると、リン嬢が迎えてくれたが、ナコは起き出したエリオットを寝室であやしているという。礼を言ってリン嬢も休むように伝え、もう面倒になって井戸から直接水を浴び、逸《はや》る気持ちのまま二階の寝室に向かった。

静かに扉を開け中に入ると、カーテンが開けられた窓から差し込む月明かりの下、エリオットに子守唄を歌って寝かしつけているナコの姿を見て――思わずその場に立ち竦んでしまった。

夢に見ることすら烏滸《おこ》がましいと思っていた幸せの象徴。まさにそれを体現するような二人の姿に泣きたくなるような郷愁を見出《みいだ》し、目を細める。絶対に手放したくない。そう思う一方で、朧《おぼろ》げな淡い光が華奢な身体を象《かたど》る様に、今にも消えてしまいそうだと焦燥感が心を占めた。

……神子についての全ての謎を紐解くことができれば、この不安は消えるだろうか。

頭に過《よぎ》るのは、今回自分の中では休暇よりも大きく比重を占めるキナダールの文献。

先月受け取った知らせには、今回見つかった資料の数は多く、新しく神子本人や関係者が残した記録のようなものも見つかったと記されていて、神殿の人間に改変されたベルデにあったものよりも信憑《しんぴょう》性が高いことは確かだった。一刻も早く手に入れたい気持ちが抑えられず、ちょうどアネラの記念祭と重なったことを幸いに、かなり無理を通して長期休暇をもぎ取ったのだ。

そう、自分はずっと、おそらく当事者であるナコよりも神子の特殊能力について詳細や真実を知りたかった。

若返った時に老議会で嘯いたように、ナコの特殊能力が、本当に一回きりだといいと祈るように願い続けていた。

以前のように、若返りの力を求めて屋敷に押しかけてくるような人間のせいでナコが傷つく姿は見たくもないし、今はエリオットだっている。それにまた誘拐なんて危険に晒されるなどと想像もしたくなかった。ナコには自分の側でエリオットと一緒にずっと笑っていて欲しい。

災いや騒動の元にしかならない特殊能力など、私の愛しいナコには必要ない。誰よりもその恩恵を受けたのは自分だというのに、身勝手と知りながら心の底からそう願っている。

そもそも異世界から召喚される神子について、年若い少女達というだけで謎が多く残っている。

ベルデの神殿にあった蔵書には、癒しの力を持ち華々しい活躍をした一代目の記述はそれなりに多かったが、それ以降の神子は特殊能力を持っているものの、平和な時代だったため、人々を助け、静かに生涯を過ごした、としか記載されていなかった。

しかしことあるごとに神子の特殊能力は『神子が幸せになるために存在するもの』と、記されていて、これを書き残した神官の、神子に対する思いやりのようなものが不思議と感じ取れ、だからこそ信じ、再び肌を重ねた時に、ナコにも話したのだ。……願わくは今回見つかった文献もそうであって欲しい。――が、そうやって自分の執着で手に入れた真実が、ナコに優しいものかどうか分からない。

もしナコの不安を増長させるようなものなら――おそらく自分は一生隠し通すだろう。もし他の者に漏れるようなことがあれば、自分の身分と立場を利用し、全てを消し去り、ナコが不安を覚えないように……今のように側で幸せに笑っていてくれるように『なかったこと』にするのだと決めていた。

優しくエリオットの背中を撫でていた手を止め、小さく溜息をついたナコが、ふと顔を上げる。

「あ、旦那様」

囁くように呼ばれた声に、はっと我に返り、静かに近づく。

エリオットの肩が小さく動いているところを見ると、どうやら眠ってくれたらしい。

ふとナコの髪がまだ濡れていることに気づき、近くにあったタオルを手にして拭ってやる。

「お疲れ様でした。風邪をひきますよ」

「旦那様こそお疲れ様でした。いつ部屋に入ってこられたんですか？　気づかなくてすみません。……髪、乾かそうと思ったら、エリオットが起きちゃって」

寝台に片足だけを乗せナコの艶やかな髪を乾かす。月明かりに浮かぶ白い項《うなじ》には、昨日つけたばかりの痕が残っていて思わずその艶めかしさに目を細める。

『……神子だからといって、ジル様に相応しいとは思えません』

そう言ったロドニーの言葉を思い出し、真実は真逆だと反芻《はんすう》する。

神聖なる神子を娶《めと》ったのは強欲な老人だ。しかも渇望は絶えず、母親らしい一面を見せるナコだって欲しくなる。

すっかり乾かした後はエリオットを真ん中にして、ナコと共に横になると、いつもすぐに丸くなるナコがじっと私を見つめていた。

「……本当に少しお疲れみたいですね。旦那様も早く眠って下さい」

……ナコに察せられるほど、酷い顔をしているのだろうか。

気恥ずかしくなって隠すように枕に半分顔を埋めると、ナコはそっと手を伸ばしてきた。エリオットにするように私の頭を撫で始める。小さな手は温かく優しい。

穏やかな子守唄が聞こえてきて、私はナコにされるまま瞼を閉じた。

「……エリオットは幸せな子供です」

ふとそんな言葉が口を衝《つ》いた。

するとナコの小さな笑い声が鼓膜を優しく擽る。

子供特有の熱いくらいの体温と、ナコの子守唄に誘われ、苛立ちに燻《くすぶ》っていた心は静かに凪《な》ぎ、私はすぐに眠りに落ちたのだった。

四、大事件、勃発

慌ただしかった初日から数日、わたし達はこれぞホリデー！　というような、のんびりとした日々を過ごしていた。

街にこそ遊びに行けないけれど、丘の中腹に建つ領主邸の周囲は緑豊かで、たくさんの動物がいるし、東西南北で景色が変わる上に敷地も広く、一日では全て見て回ることもできないほどだ。

もともと今回の休暇はゆっくりすることがメインだし、わたし的にはそれで十分。——なんだけど、好奇心旺盛なエリオットは三日もすれば領主邸の散策に飽きてしまった。

まぁ、当然だよね、と旦那様と顔を見合わせてどうすべきか悩んでいたところ、ふと思いついたことがあった。

それはアメリアちゃん。別邸に遊びに来るのは午後からが多く、その理由を聞けば週に五日、午前中は家庭教師と過ごしているらしい。ならばとハンス様に許可をもらい、エリオットと一緒にアメリアちゃんの授業風景を見学させてもらったのだ。

エリオットもグリーデン伯爵家の跡取りとして三歳になってから、外国語と本人が希望したこの国の歴史、それと礼儀作法を堅苦しくない雰囲気で学んでいる。ちなみに教師はアルノルドさんの息子で現副執事のスタンさん。そして礼儀作法も完璧な上に才媛でもあるリンさんだ。

二人にはそれぞれ本業があるし、もう少し大きくなったらちゃんとした家庭教師を雇おうと話していたところ、専門の先生の教え方や同世代の子供がどんな授業を受けているのか気になっていたから、まさに渡りに船だった。

エリオットと一緒に少し離れた席に座り、アメリアちゃんを見守っていたんだけど、しばらくしてから家庭教師の年配の先生が、エリオットも参加しないかと誘ってくれて、アメリアちゃんの隣に席を用意してくれたのである。

お互い一緒だとふざけたりするかなーと思ったけれど、二人はそういうタイプではないらしい。

ふぁー偉い！　わたしなら友達と隣同士になったら、授業開始一分でノートの端っこで見つからないように絵しりとり始めると思うもん。

それにアメリアちゃんは女の子だし、当然のように淑女の礼儀作法を一番に習っているのだと思ってたのに、エリオットと同じ外国語を習っていた。聞けばロドニー様の幼少期とほぼ同じ課題をこなしているらしい。

……ソレ聞いた時、ちょっと疑ったよね……。まさか兄妹で跡継ぎ問題勃発？　ロドニー様本当に跡継げる？　大丈夫？　って。

気になってさりげなく先生に聞いてみると、意外なことにロドニー様は経営学を始めとする領主教育はしっかりと受けていて成績は優秀らしい。ついでに授業態度も真面目だそうだ。

剣術馬鹿じゃないんだ……と、ちょっとほっとしつつ、二人の様子を見学してたんだけど、アメリアちゃんは年下のエリオットの前で張り切って先生に質問していたし、エリオットも影響されて、王都のお屋敷で勉強している時より真面目に聞いていた。

幼い貴族の子供の家庭教師を専門にしている先生の時間配分は完璧で、子供達が飽きる前に切り上げ、短い休憩を何度も入れていて、学習意欲や集中力を持続させるさすがの手腕だった。

これはエリオットの勉強法にぜひ取り入れたい。休暇が終わったら旦那様やリンさんやスタンさん、マーサさんとみんなで要会議だな……。異世界子育ての壁はみんなで越えるのだ。いいと思うところをそれぞれ取り入れて、効率のいい勉強法を見つけてみせる……！

――で、一方的に面倒をかけるのも悪いな、と思っていたらリンさんがアメリアちゃんに礼儀作法を教えてくれるということでウィンウィンになった。……何故かわたしもそのお相手として組み込まれていたことについては物申したいけど、リンさんだって本来なら長期休暇のはず。断れるわけがない。うん、まぁそれくらいね？　なんか『お手本としてなってない！』ってわたしが叱られる未来が見える気がするけど、おそらく大丈夫……うん、多分、きっと。

ただやっぱり休暇のために来ているのは確かなので、必ず午後からは自由時間にして、アメリアちゃんとめいっぱい駆け回って遊んだり、逆にゆっくり過ごしたりすることにした。

そんな日々を過ごしたおかげで二人は一段と仲良くなり、エリオットも今まで触れようともしなかった貴族の子女らしいボードゲームやカード遊びなんかもするようになってきた。厳密にルールを守ってやってるわけじゃないけれど、興味を持つきっかけになれば万々歳だ。

そして遊ぶ時は、リックが護衛兼遊び相手として一緒にいてくれる。

アメリアちゃんも最初こそ人見知りを発揮していたけれど、明るくて面白いリックにだんだん慣れていって、この前は膝の上でエリオットと一緒に馬談義を聞いていた。……アレは止めなくていいのかなー？　でも二人ともご機嫌だしな、とちょっと悩ましい。

ちなみにアメリアちゃんが現在、抱っこしているのは新しい馬のぬいぐるみで、リックがこの数日で作ったものをプレゼントしたらしい。それ以来ずっと肌身離さず持ち歩いてくれてるんだけど、乳母さんとメイドさんの複雑そうな顔を見る度に土下座したくなってしまう。

……すみません。ウチの馬馬鹿《うま》が……。だってリアル寄りの顔と、しゅっとした足の細い馬のぬいぐるみだもん。正直ちっとも可愛くない。アメリアちゃんだけはせめて、ぬいぐるみらしい可愛いお馬さんを抱っこして欲しかった……。

そして……さっきちらっと出てきたけど、因縁の相手、もといロドニー様はあれ以来、訪ねてくることはなくなった。本邸に行く時は大体旦那様といるから、飛んできそうなものなんだけど、鉢合わせすることすらないのだ。

多分、旦那様がロドニー様にビシッと言ってくれたんだと思う。ただ、心配なのがその日戻ってきた旦那様の元気が何となくなかったことだ。次の日には、いつもの余裕のある旦那様に戻っていたから、気にしないようにしているけれど。

やっぱり言い合いになっちゃったのかな？　わたしのせいで気まずくなったんなら、やっぱり申し訳なく思っちゃうんだよねぇ。

偶然会ったらどんな顔したらいいんだろう――とかなんとか思っていたら、盛大なフラグだったらしい。

旦那様は来客中、わたしはエリオット達の授業の付き添いをしていたある日、どうしても眠たくなってしまい、眠気覚ましのために本邸の図書室の本を借りることにしたのだ。

案内してくれたメイドさんにお礼を言って、重たい扉を押し、静まり返った図書室に足を踏み入れる。

東国の料理の本なんてないかな、と室内を見回し、奥へと向かったわたしは、奥まった机の上に高く積まれた本に埋もれる大きな影に、ぎょっとして立ち止まった。

そろりと本の隙間から覗き込めばその影の正体はお久しぶりのロドニー様だった。しかも本を読むというよりはじっとりとした恨めしげな目で睨んでいる。その目の下には明らかに睡眠不足です！　と吠《ほ》えているようなクマを何匹も飼っていて、ぶつぶつ呟く姿は正直怖い。

「ロ、ロドニー様……？」

思わずかけてしまった声に、ロドニー様はびくっと肩を上下させた後、うっそりと顔を上げた。

わたしと見つめ合うこと数秒。かっと目を見開いて、勢いよく立ち上がる。その振動で目の前に積まれていた本が次々と雪崩を起こし、後には埃が舞って気まずい沈黙が落ちた。

……さすがに知らないフリなんてできるわけがない。わたしが驚かせてしまったのは確かなので、床に落ちた本を拾うことにする。

だけど、ある程度重ねた本のタイトルを流し見て、首を傾げた。

「礼儀作法の本……？」

「ッ返せ！　……っいや、返して、下さい」

一度声を荒らげたものの、すぐにつっかえるように言い直したロドニー様に戸惑い、ちょっと身構える。

……そもそもロドニー様が礼儀作法の本？

わたしみたいな元一般人ならともかく、生粋の貴族であるロドニー様の年齢ならとっくに身につけているだろう。それなのに今更？　アメリアちゃんに付き合ってあげようと復習してるとか――なんて考えを巡らせていると、はっと思いついた。

憔悴《しょうすい》しきった様子と、この積み上がった本からして間違いない。

――きっと旦那様に『礼儀』について何か言われたんだ！　えっと……たとえば、わたしに失礼な態度を取るな、とか？

あー……そうだよね。憧れの人に怒られるとか、拷問だよね。それで『礼儀作法』について新たに勉強し直してる……と、うわぁ健気というか……！　ちょっと努力すべきところがズレてる気もするけど、言葉をそのまま受け取っちゃうタイプなんだろうな……。うん、そこは普通にわたしに謝ればいいと思うんだけど。

明らかにおかしな様子のロドニー様に納得する。

だけど今回の一番の要因であるわたしが何か言えるはずもなく……、大人しく拾い集めた本を机の隅っこの方に置いた。

暇つぶしの本は諦めて、そそくさと立ち去ろうとすると「……おい」とぶっきらぼうな声が投げかけられた。……あの、礼儀作法の本を読んだ成果は一瞬だけですかね？

そろりと振り返れば、じっとりとわたしを睨むロドニー様と目が合う。何度か口を開けて閉じる仕草を繰り返した後、ようやく絞り出されたのは「……ジル様には言うなよ」という苦々しい声だった。

もちろん、全く言うつもりはないし、会ったことも内緒にするつもりだ。鉢合わせしたなんて言ったらきっと心配させちゃうだろうし、これ以上二人がわたしのせいで揉めるのは遠慮したい。あと、ロドニー様の逆恨みが怖いのもある。

しっかりと頷けば、何故かロドニー様は重そうな目を細めて「……っ本当に言うなよ」と絞り出すような唸《うな》り声で念を押してきた。いや、しつこいな。

「ええ、仰る通り言いません。……あ、でも勉強してるって知られた方が心象はよくなりませんか？それとなく噂になってるって感じで第三者から聞けば……」

途中で思いついて言い直したわたしの言葉にロドニー様の口角がちょっと上がったのが分かった。そしてそれを見逃してやるほどわたしは甘くない。ええ、受けた辱めは十倍にして返すタイプです。

「……もしかして言って欲しいんですか？」

なるほど……そうか。そこから仲直りに持っていきたいんだな。でもわたしを「おい」って呼びつけている内は駄目だと思うんだけどなぁ……。その場だけ取り繕ったとしても旦那様ならきっと見破っちゃうだろうし。それにしても元凶のわたしに頼ってくるロドニー様って……。

図星だったのだろう。ロドニー様は顔を真っ赤にさせると机を両手で叩き立ち上がって「そ、そんなことはない！」と動揺して噛みついてきた。

……ここまで分かりやすいと面白い。一旦出ていくのをやめてじぃっと見つめていると、その視線に耐えきれなくなったのか、俯いてしまった。机の上に置いていた拳がぶるぶると震え出す。

おや、様子が……なんて、ボケるような雰囲気でもなく、黙って様子を窺っていたら、小さく振り絞るような声が静かな図書室に響いた。

「……どうしてお前みたいな意地悪な奴が、ジル様に大事にされてるんだ……！」

「……え？」

言葉の途中で噛みつくように顔を上げたロドニー様の目からぼろぼろと涙が溢れ出した。大きな水滴が本の頁《ページ》を濡らし、わたしは再び驚きに固まった。

――泣いてる？

「ロドニー様……!?」

わたしの呼びかけに、はっと我に返ってすぐに袖で涙を拭ったロドニー様は、堪えるようにぐっと眉間に力を入れた。だけど一度流れた涙はもう止まらないようで、顔を押さえたまま俯くと、勢いよく椅子に座り直し、そのまま崩れるように突っ伏してしまった。

小刻みに上下する肩と嗚咽を噛み殺す息遣いに、わたしは慌てて周囲を見渡す。幸いなことに図書室を利用している人はわたし達しかいないらしく、誰かに見られる心配はなさそうだ。

「……っふ、うっ……どう、して。僕だって……父と領民を守りたい、気持ちは……あるのに……」

漏れ聞こえる嗚咽は、ロドニー様といえども痛々しい。

しかも『父と領民を守りたい』なら、大事なところは押さえてるんじゃないかな。……上手くそれを旦那様に伝えられなかったとか？

「だ、だからこそっ……剣技を磨いてきたのに……っそれがジル様に、分かってもらえ、なか、った……っ、父も、そうだ……っ父上が脆弱《ぜいじゃく》だからこそ……、僕が隣に立って守って、差し上げたかったのに……っ」

ほんっと旦那様好きなのブレないよなぁ……、まぁ、あんな石像が建っちゃうくらい素敵な人だからしょうがないけど。でも、単純に親子の仲が悪いのかと思ってたけど、そうじゃないんだ。結局は剣術の苦手な『お父さん』を守りたいんだよね？

続いた言葉に、わたしはふむ、と頷く。

これはなんというか、ロドニー様が素直になって言い方を変えれば、意外と簡単に解決するのでは？

「……結局、ロドニー様ってお父さん……ハンス様のこと頼りないとか脆弱とか言ってるみたいですけど、大好きなんですね」

リンさんが集めてきてくれた情報を照らし合わせてそう話せば、ロドニー様は大袈裟なくらい前のめりになって「は!?」と叫んだ。信じられないとでも言うような表情でわたしを見る。

「いや、守るって……。しかも『代わりに』じゃなくて『隣に立つ』って言ってますし、それって言い方を変えれば、いつまでも側にいて欲しいってことじゃないんですか？」

ロドニー様は一瞬呆気に取られたような顔をしてたものの、結局言葉にはならなかったらしく

「……うるさい」と呟いて、再び机に突っ伏してしまった。言い返せないところを見ると、図星だったのかもしれない。

……さて、どうするべきか。

改めてロドニー様の突っ伏した頭のつむじを見ると、エリオットみたいに見えてしまって、罪悪感がどっと込み上げてきた。身近なとこではリックもよく泣いてるけど、ロドニー様の場合は立派な体格も相俟ってギャップがすごい。面白がってごめん……と、慰める言葉を探してみる。

……やっぱり大好きな旦那様に注意されたのが、ショックだったんだろうなぁ。そこに元凶たるわたしが来ちゃったもんだから、頭がバーンしちゃった感じ？　まぁ普通の思考なら、あんなお願いわたしにしないだろうし。

「……」

何となく、エリオットにするように、そぉっと目の前の頭に手を置いて撫でてみた。

一瞬、びくっと大きく肩が動いたけれど、それだけ。嗚咽が響きそうで、拒否の言葉を口に出すことはできなかったのかもしれない。そして意外にも手が振り払われることはなく、撫で続けてしまう。

時間にすれば数分くらい、それまで黙ってされるままになっていたロドニー様が顔を伏せたまま低い声で唸った。

「………じゃない」

「え？」

「お前、じゃ、ない。僕だってジル様に……っふっ……褒められて、な、撫でられたい……っ」

子供か。

思わず突っ込みかけて、慌てて呑み込む。まぁ確かに旦那様の頭撫で撫では超絶癒されるもんね……。あ、そういえば領主邸に初めて足を踏み入れた時に、ロドニー様に見られてたっけ？

「……」

もしかしてアレ羨ましかったの⁉　あ、昔はよく撫でてもらってたとか？　だって幼い頃から剣を教えてもらってたならありえそう。旦那様の撫で撫での罪の深さよ……。けしからん。早急にわたし……いや家族専用にしてもらわねば。

溜息をついてロドニー様を改めて見下ろす。まぁ、同じ人を大好き同士ではあるからして……。

「……ロドニー様、わたし数日前に旦那様の頭を撫でたんですけど……」

少し間を置いてそう切り出せば、ロドニー様は「ジル様の頭、を、撫でた、だと……⁉」と、わたしの手の下で顔を上げた。大きな目を見開き、心の底から驚いたような顔をする。

また失礼なことを！　とか怒るのかなぁ。いいじゃん、頭くらい撫でたって、夫婦なんだからわたしだって甘やかされたいし、甘やかしたい。あの時は特に元気がなかったし……って思えばロドニー様、その時の元凶じゃない？

じとりと睨むけれど、こちらを見上げる大きな目も高い鼻も真っ赤だ。いつかのアメリアちゃんそっくりで毒気を抜かれてしまう。……この兄妹、意外なところで共通点出してくるな！　アメリアちゃんを思い出して怒りが長続きしなくなっちゃう。

「はぁ……ハイハイ、そうですよ。だから間接的に旦那様に撫でられていると思って我慢して下さい」

ちょっと乱暴に撫で続けるわたしに「……全然、違う」としゃくり上げながら毒を吐くものの、されるがままだ。ロドニー様、自分で言っといてなんだけど、間接的でもいいなんて相当旦那様成分が不足してるんだな……。顔を隠すためか、撫でやすくするためか、再び頭を伏せたロドニー様をさすがに哀れに思って、再び口を開いた。

「……旦那様、少年時代のロドニー様は素直で熱心で可愛い生徒だったたって仰ってましたよ」

それは領主邸に到着した夜のこと。

あの時はここまで問題児だとは思ってなかったし、旦那様もまだ和やかに話してくれていた。

「ロドニー様との鍛錬は、慌ただしい生活のいい気分転換になったって懐かしそうで……アネラにいた時の中でも大事な思い出なんだなぁ、ってわたし、ちょっと焼きもちやいちゃいそうでした」

ぴくりとも動かないロドニー様だけど、鼻を啜《すす》る音はもう消えている。

意外と単純だな……と、思う一方で、わたしは最後の言葉を口にした。

「旦那様、伸びしろに期待って言ってましたよ」

「……」

あの時とは状況が違うけれど、まぁ事実だし。もうこれが駄目ならあとは知らない。

でもやっぱりその言葉はロドニー様にとって希望になったらしい。

そろりと腕から顔を上げ「……本当か？」と、鼻を啜って、潤んだ目で尋ねてきた。

わぁ、ホント子供の泣き方だ。

ニッコリ笑って頷き、ロドニー様の頭から手を離す。

その途中で「あ……」と小さな声が聞こえたので、え、まだ撫でられたいの？　という顔で見れば、ロドニー様は我に返ったようにばっと上半身を起こし、今更距離を取った。

涙の跡を隠すように片手で顔を覆いながらも、ちらちらとわたしを見てくる。え、もしかして欲しいのって慰めの言葉？　この欲しがり屋さんめ！

「……それ以上は聞いてません」

ナコ商店、売り切れにつき閉店です。

正直にそう言えば、ロドニー様は「違う！」と噛みついてきた。

その慌ただしさに思わず笑うと、むっと睨まれたものの、そこには今まで感じていた敵意のようなものは感じない。

なんとかなった……？　と少しほっとしたところで、図書室の時計が視界に入り、随分時間が経っていることに気づいて飛び上がる。

「大変！　エリオットの授業が終わる時間なので、わたしはこれで失礼しますね！」

慌ててロドニー様にお暇を告げて図書室から出る。扉の向こうから引き止める声がしたような気がしたけれど、聞こえなかったフリをしてアメリアちゃんの部屋に急ぐ。これ以上ロドニー様の相手をしていたら、家庭教師の先生の帰りを遅らせてしまうことになってしまう。先生は色んなお家《うち》を回っていてとても忙しいのだ。それに聞いたところで、どうせ文句か、泣いたことの口止めかに違いない。

だから残されたロドニー様が、開け放たれたままの扉を見て「あいつこそ礼節が……」と可愛くないことを言っていたことにも気づかなかったし、憑《つ》き物が落ちたようなすっきりとした笑みを浮かべていたことなんて知る由もなかったのである。

――ちなみに武士の情け、と旦那様にさりげなーく『ロドニー様、礼儀作法のお勉強頑張ってるって風の噂で聞きましたよ』と伝えれば、いつ、どこで、誰に聞いたのかと、とてもイイ笑顔で問い詰められてしまい――結局図書室の出来事を全て吐かされてしまったので、結果的には足を引っ張ってしまったかもしれないことをここに反省点として記しておこう。

そしてそんなことがあってから数日、今日はあらかじめ決めていた休息日である。

エリオットのお勉強もお休みで、少し寝坊してゆっくりと朝食を取った後は、朝の気持ちいい風と、柔らかな光を感じられる東のテラスでのんびり家族で過ごすことにした。ここには大人が三人寝転んでもまだ余裕がある大きなベッドソファがあって、エリオットがとても気に入っているのだ。

「……小さな騎士はそう言い、馬を走らせてみることにしました。しかし――」

エリオットを膝に乗せ、のんびりと本を読み聞かせる旦那様の側で、幸せを噛み締める。

それにしても旦那様の朗読の素晴らしいことよ……。録音しておやすみCDにすればミリオンセラー間違いないんじゃないかな？　そう……鼓膜を擽る低い声は穏やかで、海のさざ波にも似た安心と包容力を感じさせる……ああ、語彙力がないせいで、賛美する言葉が全然足りない。

ただ、おかげで昨日はエリオットと一緒に早めに眠ったというのに、つい欠伸が出てしまう。

いけないいけない。せっかくの親子団らんなのにこのままじゃ寝てしまう……。

眠気を飛ばすために、サイドテーブルに置いてあった朝食のデザートだったカットフルーツにフォークを刺して口に放り込む。

ん、オレンジのようなこの果物、少し酸っぱいけど美味しいんだよね。

アネラは貿易の中継地だけあって珍しいものはもちろん、新鮮な食材も手に入る。軽く済ませるはずの朝食すら新鮮な食材をたくさん使っていたし、この果物も外国から輸入されてきたそうだ。

ふと気づけばエリオットがお皿を見つめていた。「食べる？」と聞くと、こくりと頷く。いやこれ、エリオットが残したもので、勿体ないからゆっくり食べるって引き取ってきたんだけどなー？　まぁ、でも人が食べていると欲しくなるよね。

小さめにカットされた果物を選んで手を添え、本が汚れないように口元まで持っていく。

小さな口がもごもごし、やっぱりちょっと酸っぱかったのか、きゅうっと顔が真ん中に寄った。

かっわいいいなぁ……！

フォークを引き上げれば、途中で今度は旦那様と目が合う。

ふと悪戯心が芽生えたわたしはまた一つカットされた果物をフォークで刺し旦那様に差し出した。仲良しの代名詞『あーん』である。

エリオットじゃないのですから、なんて苦笑されると思ったのに、旦那様は軽く片眉を上げただけで、意外にもすぐに口を開けて果実を食べてしまった。目が合うと悪戯っぽく微笑まれて、見えない力で心臓をぎゅっと掴まれた。

あっ、好き……。

汁の零れた口元を親指で拭う仕草に悶《もだ》えていると「少し酸っぱいですね」と、眉尻を下げる。

そういえば旦那様もデザートはあまり食べない方だったよね？

これは由々しき事態だ。ビタミンは美肌の元だし、旦那様の美貌管理責任者として積極的に摂取してもらわねば。

「身体にいいですよ。もう一口食べませんか？」

「いえ、味見だけで十分ですよ」

優しく断られてしゅんとしていると、エリオットは自分が聞かれたと思ったのか、渋い顔のままぶんぶん激しく首を振った。その仕草に思わず笑ってしまう。

こういう顔は旦那様そっくりなんだよね。顔はそうでもないけど、表情や仕草がすごく似ている時があって、今もそう。渋い顔がそっくりだなんて嬉しくないだろうから言わないけど、親子だなぁとわたしだけが盛り上がってしまう。

「美味しいのに……」

でも残った果物はわたしのお腹に綺麗に消えていくんだけどね！

珍しくて新鮮な果物は王都ではあまり手に入らないし、何より勿体ないし。

というか、マックさんの料理も美味しいと思ったけど、別邸で出される食事もとっても美味しいのだ。もちろん王都のお屋敷の料理長の料理もいいけど、何せ素材や調味料の豊富さが違うし、薄味で素材を生かす系の料理はもはやソウルフードの日本食のようで……美味しい以前の問題かもしれない。

ただ太っちゃいそうなのが心配だけど、目の前の誘惑には勝てないんだよね。

そんな贅沢《ぜいたく》な悩みに唸っていると、旦那様がエリオットが指さした絵について説明していた。

は――……幸せな家族の肖像って感じ。そうそう、これがやりたかったんだよねぇ……いや最高かよ。

楽しい思い出と未知の経験もいいけど、こういう普通の時間が案外記憶に残ったりするんだよ。ソースはわたし。異論は認める。

のんびり三人で過ごす時間を噛み締めていると「あたらしい本をもってくる！」と、エリオットが立ち上がり、少し離れたテーブルに積んでいた絵本を並べて選び始めた。

そんな小さな背中を優しい目で見守っていた旦那様だったけど、ふと思い出したようにわたしを見た。

「そうだ。ここに来る前に馬車の中で話していた件を覚えていますか？」

「……え？　あ、あのキナダールの第二王子の……？」

「ええ、向こうで集めた神子の文献を渡してもらう約束です。先ほどハンスから連絡があって、彼の仕事の都合がついたので明日出発することになりました。今夜は夕食の後、ハンスと打ち合わせをするので、先に休んでいて下さいね」

「早い、ですね……」

気になってた神子の特殊能力の話だし、忘れていたわけじゃないけれど、思っていたよりも早くて少し驚く。

旦那様は今日こそのんびりしているけれど、ここに滞在していると知ってやってくる来客の相手をしたり、ハンス様と仕事の話をしたり、国境と街の治安を守る騎士団に挨拶に行ったり、結構忙しい。……それでも王都にいる時よりははるかにマシだし、必ず食事はみんなで一緒に食べることができてるし、同じ時間に眠れるだけ十分幸せなんだけど……。旦那様にとっては休みになってるのかな？

「なんだかんだと忙しいですね。夜に打ち合わせ……あ！　旦那様、今から仮眠でも取ります？」

自分ばっかり楽しんで申し訳ない気持ちでそう提案してみれば、旦那様は穏やかな笑みを浮かべ首を横に振った。

「いえ、大丈夫です。それにここに来てからよく眠れていますよ。それは隣にいるナコが一番知っているでしょう？　――それで国境沿いで行われるハンスの商談の方が少し長引きそうで……行き帰りの時間を合わせると最低でも四日はかかりそうです」

「四日……」

思っていた以上に長い。しかも最低ってことは延びる可能性もあるってことだし……、これだけべったりくっついていることなんて滅多にないから、反動で寂しくなるのは間違いない。

贅沢にはすぐ慣れてしまう人間の業の深さよ……うう、悲しい……けど、エリオットもいるし、リンさんも、幸いなことにリックもいてくれる。

見知らぬ土地だけど、別邸の使用人さん達も親切だし乗り越えられるだろう。因縁のロドニー様とは図書室で会って以来、顔を合わせていないけれど、たとえ鉢合わせしたとしても以前のように噛みついてくることはないかな、と思っている。

……あ！　せっかくだし、こっそりリックと一緒にもう一度あの石像を見に行こうかな……。

だってわたしは顔バレしてないし、なんなら街も回れるかもしれない。別邸の使用人さん曰《いわ》く、もう既に出店は出揃っていて、いっそう賑やかになっているそうだ。

心の中でほくそ笑んでいると、じっと旦那様のコバルトブルーの瞳に見つめられていることに気づき、そろりと視線を逸らした。

「ナコ？　申し訳ないのですが、私が出ている時は極力屋敷の敷地からは出ずに大人しく過ごして下さいね。それが終われば、記念祭の式典以外は何もありませんし、ゆっくり過ごせますよ。街にもなんとか工夫していつか遊びに行きましょうね」

そう言って、わたしの額にちゅっとリップ音を響かせる。

っく……一瞬でバレている……！

そして今回はしっかり見ていたエリオットも強請ってきて、何となくわたしも旦那様の唇が近づくタイミングを狙って、エリオットの柔らかいほっぺたを挟むようにキスした。

頬を両手で押さえて、きゃあきゃあ笑うエリオットにわたしの頬も緩む。

それにしても旦那様、アネラに来て愛情がダダ漏れてらっしゃる……。もともと吹っ切ったらどこまでも甘くなる人だけど……やっぱり第二の故郷とも言える場所《ここ》だからかな。

うん、旦那様が解放感を覚えているのなら喜ばしいことだし、わたしも嬉しい。時々心臓が不整脈を起こして大変だけど、これもまた愛の試練だ。

エリオットが新しく持ってきた少々小難しそうな歴史書をめくる。誰だ、こんなの交ぜたの……用意したリンさんしかいないけど、四歳が読むにはちょっと難しすぎませんかね？

エリオットは読んでもらう気満々だけど、その本を旦那様の魅惑低音ボイスで聞こうものなら、完全な子守唄になってしまう。眠らない自信がない。

案の定、落ち着く声に包まれ、あ、眠っちゃう――と瞼が落ちかけたその時、部屋の方から性急なノックの音が聞こえてきた。

慌てて起き上がり髪を整えると、旦那様のお腹の上で同じようにウトウトしていたエリオットも不機嫌顔でむくりと起き上がる。

そんなエリオットの背中を撫でながら上半身を起こした旦那様が少し大きな声で「どうぞ」と声をかけると、入ってきたのはリンさんだった。部屋を横切り、すぐにテラスにやってきたその顔は僅かに強張っているように見える。

……なんだろう？

普段の忙しさとわたしの希望から、今日はなるべく三人で過ごせるように取り計らうと言ってくれたリンさんだ。それなのに自ら割り込んでくるなんて、よっぽどのことに違いない。

わたしの表情から不安を感じ取ったのだろう、リンさんはわたしの顔を見ると、ぱっといつもの変わらない表情を作った。そして。

「ハンス様から『大至急、エリオット様もご一緒にご家族で本邸にいらして下さい』とのことです」

と、意外な人物からの伝言を口にしたのだった。

ハンス様にもあらかじめ今日はお休みにして家族で過ごすことは伝えている。リンさん同様、気遣いの塊であるハンス様ならよほどのことがない限り呼び出したりなんてしない。しかもエリオットと一緒に、ってわざわざ言ってくるなんて、一体何なんだろう。

リンさんもそれ以外の伝言も事情も聞いていないらしい。漠然とした不安を抱えながら軽く身支度を整えたわたし達は、子守りを買って出てくれたリンさんと一緒に、足早に本邸に向かった。

門の前で待ち構えていた執事長直々に案内されたのは、屋敷の一番奥にある執務室で、それだけで何かが起こったのだと分かってしまう。

どこのお屋敷でも主人の執務室が一番堅牢《けんろう》であり、機密性も高い故に、人に聞かれたくないような話し合いが行われることが多いからだ。

執務室にはハンス様とロドニー様、そして意外なことにアメリアちゃんがいた。ハンス様は難しい顔をしているのに反して、ロドニー様は旦那様を見ると少し気まずそうにしつつも、どこか興奮を隠せないようにソワソワとしていた。わたしに視線を流すと何か言いたげな顔をする。

そしてアメリアちゃんも旦那様の胸に抱かれたエリオットを見るなり、ぱあっと笑顔を浮かべてこちらにやってきた。

旦那様に絨毯《じゅうたん》の上に下ろされたエリオットは、近づいてきたアメリアちゃんと手を繋ぐ。そしてアメリアちゃんに引っ張られるまま、一人掛けの椅子へと向かった。「エリオットとわたしはここ」

と言いながら、アメリアちゃんも同じ椅子に詰めて座った。大きな椅子だから窮屈そうでもないし、いつもなら可愛い！　って心の中でシャッターを切るところだけど、明らかに重い部屋の空気が気になって、そんな気持ちにはなれなかった。

それからすぐに執務室の扉がノックされ、ハンス様が許可をすると入ってきたのは執事長と、予想もしていなかった人物だった。

「マーニーおばあちゃん？」

名前を思い出して呼びかける。数日前にマックさんの食堂で会った目の見えない車椅子のおばあちゃんと、その孫息子だと言っていたカイさんだ。

いっそう意味が分からなくなって、助けを求めるようハンス様を見れば、同じタイミングでカイさんがその場で膝をついた。エリオットに向かって祈るように手を組み、声を上げた。

「エリオット様！　ばあちゃんに奇跡の力を使ってくれてありがとうございます！　おかげでばあちゃんの目が見えるようになりました！」

感極まったように声が震えているけれど、聞き取れないほどじゃない。だけどその内容が理解できなくて思わず黙り込んでしまった。

……奇跡の力？　エリオット？

自然と視線はマーニーおばあちゃんへ向かう。すると一週間前とは全く違い、白く落ち窪《くぼ》んでいた目はしっかりと周囲を捉えていた。わたしと目が合うとニッコリと笑う。

——確かに本当に見えてる、ような……。ううん、見えるようになったなら、それはとても喜ばしいことなんだけど、どうしてエリオットが治しただなんて……。

「……失礼でしたら申し訳ありません。本当に見えているか確認させて頂いても？」

言葉を失って黙り込んだわたしに代わり、旦那様がマーニーおばあちゃんに近づき、そう尋ねる。

「ええ、ええ。見えております。どうぞお確かめ下さい。……でも本当にあの頃と同じなのですね。シャツ姿でも素敵ですね。ジルベルト様」

しっかり目が合ったおばあちゃんの瞳に旦那様が映る。

そしてその言葉だけでも見えていることが分かった。けれどその上で旦那様は簡単に指を数えさせたり、部屋にある家具や装飾品の色や形を聞いてしっかりと確認する。

ハンス様もわたし達が来る前に試したらしい。旦那様と目を合わせると「間違いないようですね」と言って、難しい顔をした。

「確かに見えているのですね。……しかし何故、エリオットがやったと思うのですか？　あれから一週間経ちます。可能性は低いかもしれませんが、自然に治ったということもあるでしょう？」

うん、わたしもそう思ってた！

旦那様の核心を衝く質問にわたしも頷いてマーニーおばあちゃんを見る。

マーニーおばあちゃんはそっと自分の瞼に触れると、慎重に思い出すように何度も頷きながら、かさついた唇を開いた。

「エリオット坊ちゃんに『いたいのいたいのとんでけ〜』っていうおまじないをしてもらった時に、ふわぁって目が温かくなったんです。それに気持ちもとっても幸せで前向きになれて……。そこから何だか視界がだんだん明るくなってきて、こんな日もあるのね、なんて思っていたんですけど……次の日には孫の顔がはっきり見えたんです」

少し弾んだ声で語られる話は、俄《にわ》かには信じられない。

「……あの、どうして見えたその日じゃなくて、今日になって訪ねてきたんですか？」

自然と強張って硬くなった声で問うと、マーニーおばあちゃんは少し恥ずかしそうに頬に手を当てた。

「……ほら、この年齢になると記憶がはっきりしないこともあるでしょう？　だから私、最初はとうとうボケちゃったんだわと思ったんです。けれど次の日もその次の日も普通に家の中が見えてるし、ああ、現実なんだな、ってようやく今朝信じられて……それでお礼を言うために、孫にここまで連れてきてもらいました」

マーニーおばあちゃんの目に曇りはなく、真実だということは分かった。むしろ嘘をつく必要なんてない。

驚きで黙り込んでしまったわたしに代わり、口を開いたのはハンス様だった。

「俄かに信じがたいことですが、エリオット様はナコ様の……神子の特殊能力を引き継いでおられるのではないでしょうか？」

問いかけというよりは確信めいた強い言葉に、今度こそ心臓が大きく跳ねた。

……わたしの特殊能力は若返りだ。でも他の神子達はそんなんじゃなかった。確か初代の神子は強い治癒能力を持ってたって召喚された時に聞いた覚えが……。

必死で思い出していると、重苦しい空気の中、高く明るい声が執務室に響いた。

「だからエリオットは天使さまだって言ったでしょう？　アメリアのココも治してくれたんですから」

少し得意そうに話すアメリアちゃんに一同の視線が集まり、僅かに目を瞠ったハンス様がアメリアちゃんに確認した。

「ココというのは、怪我をしていたカナリアのことか？」

「はい！」

アメリアちゃんがしっかりと頷き、わたしも少し考えて言葉を添える。

「……わたしも元気な様子を見ました」

そう、初めてここに来た日、カナリアを見せてもらった。

怪我をして元気がないと聞いていたのに、数時間で綺麗な声で鳴いていたので、治療が効いたのかな、なんて呑気に考えていた。

わたしはきょとんとした顔でみんなを見上げるエリオットの前に回り、しゃがみ込んだ。目線を合わせて、なるべく落ち着いた声で尋ねる。

「ねぇ、エリオット。ココとおばあちゃんを治したのはエリオットなの？」

「……うん！　そう。ココもおばあちゃんも、『なおりますように』って思いながら、『いたいのいたいのとんでけー』ってしたの」

まさか、というよりは、やっぱりという空気が漂う。

「……そう、なんだ。他には何もない？　エリオットは痛いとか苦しいとかある？」

「ううん？　ぼくは元気だよ。……お母さま、ぼくだめなことした？」

シュンと肩を落としてそう尋ねてきたエリオットに、わたしははっとして首を横に振る。

「ううん。駄目じゃない……」

けれど手放しに褒めるのは憚られて、わたしはそっとエリオットの頭を撫でる。

沈黙が落ち、一番初めに動き出したのは旦那様だった。

ハンス様に目配《めくば》せすると、部屋の外で控えていた乳母さんを呼び出させて、アメリアちゃんを退室させた。子供ながらに異様な空気に察するものがあったのだろう。わたしが邪魔にならないように立ち上がると、アメリアちゃんは椅子から下りて、名残惜しそうにしつつ、小さく手を振って出ていった。

わたしも少し迷って旦那様の邪魔にならないようにエリオットの後ろに回る。離れる気にはとてもなれなくて、椅子の低い背もたれに少し寄りかかるようにして、エリオットの肩に手を置いた。

しんと執務室が静まり返って数秒。口元に手をやり少し考えるようにエリオットを見つめていた旦那様は、ゆっくりと口を開いた。

「ハンス、申し訳ないのですが、私達のために一芝居打ってくれませんか？」

「芝居、ですか？」

突然の申し出にハンス様の目が何度か瞬く。

「ええ、神子の特殊能力が本当にエリオットに受け継がれたのなら、いっそ大勢の前で力を披露し、その後、以前のナコのように、一度きりで特殊能力は消えてしまったということにする方がいいでしょう。治癒能力は便利すぎますし、争いの火種にもなる可能性は否定できません」

「……そうですね。権力闘争が起きたり、未だしぶとい神殿派の貴族達がまた騒がしくなるかもしれません。……それに、きちんと確かめてみた方がよろしいのでは？」

ハンス様の言葉に旦那様が頷く。

わたしは椅子越しにエリオットを後ろから抱き締めながら、ただただそんなやりとりを見ているだけだった。

だって、頭がまだ混乱していて上手く働かない。

……大勢の前で披露する？　エリオットが本当に力を使えるか分からないのに？　それに、そもそもそんなすごい力があったとしてエリオット自身の健康に影響はないの？

わたしの焦りをよそに、話はどんどん進んでいく。

「ちょうど地下牢に罪人がいます。腕を骨折していましたから、目隠しして連れてきます！」

それまで黙っていたロドニー様が張り切って発言する。……そもそもどうしてロドニー様はこんなに嬉しそうなんだろう。それもよく分からなくて、混乱に拍車がかかる。

もしかして、さすが旦那様の子供だとか思ってる？　ああ、ありえるかもしれない。ロドニー様は、わたしとはまた別のところで旦那様を神聖化してるから。

だけど、部屋から飛び出そうとしたロドニー様を引き止めたのは旦那様だった。

「必要ありません」

そう言うと、突然自分のシャツの腕を捲り上げ、腰に差していた剣を抜いた。その刃に反射した光にぎくりとする。悪い予感に、心臓がどくりと嫌な音を立てた。

「……っ」

待って、と叫んだつもりだった。

だけど言葉は声にならず、そのまま銀の刃が旦那様の腕をすっと撫でた。追いかけるように肌に鮮やかな赤い線が走って滲む。

「……!?」

たった今起こったことが信じられなくて、呆然《ぼうぜん》と旦那様を見つめることしかできない。

何、今の、もしかして自分で自分を傷つけた……?

なのに旦那様はなんでもないことのように、その状態のままエリオットの前に屈み込んだ。

ひくり、と小さな肩が震えたのが触れている手から分かる。だけど旦那様はあくまでも普段通り穏やかに口を開いた。

「エリオット、お父様も怪我をしてしまったんだ。治るようにマーニーと同じおまじないをかけてくれないか?」

そう話しかけた言葉の終わりに、ぽたりと絨毯に血が滴り落ちた。

エリオットが旦那様の顔と滴り落ちる血、それを交互に見たのが頭の動きで分かった。覗き込んだ顔が強張り、さぁっと青ざめていく。

——駄目!

そう心の中で叫んでようやく固まっていた身体が動く。そして同時にエリオットは火がついたように泣き出した。

驚いたように目を瞠った旦那様に、かっと怒りが込み上げてきた。もう人前だとか淑女とかどうでもいい。

「何してるんですか！」

エリオットの脇を摑み、椅子から持ち上げてそのまま抱き込む。部屋はしんと静まり返り、エリオットはわたしの怒鳴り声にびっくりしたのか、それとも抱っこされたことに安心したのか、一呼吸置いて、いっそう泣き声を張り上げた。

後頭部に手を回してこれ以上血を見せないように抱き締めると、わたしは怒りと興奮で涙が滲んだ視界の中、旦那様を強く睨んだ。

「どうして……っそんな……っ」

言葉の途中で嗚咽が交じりそうになり、唇を引き結ぶ。

旦那様はびっくりしたような顔をして、ただわたしを見ているだけだった。

中途半端に宙に浮いた腕を探るように凝視すれば、旦那様の腕の傷はゆっくりと塞がっていく途中だった。逆再生している映像を見ているようで酷く現実感がない。

ああ、と安心してから、エリオットの特殊能力は本当に存在したのだと頭の隅で納得する。後には絨毯の血の染みだけが残り、その鮮やかさが怖くて悲しくて痛かった。言いたいことがいっぱいありすぎて、子供のように喚《わめ》いてしまいそう。

旦那様はやっぱり先ほどから同じ表情で、わたしを凝視したままだ。

きっとわたしが怒鳴ったことに驚いたのだろう。今までわたしが旦那様に声を荒らげたり本気で睨んだことなんてなかったから。

――嫌われるかもしれない。でも、譲りたくない。

どうして自分で自分を傷つけたの。

どうして幼い自分の子供に血を見せたの。

ますます涙が溢れてきて、わたしは乱暴に袖で涙を拭い、エリオットをぎゅうっと抱き締める。

そして。

「旦那様の馬鹿！」

そう叫んで、その場からエリオットを抱えたまま、飛び出したのだった。

いくつもの声に止められた気がしたけど、振り返らずに別邸まで走って、私室に駆け込む。

真ん中までずんずん歩いて、エリオットを抱き締めたままその場にぺたりと座り込んだ。

心臓の鼓動がうるさいくらい耳の近くで聞こえていて、お腹の右下が痛い。

息を整えようと荒い呼吸を繰り返していたら、エリオットがわたしの胸の中でもぞもぞして顔を出した。

「あ……、ごめんね、痛かった？」

慌てて腕の力を緩めれば、エリオットはわたしから離れることなくぺたりと座り込み、下から顔を覗き込んできた。

わたしが急に抱っこして走り出したことにびっくりしたのか、泣きやんでいたけれど、その顔は不安げで、きゅうっと眉尻が下がっていた。

「……エリオット、ごめんね。びっくりしたよね」

胸を押さえてそう尋ねれば、エリオットは柔らかなほっぺたを隠すように少し俯いた。

「お父さま、けが、なおってた……？」

呟くような小さな声が響く。

ぶわり、と目に溜まっていた涙が溢れかけて、ぐっと顔を上げて我慢する。

「……エ、エリオットは、やさしい、ね……っ」

駄目だ。声を出したら、しゃくり上げてしまいそう。

ぎゅっと唇を噛み締めて、やり過ごそうとすると、ふわりと肩にショールがかけられた。

全く気配を感じなかったから、旦那様かと思って振り向くのを躊躇する。けれどかけられたのは聞き慣れた、女性にしては低く落ち着いた声だった。

「――ナコ様」

慌てて振り返れば、わたしと同じようにその場にしゃがみ込むリンさんがいた。

どうやらわたしが部屋から出てすぐに追いかけてきてくれたらしく、リンさんの肩も大きく上下している。

……もしかして、貴族でもあるハンス様の前で無作法だって怒られる？

だけどもうそんなことどうでもいい。今何を言われても、きっと頭には入ってこないだろう。

唇を引き結んだまま黙り込んでいると、リンさんはわたしの肩越しにエリオットの頭を撫でた。

「お父様の傷は綺麗に治ってらっしゃいましたよ。後で褒めて頂きましょうね」

表情を柔らかくして紡がれた言葉に、鼻の奥がツンとする。

わたし自身は治っていく様子が見えたから知っていたけれど、エリオットは泣いていたこともあって見る暇がなかったのだろう。ああ、そういえばさっき一番に聞かれたのに、答えなかった。その返事をリンさんがしてくれたんだ。……なんて情けない。

「ナコ様もエリオット様もソファに座りましょう」

そっと手を取られ立ち上がると、エリオットの手がわたしのスカートをしっかり握り締めていた。

あ、不安を感じさせてる……。

急いでもう一度抱き上げて、ぎゅっとする。エリオットはわたしの頬に自分の柔らかいほっぺたを擦り寄せてきてくれて、何だか逆に励まされているみたいだ。

促されるままソファに座ると、エリオットはぴったりとくっついて横に並んだ。リンさんもそんなエリオットを挟むように、同じソファに腰を下ろす。

「何か温かい飲み物でもお持ちしましょうか?」

「ううん、大丈夫……」

首を横に振ってから、わたしは少し間を置いて口を開いた。

「……あの、ごめんなさい。アネラでは淑女らしくするって約束してたのに、挨拶もしないまま逃げ出しちゃって……伯爵家の奥さんとして失格だよね。旦那様……に恥をかかせたよね……」

旦那様、と言葉にするだけで胸に鈍い痛みが走る。

リンさんも、わたしがどうして突然部屋を飛び出したのか不思議に思ってるだろう。

「リンさん、あの……わたし、は……」

説明の言葉すら見つけられないまま口を開く。でもやっぱり続けられなくてすぐに口ごもってしまった。

けれどリンさんは「分かっております」と頷くと、わたしの手にそっと自分の手を重ねた。

「大丈夫です。私も今回ばかりは伯爵の行動に憤りを感じています」

驚いて思わずリンさんを見る。

そう、わたしだって怒ってる。エリオットを抱き締めて思いきり怒鳴ってしまったほど。

「リンさん……」

「幼い子供に血なんて見せるものではありません。ましてや父親自ら切った傷を治せだなんて言語道断です。エリオット様がショックを受けるのもナコ様が怒るのも当然です」

もやもやしていた気持ちを言語化してもらったことで、は……、と息が漏れた。

同時に安堵感のようなものが湧いてきて、さっきまでぐらぐらしていた足がようやく地に着いたような心地さえした。

「そう、だよ、ね……？　わたしおかしくない、よね」

なんだかんだわたしはこの世界にとっては異邦人で、わたしの常識がこっちでは非常識なんてことはよくあった。思想や考え方が根本から違う。そう否定されればもう話すことすらできない。

この世界は平和な日本と違って戦や争いだってあるし、貴族は体裁と家と地位、矜持《きょうじ》が何より大切だ。だからこそリンさんにも、エリオットを連れて逃げたわたしの行動は、ただの非常識、もしくは過保護すぎると責められると思っていた。だけど違った。

そうだよね？　血なんてまだ幼い子供に見せるものじゃないよね？　それが自傷した自分の父親の血なら尚更《なおさら》だ。

そりゃ将来跡取り教育の一環として剣を習うことはあるだろうけど、今よりずっと先のことだ。幼い時の記憶はまだ柔らかい心に根を張って残る。些細《ささい》なことだって大事件だし、成長の土台になる記憶はできるだけ優しくて綺麗で揺るぎないものであって欲しい。そう思うわたしはきっとこの世界では甘いのだろう。でもしっかりとした土台は、きっと未来のエリオットが幸せになるための大きな助けになるはずだ。だからとても嫌だった。

どうして旦那様はあんなことしたんだろう。

これまでずっとエリオットを大事にしてくれたし、わたしを含めて宝物だと言ってくれたこともあった。その瞳は慈しみに満ちていてそれが嘘だったとはとても思えない。それに私に対しては血なまぐさい話は避けていたはずだ。なのにどうして、もっと無力で幼いエリオットは平気だと思ったのだろう。

男の子だから？　跡取りだから？　もう旦那様が何を考えているのか分からない。

それに何より。

「……わたし、旦那様が自分自身を傷つけたことも許せないんです……」

ぽつりとそう漏らせば、リンさんが少し笑った気配がした。とうとう呆れられたかと顔を上げれば、リンさんは少し困った、だけど優しい顔でわたしを見下ろしていた。

「ナコ様らしいですね。いえ、そうでしょうとも。だって家族なのですから、怪我をしたら心配するのは当たり前です」

顔を上げるともうリンさんは既に普段通りの顔をしていたけれど、しっかりと頷いてくれた。

「伯爵は昔から自分を蔑ろにするところがありましたから……でも、そうですね。今はナコ様もエリオット様もおられますし、自己犠牲なんて誰も求めていません。むしろ悲しむ者が多いことをご存じないのかもしれませんね」

出張や視察に出る時は毎回『怪我しないで下さいね』って念を押してたのに、もしかして全然伝わってなかったのかな。

旦那様が怪我をすればわたしだって同じくらい痛い。きっと旦那様を慕うお屋敷の人達だってびっくりして悲しむと思う。

アルノルドさん……は、正直旦那様に似ているところがあるから分からないけど、マーサさんならきっと顔を真っ赤にして怒るだろう。……うん、それは間違いない。

必要最低限の呟きだったのに、リンさんがそれだけで分かっていてくれたことが嬉しくて、今度こそ涙が溢れてしまった。一度決壊した涙腺は止められず、涙がぼろぼろと頰を流れてスカートに染みを作る。

「お母さま?」

子供に涙を見せて不安にさせるなんて最悪だ。わたしが目指しているのは何事にも動じない肝っ玉母さんなのに。

「こ、これは心の汗だから！　お母様は泣いてないからね！」

あくまで強がってみるけれど、声はみっともなく震えている。

不安そうに眉尻を下げたエリオットに、ますます自分が情けなくなったところで、リンさんが視線を伏せてゆっくりと言葉を紡いだ。

「……母親も人間です。たまになら子供が見ている前で泣いてもいいと思います。ただ、どうして泣いているのかをきちんと説明されてはどうでしょうか。大好きな母親が何に悲しんでいるのか分からない方が、子供は不安になります」

リンさんらしからぬ、ううん、逆にらしいかもしれない。はっきりした言葉に目を瞬かせる。

だけど同時に……すとん、と心の深い場所に落ちて、とても納得してしまった。

だって……そう、わたしだって——小学校に上がった頃、新しい家のリビングで独り泣いていたお母さんの涙の意味を知りたかった。

「リン、さん……」

握られた手は温かい。

リンさんがいてくれてよかった。

心からそう思った。しがみつくように抱きつけば、リンさんは珍しく嫌がらずに優しく受け止めて背中を撫でてくれた。

同時に真ん中にいたエリオットもリンさんに抱きついてひとかたまりになる。何だかそれが妙におかしくて、気がつけば涙は止まっていた。

「リンさん、ありがとう……わたしより母親らしいね」

わたしが照れ隠しにそう言えば、リンさんはゆっくりと身体を離すと、ピッと手のひらをわたしに向け首を横に振った。

「いいえ、ごく最近出た育児書の受け売りです」

「う、受け売り……ね」

ええ、と頷くリンさんに今度こそ噴き出す。すっかり肩から力が抜けるのが自分でも分かった。

そして、エリオットを膝の上に乗せて、ごちゃごちゃの頭の中を整理し、一つずつ説明するために口を開いた。まずはわたしの感情に振り回してしまったことへの謝罪だ。

「エリオット、ごめんね。お母様が泣いちゃったのは、……お父様が自分の腕を切って……流れた血が怖くて悲しかったの。エリオットも同じ……？」

そう尋ねれば、少ししてからエリオットの頭がこくりと上下する。

一番に傷が治ったことを確認してきた優しいエリオット。この優しさは旦那様譲りだと思うんだけどな。

「あと、エリオットがあんまりすごいことするから、驚いちゃったのもあるかも」

「なおすの、だめだった……？」

エリオットはぱっと顔を上げると、おずおずとそう尋ねてくる。

アメリアちゃん同様、幼い子供なりに執務室の異様な雰囲気を感じ取っていたのだろう。

言葉だけで否定するのは簡単だ。でも今回のように——事情を知らない人達がいる場所でまた能力を発揮してしまうかもしれない。

「ううん、駄目じゃない。でもその力が、もしかしたら身を削る……えっと……もしかしたら、エリオットが代わりに痛い思いをするかもしれないって心配なの」

今一番気になっていることをできるだけ簡単に質問する。するとエリオットは少し考えるようにコバルトブルーの瞳を斜め上に向け、ふるふると首を振った。

「いままでいっぱい治してきたけど、ぼく元気だよ」

「え？」

お屋敷の使用人さん達からそんな話は聞いていない。一体誰を治したんだろう。しかもいっぱいって……。

「エリオット様。誰を治されたんですか？」

リンさんの問いに、エリオットはちょっと考えるように首を傾けた。

「えっと……にわとりさん？　リックが心配してたお腹壊したお馬さんとか……」

リンさんと顔を見合わせる。

人間以外だったから、今日まで発覚してなかったってこと？

なんとか詳細を聞き出せば、実は物心つく頃から自然とやっていて、わたしが教えた『いたいのいたいのとんでけー』の呪文は、最近読み聞かせてもらった本に出てくる魔法使いみたいだから、口にしていただけらしい。

それから何となく元気のなさそうな人に、おまじないを唱えたことは何回かあったそうだ。

わたしも一つだけ心当たりがあって、リオネル陛下とエレーナ王女のことで揉めた時に、急に前向きになれた時もおまじないをかけてくれたのかな、と尋ねてみたけれど、さすがに覚えてはいないということだった。思えばまだ二歳にもなる前だったし当然といえば当然だ。

……ということは、きっとまだ他の人にはバレていないはず……。

それでも心配なのは心配だし、目が見えるようになるなんて間違いなく奇跡だ。それを世間が放っておくはずがない。

わたしは真面目な顔を作ると、エリオットの手をぎゅっと握り締めた。

「これから『いたいのいたいのとんでけー』する時はお母様に教えてね。今日みたいにみんなびっくりしちゃうから」

そう話せば、エリオットも今回の騒ぎで思うところがあったのだろう。素直に頷く。

話が一旦終わったことで、本人も緊張が緩んだのだろうか、手足がいっそうぽかぽかと温かくなってきた。

そういえば、ウトウトしているところで呼び出されたんだっけ……。

寝室に向かおうかと思ったけれど、お昼ご飯も食べていないし、きっとすぐに起きてしまうだろう。それに今はあまり離れたくない。

結局すぐに寝てしまい、同じ部屋にある座面の広いカウチソファまで運び、お腹だけシーツを被せる。すっかり深い寝息を立てるエリオットの顔を見つめていると、後ろにいたリンさんがおもむろに口を開いた。

「そもそもエリオット様は伯爵とナコ様、お二人のお子様です。それに神子の特殊能力ならナコ様こそ当事者であるはず。勝手に大々的にお披露目だとかお芝居だとか話を進めたこともおかしいのでは？」

今まで考えもしなかったことを言われて、なるほど、と納得する。今日のリンさんはいつもより口数が多い。きっとエリオットのことを大事に思ってくれているからこそだろう。

……でも確かにそうだ。二人の子供の話なのに、わたしの意見も聞かず、こんな風に勝手に進められたら、これからの育児にもよくない気がする。

「……」

ああ、何だか次から次へと考えなきゃいけないことが出てきて、頭がパンクしちゃいそう。

もやっとした怒りのような感情に、リンさんが言ったようなことも含まれているような気がしてきた。なのに考えることがいっぱいで頭の中を上手く整理できない。

このまま旦那様と顔を合わせたら、感情のまま怒ってしまいそうで怖い。

本当ならすぐに旦那様達と合流して、なんとかしなきゃいけないんだろうけど、今は少しでもいいから頭を冷やしたい気持ちが勝った。

わたしが考えを纏めているのを静かに待ってくれていたリンさんに、しどろもどろに「今日は旦那様と距離を置きたい」と相談すると、あっさりと賛同してくれた。

「もともと夜打ち合わせすることになっていましたから、ちょうどいいのではないでしょうか。寝室は別の場所に用意しておきますね」

そう言うと、少し考えるように間を置いてから、言葉を続ける。

「育児書には番外で夫の躾も大事だと書いてありましたし、諍《いさか》いの芽は子供が小さい内に摘んでおく方がよろしいでしょう」

リンさんはさっそく立ち上がり、わたしの伝言を伝えるために再び本邸へと向かう。部屋にはエリオットの寝息だけが響く。急にやってきた静けさに感じたのは寂しさで、思わずポロリと涙が零れた。

「……やだな。涙腺がガバガバだ……」

もう既に腫れ始めているらしく、拭った目尻がひりひりする。

水でももらってこようかな、とエリオットの様子を確認してから、立ち上がりかけたところで、ばたんっと突然大きな音を立てて扉が開いた。

「お前！　ジル様に馬鹿などと……！」

部屋中の空気が震えるような大声に、慌ててエリオットの耳を塞ぐ。エリオットは思いきり顔を顰めたものの起きるまでには至らず、ほっとして扉に顔を向ければ、大声を上げた犯人……ロドニー様と目が合った。ついでに振り返った勢いで、ぽろりと涙が落ちる。

「なんて生意気な口をきく……っ⁉」

んだ、とでも続けようとしたのだろう。けれどその途中で、ぎょっとしたように大きく目を見開き固まってしまった。

指をさした角度から察するにわたしが泣いてることに驚いたらしい。

いつかと真逆だなぁ、なんてどこか遠いところで思う。

……そっか。執務室にロドニー様もいたんだっけ？　あー……うん、尊敬する旦那様に「馬鹿」なんて言ったんだもん。怒鳴り込んでこないわけがないよね。

もう言い返す元気もないし、そのまま黙っていたら、後から後から涙が溢れてきた。

うわ、やだな。ロドニー様に弱みなんて見せたくないのに。

でもどうにも止まらなくて、もう両手で顔を覆って隠してしまう。

するとロドニー様が、おそるおそるといった調子で近づいてきたのが気配で分かった。

「お、おい……、その、大丈夫、か……」

予想もしない気遣いの言葉に驚いて思わず顔を上げると、またつうっと涙が伝った。

それを間近で見たロドニー様は、はっとしたように身体のあちこちを探り始めた。そして目当てのものを見つけたのか、一旦咳払いをしてからわたしの前に膝をつく。大きな身体を丸めて、少しよれてるけれど綺麗な白いハンカチを差し出してきた。

「……泣くんじゃない。お前がそんなんじゃ調子が狂うだろうが……」

ぶっきらぼうにハンカチを膝の上に置いていた手に押しつけられて、思わず受け取ってしまった。

ロドニー様、こんな気遣いできたんだ……。

そんな明後日なことを思いながらも、思いきって尋ねてみた。

「……旦那様の傷、痕や痛みは残ってませんでしたか？」

実際治っていくのも見たし、リンさんもエリオットにそう言ってくれたけど、絨毯に落ちた赤色が網膜に張りついていて、どうにも消えてくれなかったのだ。

ロドニー様はわたしの質問に少し意外そうな顔をしたものの、しっかりと頷いてくれた。

「ああ、父上が念のためにとお屋敷に常駐している医師を呼んで下さって、傷痕すら残っていないと言っていた」

その言葉にほっと安堵する。

「旦那様はこれからどうするとか何か仰ってましたか？」

……聞きたいならその場にいればよかったのに。

自分でもそう思ったけれど、今更どんな顔して本邸に戻ればいいか分からない。……ああ、ロドニー様にはますます旦那様に相応しくないって思われてるんだろうなぁ……。

だけど意外なことにロドニー様は、わたしの一挙一動を確認するように少し緊張した面持ちで答えてくれる。これ以上泣いてくれるなよ、という気持ちが透けて見えるくらい、言葉選びが慎重だった。もちろん、飛び込んできた時の勢いはもうどこにもない。

「幸いなことに、あの老女と青年は誰にも言っていないようだ。父上がきちんと口止めしていたし、もし第三者に話して女神の怒りを買うようなことがあれば、また見えなくなるかもしれない、とジル様も念を押していたから、おそらく大丈夫だろう」

一度失った視力が突然戻ったのだ。『なくなる』ことも素直に信じられる、ってことかな。

これからどうするのがエリオットに一番いいのか。わたしにできることはあるのか。

もう一度エリオットの寝顔を見下ろして溜息をつけば、ロドニー様がらしくなく小さな声で話しかけてきた。

「……僕は……その、エリオット様の能力はとても素晴らしいと思ったんだが……そんな簡単な話でもなかったんだな……確かに、父上も老女が訪ねてきた時から難しい顔をしてらした……」

……そういえばハンス様に呼び出されて執務室に入った時、ロドニー様だけは、ソワソワしていたっけ？　うん、予想通りだったたってことだけど、簡単な話じゃ終わらないことに気づいたのは、誰かに何か言われたのだろうか。それとも彼の成長？

何気なく俯けば、ロドニー様に渡されたハンカチを握り締めていることに気づき、ありがたく使わせてもらった後、静かに口を開いた。

「……ありがとうございます」

「っああ！　これくらいお安い御用だ」

泣きやんだわたしにほっとしたのか、ぱっと明るい笑みが浮かぶ。珍しい、嫌みじゃないアメリアちゃんに向けるような親しげな微笑みだ。

……もしかしてロドニー様、あれだけ目の敵にしていたわたしを慰めるなんて、泣いてる女の人が苦手とか、なんかトラウマでもあるのかなぁ……。

泣きすぎてぼんやりとした頭で、そんなことを思う。

結局わたしが泣いたことで、出鼻をくじかれたのだろう。文句の続きを言うこともなく、ロドニー様は少し居心地悪そうにしながらも、手持ち無沙汰を誤魔化すように視線を彷徨わせる。そして数分経った頃――何かに気づいたようにロドニー様は、ぱっと顔を上げた。

「僕はこれで失礼する。……話の続きはまた今度にするぞ。ジル様を罵倒したことはまた別の話だからな」

そう言い置いて、何故か扉ではなく窓を開け、木を伝ってあっというまに地上へと降りていった。身体能力の高さにびっくりしつつも、何故窓……？　と首を傾げていると、すぐにこんこんと叩かれたノックの音で理由が分かった。入ってきたのはお茶の用意がされたワゴンを運んできてくれたリンさんだ。確かにどんな状況でも人妻の部屋に独身の男が一人でやってくるのは非常識……あ、それで？　……ロドニー様は礼儀作法というか一般常識を学ぶ方がいいような。

「……窓が開いておりますね」

でも、目敏《めざと》いリンさんがそれを見逃すわけもなく、不自然に開いている窓まで近づくと、木々の中に小さな背中を見つけたらしい。

「あれはロドニー様では？」

「あーうん。なんか……慰めに来てくれた……のかな？」

庇ってもすぐにバレそうだし素直にそう話せば、リンさんは深い溜息をついた。

「……十六にもなって木登りですか。扉の存在も知らないなんて……六歳の間違いでは？」

こめかみを揉みながら呟いたリンさんの言葉が、辛辣ながらも的確すぎて、わたしも少し状況を忘れ、思わず苦笑してしまったのだった。

五、旦那様、困惑する

濡れていっそう輝きを増したナコの瞳から涙が零れ落ちる。

涙はすぐに拭われたが、強い怒りと哀しみが複雑に入り混じった視線は、今まで向けられたことのないもので、不覚にも言葉を失うほどに動揺した。

エリオットを抱き上げ走り去ったナコの背中に強い拒絶を感じ、何もできないまま呆然と見送る。側にいたのだから腕を取ることもできたのに、何故か躊躇《ためら》われた。すぐに追いかけたリン嬢に何の伝言すらも預けられない不甲斐なさに心の中で舌打ちする。

そしてナコの表情と、途中で嗚咽に押し潰された言葉の続きをいくら推し量っても理解できず――ただ頭の中で反芻していた。

「……様、ジルベルト様」

ハンスに呼びかけられ、はっと我に返り返事をする。

今更ながらも表情を取り繕い、振り返ればハンスは僅かに眉間に皺を寄せていた。

あまり感情を出さないハンスだが、気遣ってくれているのだろう、そんな表情だった。今執務室にいる面々からも、同じような視線が自分に集まっていることに今更気づく。

「マーニーとカイを一旦家に戻しても構いませんか？　ジルベルト様達が来るまでの間、聞き取りしていたのですが、まだこのことは誰にも話していないそうです」

「え、ええ！　あまりにも驚きすぎて、この奇跡が消えない内にお礼を言いに行かなきゃって思って、朝一番にここまで来たんです！」

孫息子のカイが引き攣った笑顔で慌てたようにそう言い、何度も頷く。

ナコと自分とのやりとりに驚いたのだろう。気を遣わせてしまって申し訳ないと思う一方で、いつまでも上手く考えが纏まらず、「……そうですか」と言葉を濁して、無理やり頭を切り替える。

「――では申し訳ありませんが、エリオットの特殊能力のことは言わずに、だんだん見えるようになったと演技して頂けませんか？　元神子であるナコ……妻が能力を顕現させた時も大きな騒ぎになり、誘拐までされて恐ろしい思いをしました。ましてやエリオットは幼い身です。好奇の目や争いの種になるのは必須でしょう」

自分が若返った時に起きた騒ぎは、二人の感情の擦れ違いもあり、よい思い出とは言えない。あの時に感じた罪悪感を思い出したせいか、そんな感情が声音にも出たのだろう。

「ばあちゃん……」

カイが不安そうな顔で祖母のもとへ戻ると、車椅子の前にしゃがんだ。マーニーは肘掛けに置かれた手に自分の手をそっと被せた。

「大丈夫よ。下手に長生きはしてないから自然と振る舞えるわ。ほら、私が毎日食べてる葡萄の干し物のおかげとでも言っておけばいいんじゃないかしら？　年齢の割に肌は若いって言われてるし。

ついでに売って一儲《もう》けしようかしら」

マーニーが殊更明るい声でそう言うと、カイは少しだけ表情を和ませ、執務室に張り詰めていた緊張感もふわりと緩む。

「……」

……余裕のない時に、場を和ませてくれるのはいつだって女性だ。大地のような大らかさと機転に救われる。その強さと明るさに敬服すると同時に、やはり思い浮かんだのはナコだった。

……いつもまっすぐ自分だけを見て惜しみなく与えられるナコの愛情に、自分はいつのまにか胡《あ》坐《ぐら》を掻いていたのかもしれない。

「まぁ、ばあちゃんがいいなら俺はそれで全然いいけど……」

「むしろ私はアンタの方が心配だよ。亡くなった父親に似て口が軽いからねぇ……」

素直に了承してくれそうな雰囲気にほっとする。

ここに朝一番で知らせに来た経緯からもカイが実直で真面目なことは見て取れるし、マーニーも昔と変わらず人情深く機転の利く女性だ。吹聴《ふいちょう》して回ることはないだろう。

それでも、「もし、約束を違《たが》うこととなれば女神の怒りに触れて奇跡が消えてしまうかもしれません」と、軽く念を押しておく。

二人を見送ると、念のためにとハンスに勧められるままに、屋敷に常駐している医師に傷を見せる。

執事長に呼ばれやってきた彼は、腕を注意深く観察してから、神経を確かめるように肘や手首を動かして「特に異常は見られませんが……」と、首を傾げてみせた。

やはり、とハンスが頷き「大切なお客様だから、念のため見てもらったんだ」と言えば納得したらしく、大きな鞄を持って引き上げていった。彼はメアリーの主治医だったこともあり、付き合いも長いらしい。医師を送ってもらうついでに気まずそうなロドニーにも退室を促す。

物言いたげな視線に、彼の中の英雄像を壊してしまったかと思うが、それこそちょうどいい。自分は世間に知られているような勇者でも聖人君子でもないし、憧れられる存在ではない。決して傷つけたくない、真綿で包《くる》んで傷一つつけたくないと願った妻の思いすら分からず、それどころか泣かせてしまう始末なのだから。

執務室にはハンスと自分だけが残り、二人きりになると、途端に沈黙が落ちる。

私はすっかり消えた腕の傷を手持ち無沙汰に撫でる。思い浮かぶのはナコの怒ったような、悲しげな複雑な表情、そしてエリオットの怯《おび》えた瞳だった。後悔と苛立ちに思わずその腕を強く握り締める。

……いつもならば即座にナコのもとへ向かい、許しを乞うていただろう。しかし肝心の理由が分からないままでは会話の糸口さえ摑めない。……いや、よくよく考えれば、心当たりのようなものは一つだけあった。

それは母親であるナコに相談もせずに、エリオットが起こした騒ぎの後始末を進めようとしたこと。伯爵夫人としての仕事や社交に奔走しながらも、常にエリオットのことを考え、私や周囲の意見を聞きながら育児もこなしているのだ。それなのに意見どころか確認すらしなかった私に怒りを覚えても仕方がない。

どうしてあの時いつもの半分でもナコのことを気遣えなかったのか——答えは簡単だった。ただただ『ナコの能力は失われている』という確証を広めたくて、気が急《せ》いていたのだ。

「……ジルベルト様、ナコ様を追いかけなくてよろしいのでしょうか？」

ソファに深く腰を下ろしたまま、そう尋ねてくるハンスを上目遣いに見る。

少し迷って緩く首を横に振った。ナコに再び拒絶されるのが怖い——なんて不甲斐ない愚痴を年下の、ましてや部下だった男に聞かせるのは情けなさすぎる。

私の返事にハンスは押し黙ると、扉近くにあったワゴンの前まで行き、カチャカチャと何か動かした。どうやら手ずからお茶を淹《い》れてくれるらしい。

「お湯が温かったので、しっかり茶葉の味が出ていないかもしれませんが」

そう言ってソーサーも置かず、カップだけを私の前に差し出した。ハンス自身もカップだけを持ち、立ったまま口をつける。

「無精者で申し訳ない。まぁ昔は武骨な銅のコップに直接注いでいましたから、我々にはこれでも十分でしょう」

「……確かにそうでしたね」

ハンスが来たばかりの頃は、今手にしているような瀟洒《しょうしゃ》なティーカップなど無用の長物でしかなく、ただの飾り物だった。

お茶を飲めば、温い温度にもかかわらずとても苦い。そういえばハンスの淹れる紅茶はいつも苦く、アルノルドに苦言を呈されては「目が醒《さ》めていいでしょう」なんて飄々《ひょうひょう》ととぼけていたか。

そんな懐かしい過去を思い出し、強張ったままの身体から少し力が抜けた。

ふっと息を吐いた拍子にハンスと目が合う。ハンスは執務机に寄りかかったまま、僅かに立つ紅茶の湯気の向こうでゆっくりと口を開いた。

「ジルベルト様。私などが口を挟むことではありませんが、……私自身、メアリーとロドニーについてもう少し話し合っていればよかったと後悔しています」

伏せられた瞳は、睫毛《まつげ》のせいでよく見えない。

ハンスの妻が亡くなったのは三年前のこと。もう気持ちも落ち着き、吹っ切れたかのように見えるが、きっとまだハンスの心にはメアリーが住んでいるのだろう。口数の少ないハンスと、病弱ながらお喋りで社交的なメアリーは仲が良く、亡くなったとの一報が入った時は驚いたものだ。その一昨年前には可愛い女の子が産まれたと聞いていたから特に胸が痛かった。きっと任せた領主の業務のせいでハンス自ら看病する時間も少なかったに違いない。

当時、次期領主に相応しいと思える者はハンスしかおらず、おそらくメアリーの死が分かっていたとしても彼に後を任せたとは思う。しかしせめてあと数年、アネラにいればよかったという後悔はあった。

ただそうなると王都にいなかった自分が、ナコの結婚相手に選ばれることはなく――そう思うとひやりと肝が冷えたのも事実。

そんな理由もあり、ハンスにメアリーのことを引き合いに出されては何も言えない。

それに確かにハンスの言葉は正論だった。自分の身勝手さを認め、反省する。

「……そうですね。エリオットはナコと私の二人の子供なのに、勝手に話を進めて悪かったと反省しています。それにエリオットを大事に思ってくれるリン嬢や他の者にも相談すればよかった」

言葉を選ぶようにそう言えば、ハンスは少し困ったように眉間に皺を寄せた。

「それだけではないと思いますが……」

言葉の途中で言い淀《よど》んだハンスの意図が分からず、聞き返そうとする。しかしそれよりも早く扉がノックされた。

ハンスが許可を出し、入ってきたのはリン嬢だった。追いかけたナコがどんな様子だったのか気になり、大人しく口を閉じて話しだすのを待つ。

「先ほどは暇も告げず突然退室して失礼致しました。——伯爵、ナコ様から伝言を預かっております」

そう言うと私が座るソファの背後に回り、軽く手を添えて耳打ちしてくる。

その内容はしばらく距離を置くために部屋を分けたい、というもので、喉まで砂を詰められたかのように絶望的な心地になった。

「……ええ、分かりました」

感情が声に漏れてしまわぬように短く答える。

リン嬢はハンスの手前もあるのか、それ以上語ることはなく、すぐに執務室を出ようとした。それを慌てて引き止める。

本当ならナコとエリオットの様子が聞きたい。

けれどナコが自分に怒りを超えて嫌悪感を覚えている、などと聞いてしまえば、自分が自分でいられなくなるような恐怖心が口を重くさせた。

「……リン嬢にもご迷惑をかけましたね。ナコとエリオットに驚かせて申し訳ありませんでした、と伝えて下さい」

わざわざ呼び止めたにもかかわらず、当たり障りのない内容に、リン嬢は片方の眉尻を吊り上げた。それでも「承りました」と礼儀正しく頭を下げ、足音すら立てずに執務室から出ていく。

……どちらにせよ、数時間前にナコに話した通り、夕方からハンスとの打ち合わせや準備のために、本邸に夜遅くまで留まる予定だった。たとえそのまま泊まったとしても、使用人達も疑問には思わないだろう。

今回、行われる商談は、隣国キナダールとの国境沿いで見つかった鉱山というとても難しい案件だった。

しかしこれまで何度も現地調査をし、向こうの国境に接することはないと、キナダールの外交官立ち合いの下、調査が上がり掘削を始めて半年。今になって突然、キナダールの商業組合が口を出してきたのだ。それはここ最近国籍不明の密入国者が増えたという話で、国境近くの坑道ならばそこから秘密裡《ひみつり》に道を掘り、密入してきたのかもしれない、などと因縁をつけ、調査することもなく、利権の一部を警備費用として請求してきたのである。

普通ならば無視するくらいの根拠のない言いがかりだが、そもそも昔からキナダールの商業組合は、向こうの王族でさえ手を焼くほど一筋縄ではいかない団体だった。数年前に起こった誘拐事件の黒幕で当時は理事を務めていたドルガが捕縛された時も、組合は無関係だと即座に切り捨て、最小限の犠牲で騒ぎを収束させた切れ者ばかりだ。それが全員出席となるといくら交渉術に長《た》けたハンスといっても些か分が悪い。——故に、前領主である私も一緒に参加することにした。私には第二王子との縁もあり、強引に数で押してくるような展開にはならないだろう。

それにナコには詳しく話さなかったが、実はここ数か月、フェリクスという男を中心に破落戸達が集まり、キナダールの国境近くの村を襲ったり、アネラに密入国して村や馬車を襲うという騒ぎを起こしていた。

そのフェリクスという男が、先ほども出てきた誘拐事件を起こしたドルガの孫だと突き止めることができたのは最近のこと。他国のことでもあり、すぐに難癖をつけてくるキナダールの商業組合の目を避けなければならず、なかなかその正体を探ることができなかったのだ。ぎりぎりにはなったが、フェリクスの件に関していくつか証拠も摑むこともできた。それもきっといい交渉条件の一つになるだろう。

ドルガ本人と息子が死罪になり、一族も利権や土地や店を含む全ての財産を没収されたと聞いていたものの、その孫フェリクスが破落戸を従わせていることからも、財産の一部を持ち出すことはできたのだろう。周囲にたむろする男達とは違い、見た目だけは貴族のような小綺麗な身なりをしているらしく、そんなところからも元大商人の孫という矜持が見え隠れしている。

国内だけならずアネラにもちょっかいをかけてきていることから、おそらくフェリクスは私やその時から領主補佐として働いていた現領主のハンスに恨みを募らせていることは予想できた。

故に今回初めて国境近くに赴くハンスの身にも危険があるかもしれないと、神子の資料を受け取るついでにはなるが、彼の護衛も買って出たのである。

ナコ達がいない、街から遠く離れた場所で襲ってくるのならば、逆に都合がいいとさえ思って、そう決めたのだが……。

「商談を延期しますか？」

「……いえ、さすがにそれは……大事な商談ですし、フェリクスとやらの仲間が持っていた国境の通行書も、商業組合に気づかれて対策を講じられる前に突きつけた方がいいでしょう。私の方もキナダールの王子に動いてもらっていますし、その遣いを待たせることはできません」

一瞬、躊躇ったものの首を横に振り、自分を納得させるように言葉にする。

……エリオットの特殊能力が発覚したタイミングで新しい情報が手に入るなんて、できすぎているようで些か気味が悪いが、ここで疑っても仕方がない。こちらに恩を感じてくれているとはいえ身分は圧倒的に向こうが上だ。自ら取りに行くと申し出た以上、今更代理の者では渡してはもらえないだろうし、心証も悪い。ここで第二王子の不興を買えば、これからまた出てくるかもしれない資料を融通してもらえなくなる可能性もある。

「ジルベルト様がいれば商談もスムーズに進むでしょう……早く戻れるといいのですが」

恐縮するハンスに私は首を横に振る。

「数年前のドルガの事件での落とし前をきちんとつけられなかったのは私です。それよりも商業組合の理事達を出し抜けるように、しっかりと策を練りましょう」

ハンスが深く頷いたのを確認してから、苦い紅茶を最後まで飲み干すと、窓の向こうに見える別邸に視線を向けた。

今はもう眠ってしまっているだろうか。全ての元凶である自分に心配する資格はないが、それでもナコもエリオットも、泣いていないことを願う。

「ではきっと遅くまでかかることでしょう。今日はこちらにお部屋を用意します」

リン嬢の伝言が聞こえたのか、気遣いを見せたハンスが執務机の上にあったベルを持ち上げた。

「面倒をかけます。そうだ、お詫びと言ってはなんですが、私でも処理できそうな書類を見せてもらえますか？　打ち合わせまでぼうっとしているのも心苦しいですし、宿代分くらいは働きますよ」

真面目なハンスなら断るかもしれない。そう思いながら申し出れば、彼は意外にも「助かります」とあっさり頷いた。自ら新しいペンとインクを用意し、私がいるソファの前のテーブルに置く。

「実は記念祭のおかげで書類仕事が滞っているのです。こちら、騎士団長から出された祭り当日の警備体制の見直しとそれまでの特別訓練の考案のチェックをお願いします。いやはや、私はどうにも、こういうことに疎い」

まさに自分にとっては得意分野であり、適材適所だろう。

そういえばハンスはこういったちゃっかりしたところもあったと思いながらも、「ロドニーと一緒に考えてもいいかもしれませんね」と、ふと思いついて口にする。

厳しいことは言ったがロドニーは剣の才能を持ち、身体で覚える感覚的なものはずば抜けている。過去の自分が教えたのは剣技だけではないし、私の感情は別にして、アネラに到着した時に行われたパレードの一糸乱れぬ騎士達の動きは統制が取れていて見事だった。あれもまた統率力がなければ為《な》せぬことだ。

「……ロドニーにですか……一応、私の息子ということで副団長の地位を預けていますが、そういった頭を使うものを任せるには不安が残ります」

言い争いをしている時のロドニーでも思い出しているのか、彼らしからぬ分かりやすさで不快そうに眉を吊り上げた表情は正直、ロドニーそっくりだった。

そもそも印象は違うが、同じ髪色を持つ二人は瞳の色は違うものの、顔だけ見ると、とても似ている。

……ロドニーと剣を交わした次の日、このまま彼に跡を継がせるのかとハンスに尋ねてみれば、街での評判はとっくに耳にしていたらしく『世襲制には拘っていません。他に候補は数人考えています』と、淡々とした声音で答えた。

自分もそう勧めるはずだったのに、次期領主候補はロドニーだけではない、と匂わせられれば、あれほど怒りを覚えていたにもかかわらず、情が蘇ってくる。

しかしロドニーもそうだが、お互いに対する評価が低すぎる。そんなところも似ているのかもしれない。

「……一度腰を据えて、ゆっくりと話してみるのもいいかもしれませんね……ああ、私が言えることではありませんでした」

言葉の途中で気づき、謝罪の言葉をつけ足せば、ハンスは緩やかに表情を和らげた。

「……ロドニーではありませんが、私もジルベルト様は完璧な方だと思っていました。しかし今は少し身近に感じます」

喜んでいいのか悪いのか、そんな言葉をもらってしまう。そして。

「私もこの商談に向かう間、護衛してくれる騎士団の者にロドニーのことを聞いてみようと思います。見えているものが全てとは限らないと、気づかされました」

そうつけ足された言葉に少し引っかかりを覚えながらも、厳かに頷く。

親子の軋轢《あつれき》が解消し、ロドニーが跡を継ぐことが一番問題も少ないのは確かなのだ。

さっそく渡された書類に目を通したものの、最後に見たナコの表情が頭にこびりつき、いつまでも消えることはなかった。

六、意地と矜持

その日、旦那様はわたしの伝言通り、姿を見せるどころか、別邸にも戻ってきた気配はなかった。

わたしは眠れないまま、息を潜めていたので間違いない。どうしても気になって、早朝、掃除のために部屋の前を通りかかったメイドさんに聞いたところ、ハンス様との打ち合わせが長引いて、そのまま本邸の方に泊まったらしい。

追い出したような気まずい思いを抱くのと同時に、自分が拒否したにもかかわらず、どこかで様子を見に戻ってきてくれるんじゃないかな……なんて無意識ながら期待していた自分にイラッとする。

けれど、目が醒めて開口一番に「お父さまは？」と、エリオットに尋ねられれば、胸が痛くなるわけで。

「……朝早くからハンス様とお仕事してるの。ほら、昨日少し遠い場所に行くってお話ししてくれたよね？　そのお仕事の話し合い」

半分だけ真実を交ぜて、笑顔を作ってそう説明する。一晩中濡れた布で冷やしたおかげで、瞼も腫れていないし、不自然ではないだろう。

エリオットの頭を撫でてから、身支度を整え、朝食を取るためにダイニングに向かう。

いつもは三人で歩く廊下。どことなく物足りない気がして、エリオットの向こうを見てしまって溜息をつく。わたしって本当に旦那様に依存してるんだなぁ。

昨日一晩かけて頭の中を整理しようとしたものの、旦那様が自分を傷つけたあの光景やエリオットの怯えた顔がチラついて、結局纏めることはできなかった。

旦那様が自分自身を傷つけたこと、エリオットに血を見せたこと、あとついでじゃないけど、二人の子供なのに勝手に話を進めようとしたことも。

箇条書きにするのは簡単だけど、わたしが怒った理由すら分からず驚いていた旦那様にどう話せば分かってもらえるのか自信がない。そもそもエリオットの特殊能力について、対策を立てる方が先なんじゃ……？　なんて不安も湧いてきて、優先順位すら分からなくなってしまった。

そんなわけで、結局、頭の中はまだグルグルしている。

だけど、エリオットをもう不安にさせたくない。それだけは譲れなくて、自分に言い聞かせ気持ちを奮い立たせる。

――しかし、エリオットの特殊能力騒ぎから丸一日が経った午後には、思ってもみなかったことでわたしの心は折れかけていた。

少し汗ばむような気温だけど、高原らしい爽やかな風が気持ちいい午後。

朝の授業と昼食を終えた後は、別邸と本邸との間にある広い庭で、エリオットとアメリアちゃんが遊んでいるのを軒先に設置されたガーデンチェアに座り、ぼうっと見つめていた。

一緒に遊んでくれているのはリックで、昨日の騒ぎをリンさんから聞いたらしく、エリオットの能力に関しては、妙なしたり顔で「あー、なんか分かるかも……馬達もエリオット様といると嬉しそうなんですよね」とあっさりと納得していた。旦那様と気まずくなってしまった出来事については、難しい顔をして黙り込み――しばらく物言いたげな視線を送ってきたけれど、リンさんが「夫婦の間に第三者が入ると余計にややこしくなります」と、助け舟を出してくれた。

わたしもエリオットの前で突っ込んで欲しくなくて「心配してくれてるのにごめんね」と謝ると、リックはちょっと眉尻を下げつつも頷いてくれた。その後すぐにいつものようにニカッと笑って「今日は二人と一緒に遊びたいっす！」と自ら子守りを引き受けてくれたのだ。

そして二人を連れ、庭に出た途端、リックが二人を追いかけ、賑やかな笑い声と共に鬼ごっこが始まった。わたし自身はガーデンチェアでリンさんと共にそんな三人を見守っていた……んだけど。

「お母さま！　お母さま！」

「ハイハイ……次はなんでしょうかねー……」

十分前にも繰り返した言葉を発し、無理やり笑顔を作る。

差し出された小さな手の上に乗っていたのは、ジジ……と折れ曲がった羽を震わせる小さな蟬《せみ》だった。

リンさんはスッと距離を取り「そろそろおやつの用意をしてきますね」と立ち去り、残されたわたしはちょっと身体を後ろに引きながらも蟬を確認した。

うう……リンさん酷い。わたしだって虫は苦手なんだけど……。

でも自ら約束した以上、耐えるしかない。

「この子治してもいい？」

「……エリオットの体調は？　さっき蝶も治してたでしょう？　疲れてない？」

「ぼくは元気だよ！」

そう言ってニパーと笑うので、思わず苦笑してしまう。邪気のない笑顔に、いつもならウチの子マジ天使！　なんて親馬鹿全開でにやにやするところだけど、今回ばかりは楽観的にはなれない。

わたしは蝉から視線を上げて、注意深くエリオットを観察して、念を押しておく。

「いいよ。ただ、途中で疲れたらすぐにやめて言いに来てね」

「はい！」

ぱぁっと顔を輝かせて、アメリアちゃんのところへ駆け戻っていく。

そう、エリオットは昨日わたしと約束したことをしっかり守り、力を使いたい時はこうして律儀に聞いてくれるようになった。

庭に出てすぐに元気のないバッタを見つけたのを皮切りに、たくさんの虫を持ってきては、わたしの前に差し出す。

最初こそ「そんなのまで治してたの!?」と驚いたけれど、お屋敷ではもっと頻繁に治していたと聞かされ、眩暈を覚えた。

『むしろ今現在こんなに元気ならば、下手に制限をかけない方がいいかもしれませんね……。力を体内に溜めすぎると中毒が起きる……なんて可能性もありますし』

『逆に自分の命を削ってたり……とか考えられない？　大きな力の代償って怖いし』

『それはナコ様がご無事なのですなら、そこまで心配しなくてもいいんじゃないですか？　代償を支払わなければならないものでしたら、ナコ様がおばあちゃんになったかもしれません』

悪い想像しかできなかったわたしは、思いもよらなかったリンさんの言葉に思わず納得してしまった。そうか。わたし自身、旦那様が若返った日もその後も……まぁ精神的なショックはあったけれど、体調に変化はなかった。

そんなわけで、好きなようにさせてみることにしたんだけど、十分単位で苦手な虫を見せられ続ける苦行に耐えきれなくなってきた。

ううう……せめて節足動物だけにして……うにうに動く系は直視できない。

こんな時に旦那様がいたら、なんて思うけれど……駄目駄目、本当に依存しすぎだから。

重たい空気を肺から全て吐き出すような大きな溜息をつけば、生け垣の向こうからエリオットのはしゃいだ声が上がった。

「お父さま！」

その名前にぎくりとして椅子に座ったまま振り返る。そこにいたのは、たった今頭に思い浮かべていた旦那様と、ハンス様だった。

旦那様の顔は僅かに強張っていたように見えたけれど、それは一瞬でいつもと変わらない穏やかな表情を浮かべている。ただエリオットを挟んで、微妙に開いた距離が今の二人の心の距離のように思えて、息が詰まるような重苦しい沈黙が落ちる。

反省するまで距離を置くと言ったのは自分自身なのに、もう駆け寄って抱きつきたい。

ああ、好き。大好き。

だから——どうしてあんなことしたのか、と責めたくなってくる。

「ナコ、顔色が悪いですが……」

「大丈夫です。あの、何か」

そんな咄嗟《とっさ》に拒絶するような冷たい言葉を吐き出してしまって、すぐに後悔する。

旦那様は一度言葉を切ったものの、すぐにまた口を開いた。

「昨日話した通り、今日の夕方から四日ほど留守にします」

「あ……そ、そうでしたね」

すっかり頭から飛んでいた話に、慌てて頷く。

こんな大事な時に、と嫌な気持ちになったのは一瞬。

もしかしたら特殊能力について新しい情報が得られるかもしれないと気づいた。確かキナダールの第二王子に頼んでいた神子についての資料や記録を取りに行くと言っていたから。

そろりと視線を上げて窺えば、少し困ったような顔をして小さく首を傾けた旦那様と目が合う。

コバルトブルーの瞳はひたすら気遣いに溢れていて、わたしの言葉を待っているようにも思えた。

でもハンス様もいるし、きっかけになるような言葉が見つからなくて、逃げるようにすっと視線を伏せてお腹の上で組んだ手を見下ろす。

するとそれからまた少し間を置き、旦那様がエリオットについて切り出した。

「新たな情報が得られる可能性もあるので、戻るまでは今まで通り過ごしてもらおうと思っているのですが……ナコはそれでいいですか？」

「……！」

聞いてくれるんだ……。

そう気づいて、こくこくと何度も頷いた。くしくもわたしが思っていたことと一緒だし、旦那様なりに一人で勝手に話を進めたことに気づいて反省してくれたのかもしれない。

ふっと旦那様の表情が僅かに緩んだように見えて釣られそうになる——けれど、まだ許せないことがあるのだ。……もしかして、それも気づいてる？

「旦那様、あの……」

「お父さま！　抱っこ！」

弾んだエリオットの声に、ただでさえ小さかったわたしの声は掻き消され、慌てて笑顔を作る。

無邪気に両手を伸ばしたエリオットに旦那様は当然のように微笑んで、抱き上げた。

そう、貴族、平民、英雄関係なく、子供を大事に想う普通のお父さんみたいに。

——なのに、どうしてエリオットの前で自ら自分を傷つけるようなことをしたんだろう。

その理由を聞きたいのに口が重い。やっぱりわたしは臆病だ。

「エリオット。私は今から仕事に行きます。お母様の話をよく聞いて待っていて下さいね」

「……今日も、いっしょにねむれないの？」

しゅんとしたエリオットに、申し訳なさで胸がいっぱいになる。

そしてわたしの頑なな態度に旦那様も傷ついているだろう。

旦那様は静かにエリオットを下ろすと、ぽんと頭を撫でて「では行ってまいります」と挨拶して行った。ハンス様も、少し離れた場所にいるアメリアちゃんと話していたけれど、庭を出ようとする旦那様に気づき、隣に並ぶ。

「……お気をつけていってらっしゃいませ」と小さな声で伝えるのが精一杯。

そのすぐ後にエリオットが大きな声で送り出してくれたので、ほっと胸を撫で下ろす。せめてわたしが傷つけた分、エリオットの可愛い声で癒されて欲しい――なんて、本当に自分勝手だ。

そしてアメリアちゃんが迎えに来て再び走り出す二人。リックはわたしと旦那様に気遣ってくれたのか、少し離れた場所で見守ってくれていたようで、視線が合う。

心配かけてるなぁ、と反省しつつも「大丈夫！」と久しぶりに親指をぴっと上げると、リックも目を丸くした後、笑って同じく親指を上げてくれた。お互い笑い合うとリックは二人の子守りに戻る。

わたしも再びガーデンチェアに座り直して、その様子を眺めていたものの、旦那様の寂しげな顔が頭から離れず、結局俯いて溜息をついてしまった。

……最低でも四日は旦那様とは会えない。擦れ違ったまま離れるのが不安なら、ちゃんと話せばよかったのに……。でも分かり合えないのも、拒絶されるのも怖くて、結局言い出せなかった。

俯いた拍子にじわっと涙が溢れて視界が滲んでしまった――その時、スッと音もなくハンカチが目の前に差し出された。

え、ロドニー様？　と既視感を覚えて慌てて顔を上げると、そこには旦那様と一緒に出ていったはずのハンス様が立っていた。

顔を上げた拍子にすっと落ちた涙に、わたしは少し迷ったものの小さく頭を下げてありがたくハンカチを借りる。昨日と今日と親子二代からハンカチを借りるなんてちょっと情けない……。

「……ありがとうございます。あの……？」

一人で戻ってきた意図が掴めなくて、戸惑ったまま尋ねる。するとハンス様はふっと視線を落として、わたしの真向かいを指さした。

「忘れ物をしたんです」

そう言うと座面に置いてあった金属製の懐中時計を持ち上げてわたしに見せた。そして柔らかな布に包んで丁寧にしまい込む様子に、思わず「大事なものなんですね」と口から言葉が出ていた。

「ええ、メアリーが結婚した最初の年にくれた誕生日の贈り物なのです」

穏やかな笑みを浮かべて、布の上から時計を撫でる。

初日、お庭を紹介してもらった時にも思ったけれど、ハンス様はよっぽどメアリー夫人を愛していたんだろう。数年前ならきっと彼女も若いはずだし、別れは唐突だったかもしれない。

……どういう顔をするべきか迷ってしまう。大好きな人を失う哀しみなんて想像すらできないし、したくもなかった。

顔には出さないようにしていたけれど、ハンス様はそんなわたしの感情を察したのか、不器用に肩をそびやかしてみせた。クールな表情をほんの少しだけ緩め、ゆっくりと口を開く。

「ジルベルト様にも言いましたが、亡くなったメアリーと、もっとたくさん話せばよかったと後悔しているんですよ。年を取れば取るほどその気持ちは大きくなります」

実体験の伴う言葉は重い。

わたしと旦那様が気まずくしていることに、それとなく助言をくれているのだろう。だけど素直に頷けなかった。

「それとジルベルト様のことなのですが、――ナコ様には分かって……いいえ、知っていて頂きたいことがあるのです」

「……」

旦那様を庇う言葉に少し身構える。だけどハンス様の灰色の瞳には、わたしを責める色は見えなかった。

「ナコ様はジルベルト様が自ら傷をつけたこと、その血や傷を幼いエリオット様に見せたことをお怒りなのでしょう？」

少し驚いて、大きく頷く。まさか生粋の貴族であり、旦那様の世代にも近いハンス様がわたしの感情を理解してくれているとは夢にも思っていなかったからだ。

「エリオット様は四歳でしたね？　ジルベルト様のその頃の話は聞いたことはありますか？」

「いいえ、………あまりいい思い出はないようですし、敢えてわたしも聞いておりません」

そう、旦那様が物心つく前から戦争は始まっていて、貴族といっても末端でほぼ平民と同じように暮らし、お父様も戦地で亡くしたと聞いたからこそ、そうしたのだ。

「ジルベルト様が住んでいたのは、ここことは違い前線の近くでした。ジルベルト様のお父様は一応爵位はありましたが、本家の傍流の次男でしたから、領地の片隅に屋敷を構えて住んでおられたみたいです」

「戦況が悪化し、兄君も戦地に向かわれました。それから病弱だった母上も亡くなられて、ジルベルト様には屋敷だけが残りましたが、場所が悪かったのでしょう。前線で戦う兵士達の救護所として使われることになりました」

「え？　っ……あの、四歳で？　家族が誰もいない状況で、お世話する人とか……」

とんでもなく旦那様のプライベートな話だ。昔の仲間からとはいえ、旦那様に無断で聞いていいものか迷ってしまう。

けれどハンス様はそんなわたしの戸惑いを受け入れるように静かに頷き、話を続けた。

「さすがに乳母とメイドが数名いてお世話をされていたそうです。近くに住んでいたアルノルド様も兄代わりとして時々剣術を教えにいらしてましたが、それも彼に召集令が来るまでのほんの数年だったと仰っていました」

……もしかして乳母さんってマーサさんのお母さん？　そうだよね。あの二人は乳兄妹で幼馴染みって言ってたし。

いやでも、だったらマーサさんも含めて、どうしてそんな危ないところに幼い子供がいなきゃいけないのか分からない。

「あの、いっそその乳母さんや使用人さん達と一緒に安全な場所に逃げればよかったんじゃ……」

「たった一人生き残ったジルベルト様は小さいながらも、そこの領主でもありました。正当な手続きを終えないまま離れると、国に土地と敷地を没収されますから、本家の領主が領地の中に飛び地ができるのを恐れ、避難を許さなかったのです」

ふつふつと怒りが沸いてくる。なに、その鬼みたいな領主。前線近くに今のエリオットと同い年の旦那様がいた？

ぐっと拳を握り締める。駄目だ。エリオットが同じ年齢だから、とてもリアルに想像してしまう。どんなに怖かっただろう。旦那様を始めとしてマーサさんも、もちろんアルノルドさんも、身近にいた人達が辛《つら》い過去を乗り越えてきたんだと思うと胸が押し潰されそうになってしまう。

「ああ、少し話が逸れてしまいました。……結論から言いますね」

「いえ、わたしが質問したせいです。申し訳ありません」

ハンス様は忙しい身だ。忘れ物なんて嘘。きっとわたしにこの話を聞かせてくれるためだったんだろう。覚悟を決めて続きを促すと、ハンス様は一度頷いて仕切り直し、話を再開させた。

「その後も正式に本家の領主に建物を譲渡し、年齢を誤魔化して戦地に出るまで、屋敷に住んでいましたが、給金が尽きると乳母家族も使用人も出ていきました。彼らにも生活はありますからね。むしろ非戦闘員が忠義を尽くしてくれた方だと思います。そして先ほど救護所と言いましたね？

ジルベルト様は一人になってからは運ばれてくる負傷兵の治療や、あるいは遺体を土に埋める手伝いをしていたようです。……幼い子供でも血なんて見慣れるほどに」

押し殺したような声に、すっと血の気が引く。背もたれにそのまま身を預けてしまうほどショックで、貧血でも起こしたように気持ち悪くなった。

両手で顔を覆い項垂《うなだ》れる。言葉もない、とはこういう状態を言うのだろう。舌が縺《もつ》れて息の仕方すら忘れそうだ。

「ナコ様は平和な国でお生まれになったと聞きました。不器用なもので直接的な言葉でしか伝えられず申し訳ない」

喘ぐように顔を上げれば、ハンス様の灰色の目が謝罪するように伏せられた。謝られることなんてない。ぶんぶん首を振れば、少しほっとしたようにハンス様が息を吐くのが分かった。

「……だから旦那様は……エリオットが……幼い子供が血を怖がると思わなかったんですね……」

異常を日常にしてしまった幼い子供の間違いを、正してくれる大人はいない。

今にも泣きそうなわたしに気づいたのか、ハンス様の視線は少し離れた場所で遊ぶアメリアちゃんに向けられた。

……つまり、エリオットみたいな幼い子供に血を見せることへの抵抗感がなかったのは、自分がそうだったからで。

怒鳴ったわたしを見て不思議そうな顔をしていた旦那様の表情を思い出せば、胸が潰れそうに痛くなって、思わず胸元を握り締めた。とても悲しくて、苦しい。

「……わたしは、旦那様の過去とか、事情とか、理由とか想像もしてなくて」

しゃくり上げたくなるのを堪えて、そう呟く。

無理やり言葉にしたのは、ハンス様に責められたかったからだ。

独りよがりの意地っぱり。物分かりのいいフリをして、過去も聞かず、今回に至っては想像力すら働かさなかった。優しくて穏やかで、気遣い屋さんだって誰よりも知っているのに。

「ナコ様がご自分を責める気持ちは分かります。私も戦火の届かない王都に住んでいて、まさに対岸の火事という感覚でした。それがとても恥ずかしいことだと思えるまでに数十年も必要としましたから。……その頃のジルベルト様をロドニーやアメリアに置き換えると、とても辛い出来事です」

ハンス様は目を細め、少し話し疲れたように溜息をついた。

「だから私は少し驚いたんです。エリオット様が伸び伸び自由に育ってらっしゃることに。かつては力こそ身を助けるとロドニーに剣を教えて下さっていたくらいですから」

『……エリオットは幸せな子供です』

囁くように零すように旦那様がそう口にしたのは、アネラに来た次の日、街に下りた夜のことだ。

あれは——寝ぼけ眼のわたしに対してのお世辞だと思っていたけれど、幼い旦那様の心がぽろっと落とした本音だったのだろうか。

壮絶な旦那様の子供時代を想像して自分の子供時代を振り返る。親の愛情こそ少し欠けていたけれど、命を脅かされず飢えることもなく、危険もない平和の中で育ったわたしとは全く違う。

エリオットのことや自分を蔑ろにされたことばかりに怒って、旦那様の気持ちを考えようともしなかった。

「わたし……」

旦那様に嫌われることが怖くて聞けなかった。いつか察して反省してくれたらいいなんて都合のいいことを考えてた狡《ずる》い自分。

「だから、ナコ様がどれだけジルベルト様のことを心配したか、どうしてエリオット様に血を見せたことを嫌だと思ったのか、何をどう思ったのか……ナコ様の思う『普通』をちゃんと教えてあげて下さい。そうして二人で話して、私のように後悔しないでもらいたいのです」

ハンス様は最後にそう締めくくると、僅かに首を傾げてわたしを見つめた。

「……分かりました。旦那様が戻ったらお話しします。ハンス様、貴重なお話をありがとうございました」

知らなければ、理不尽に旦那様を詰《なじ》っていたかもしれない。

「いいえ、元神子様に生意気なことを言いました。お許し下さい」

では、と去りかけたハンス様を、わたしはふと思い立って引き止めた。少し迷ってから口を開く。

「……あの、その、じゃあ一つだけ、わたしも生意気なこと言っていいですか?」

その言葉に少し驚いた顔をしたものの、ハンス様はきちんとわたしに向き直り、話を聞く体勢に戻ってくれた。ふっと目元の皺を深めて微笑む。

「ありがたいお言葉を頂けるなんて光栄です」

少し茶化すような軽口めいた口調に、わたしはふっと肩から力を抜く。気遣い屋さんなだけでなく、とっても優しい人なんだろう。

「ロドニー様も一緒なんだと思います。……先日話す機会があって気づいたんですが、ロドニー様がハンス様に剣技の大事さを語るのは『自分の身を守って欲しい』気持ちの裏返しだと思うんです。……それに、自分ももっと強くなって隣で守る、みたいなことも言ってましたし」

「ロドニーが？」

わたしの言葉にハンス様が目を瞬く。表情は相変わらず変わらないけれど、その瞬きの多さが彼の驚きを表していた。

「はい。大分思い込み激しいですけど、ハンス様のこと……大好きなんですよ。隣に立って守りたいって思ってるからこそ、身体を鍛えて剣術を磨いているんじゃないかと」

余計なお世話だったかな、と心配になって見つめると、ハンス様は合点がいったかのように「ああ」とゆっくりと頷いた。

「……私もジルベルト様と同じ……なのですね。何だか憑き物が落ちたような心地がします。肝心なことが見えていなかったのかもしれません。失礼ながらロドニーはナコ様にとても生意気な態度を取っていたでしょう？　よくこんな短時間であの愚息の本心が分かりましたね」

「……多分そんな……遠慮のない態度だからこそ、分かりやすかったんじゃないでしょうか。だってロドニー様、何か意見する時は、一言目こそ旦那様ですけど、二言目はハンス様のお名前が出ますから」

ちょっと笑ってそう言うと、ハンス様はくっと拳を口元に置き、声に出して笑った。

「……人の世話を焼いている場合ではありませんでしたね。お恥ずかしい限りです。でも大事なことを教えて頂きました。感謝します」

「……こちらこそ」

和やかな雰囲気のまま立ち上がってハンス様を見送り、わたしは力が抜けたように背もたれに身体を預けた。

するとすぐに表の大きな門が開き、馬車が出ていく音が聞こえてきた。

やっぱりハンス様は旦那様に内緒で時間を作り、こうしてわざわざ話しに来てくれたのだろう。大事な商談だと言っていたのに申し訳ないと思う一方で、その想いに報いたい。そう思ったところで、がさっと後ろの茂みが動いた。

いつのまにか子供達が隠れてたのかと振り返れば、そこにいたのはロドニー様だった。今日は思いがけない来客に驚かされることが多い。

だけど顔を見せたのに黙ったままのロドニー様との間に気まずい沈黙が落ちる。

昨日の別れ際に『話の続きはまた今度にするぞ』って言ってたよね……でももう頭がいっぱいいっぱいだし、今日は勘弁して欲しい。……というか、このおかしな沈黙はもしかして今のハンス様との会話聞かれてた？

しまった……。間違いなくロドニー様にとっては『余計なお世話』だろう。せっかくいい関係になってきたと思ったのにな。

でもまぁ他人に自分のことをぺらぺら話されるのは嫌なことだ。

覚悟を決めて大人しく聞く体勢を取ると、ロドニー様はずかずかと近づいてきて、わたしの真向かいのガーデンチェアにどかりと座り込み、足を組んだ。

「余計なことを言うんじゃない」

「……ですよね。はい。すみません」

素直に謝ることにする。ロドニー様も自分の口で伝えたかったたかもしれないし。

だけどロドニー様はそのことについてそれ以上責めてくることはなかった。もしかしたら照れ臭いのかもしれないけど、とても意外だった。そして――ふんぞり返ったロドニー様が切り出した言葉……というか口調は驚くほどに大人しいものだった。

「……ジル様と仲直りしたのか？」

ぴくりと肩が震える。

ちょうど今その伝え方を考えていたところなんですよ、と軽く流すには、むっつりと唇を引き結んだロドニー様の顔が怖い。黙り込んだわたしに、ロドニー様はトントンと指先でテーブルを叩いて、少し苛立ちを見せつつ言葉を続けた。

「何が不満なんだ。ジル様に任せておけば全て解決する。今回の騒ぎだってそうだ。お前ができることなんてないだろう？」

……ほんっと痛いところ突いてくるな！　ロドニー・地雷・騒音・テールマンめ……。

新たなミドルネームを心の中でつけ足したものの、目を逸らしていた事実を突きつけられて、ツンと鼻の奥が痛くなる。でも確かにそうなんだよ。今まで通り旦那様に任せていれば上手くいくことは間違いない。でも……今回の騒動とハンス様から聞いた言葉で、そうじゃないことに気づいてしまったわけで。

「……色々反省して熟考中です」

もう終わらせてしまおうと、そう言って黙り込めば、ロドニー様は呆れたように溜息をついた。それからじぃっとわたしを見てから「ふん、意地を張って嫌われんように、ほどほどにしておけよ」と、忠告めいた言葉を発した。

……これって、もしかしてロドニー様なりのアドバイス？

何もかも気に入らないだろうわたしにアドバイスなんて、旦那様しか見えない強火同担拒否勢である彼にとっては大きな成長だろう。というか昨日もハンカチを貸して不器用にも慰めてくれたよね。

そう思ってふと手元の白いハンカチを見下ろし、はっとして慌ててポケットから別のハンカチを取り出しロドニー様に差し出した。ハンス様に借りたハンカチはなくさないようにポケットにしまい込む。

昨日貸してもらったハンカチは、穏やかな気温と爽やかな風のおかげで、夜遅く手洗いして部屋干ししたにもかかわらず朝にはすっかり乾いてくれた。こっそり洗濯室に入ってアイロンもかけたから折り目もばっちりである。王城で培ったスキルがこんなところで役に立つとは思わなかった。

一瞬首を傾げたロドニー様だけど、それが自分のものであると気づいたらしく、「ああ」と戸惑ったように受け取った。そしてふと鼻を蠢《うごめ》かし「いい匂いだな」と呟かれた言葉に、わたしは得意げに胸を張ってみせた。

「やっぱり気づきましたか？　旦那様の香水ちょっとだけ振りかけたんですよ」

大サービスです。とつけ足せば、ロドニー様はちょっとびっくりしたような顔をしてから、少し呆れたようにわたしを見た。その表情にちょっとむっとする。

「なんですか。せっかく喜ぶと思ったのに」

「……まぁ、悪くはないな」

そう言いながらも、香りを逃がさないように、ささっとハンカチを胸ポケットにしまい込み、小さく口角を上げる。その笑い方は、庭園の話をした時に一度だけ見たハンス様の笑い方によく似ていて、やっぱり親子だなぁ、と頷く。

そういえばハンカチを貸してくれたのも同じ……意外に共通点が多いような気がする……。

どうやら知らない内に、笑ってしまっていたらしく「ニヤニヤするな」と睨まれてしまった。

けれどいつもならしつこく食い下がってきそうなロドニー様が大人しくアドバイスで留めてくれたのだ。ここでまた揉めるのも大人げない。

『ふん、意地を張って嫌われんように、ほどほどにしておけよ』

ふっとロドニー様の忠告が蘇って、反芻する。

行儀悪くテーブルに肘を置き、手のひらに顎を乗せる。呆れたようなロドニー様の視線はもう気にしないことにする。

意地を張ってるように見えるのかな。……確かにそうだよね。視点を変えれば、旦那様を避けて向こうの話も聞かずに、自分の主張ばかりで頭いっぱいにしてるんだもん。

旦那様を避けようとした本当の理由は、きっと自分の頭の中を整理したかったわけでも、旦那様に反省を促したかったわけでもない。

きっとわたしは決定的な言葉を聞きたくなかったんだ。理解できないのが怖い。それが異世界人とこの世界との越えられない壁みたいなものなのだとしたら、もうどうしようもないような気がするから。改めて旦那様の生い立ちを聞いて気づいてしまった。

ずっと聞けなかった過去の話。そっとしておくのが一番だと思ったけれど、そうじゃなかったかもしれない。

「……うん、それじゃ駄目だよね」

わたしの呟きにロドニー様が訝しげに眉を寄せる。

「いえ、なんか自分が本当に伝えたいことが分かった気がします！」

「……いいんじゃないか。さっきよりも随分すっきりした顔になったな」

そう言ったロドニー様が「僕も……」と何やら呟いたのが聞こえて「お互い頑張りましょう！」と拳をぎゅっと握り込む。するとロドニー様はその仕草がおかしかったのか「それでも貴族の奥方か」と、噴き出してから声を上げて笑った。その声は大きく豪快で重たい空気を吹き飛ばしてくれて、わたしもその流れに乗るように口を開けて笑った。

うん、お礼は早い内にしなきゃね。

「ロドニー様。じゃあわたしから景気づけと励ましてくれたお礼を兼ねて、とっておきの旦那様情報を教えてあげます」

わたしの言葉にロドニー様はピタッと笑いを止め、瞬時に聞く体勢を取った。

分かる、分かるよ。旦那様は自分のことを語りたがらないから、人から聞くしかないんだよね。しかも王都に行ってしまった後の話の詳細なんてここでは聞くことすらできないはずだ。

「——数年前にクシラータのオセ様がうちのお屋敷に滞在されたことがあったんです」

にやりと笑ってそう切り出すと、ロドニー様はぐっと前のめりになった。

「！　あの『クシラータの狂犬』だろう。確かに親善大使としてグリーデン伯爵家に滞在したと父上から聞いている！　かつて好敵手《ライバル》……特に何事もなかったと漏れ聞いていたが、やはり何かが起こったのだな!?」

既に言葉の途中で笑顔が零れているロドニー様に、噴き出しそうになりつつも、わたしは政治に関係しそうな敵側の事情をぼかしてわたしが攫《さら》われたことをメインに（実際にはオセ様に攫われたんだけど）二人が共闘した時の様子を話して聞かせた。

話し終わるとロドニー様も興奮した様子でうずうずし始め「他の者には内緒だぞ」と、騎士団の野外訓練の時に突然現れた猛獣相手に素手で立ち回り、怪我一つなかったという超人めいた話を披露してくれた。そしてお互い張り合うようにこれでもかと披露していたら、いつのまにか子供達もリックもメイドさんも興味津々でテーブルを取り囲んでいた。

気づかなかった自分達に思わず顔を見合わせて笑う。

話の続きを強請る子供達のはしゃぎ声。そして空は晴天。風は優しく、澄んだ空気、緑と花の香りがあちこちから漂ってくる。

とても気持ちのいい平和な午後。旦那様が今側にいたら、きっとエリオットとぎゅっとくっついて、リンさんとリックも、ついでにロドニー様も巻き込んでずっと離さないのに。

——旦那様が戻ってきたらちゃんと話そう。一度で分かってくれなくても、決定的な壁があったとしても、歩み寄ることはできると思う。

ううん、たとえ返す言葉がなくても、分かり合えなくても、側にいることはできるし、人生かければ時間はたっぷりとある。その間にお互い年を重ねて分かってくることも、気持ちや考え方が変わることもあるだろう。

重かった身体が少しずつ軽くなっていく気がして、わたしはともすればすぐに旦那様の幼少時代を想像して泣きたくなる気持ちを呑み込む。

ちょうどリンさんが戻ってきて、ロドニー様も一緒にみんなで賑やかにお茶をすることにしたのだった。

七、花火と戦場

翌朝、目が覚めるとエリオットの足が目の前に……なんて、子供の寝相あるあるだと思うんだけど、その向こうに旦那様はいない。

些細なことでも笑い合える人がいることは幸せなんだと改めて思い知って、朝から溜息をつきかけ、はっとして首を横に振った。

まだ眠そうなエリオットも起こして、着替えを応援しつつも、自分の支度も整え、廊下に出たところで、一階からざわざわと騒がしい声が聞こえてきた。

……そういえば、毎朝エリオットの着替えを手伝いに来てくれるリンさん来なかったな……。

ふっと脳裏に数年前の旦那様が若返った時のことが蘇る。あの時も一階が騒がしくて見に行くと、神殿派の貴族が勝手に玄関まで押し入ってきて……その後はあまり思い出したくない苦い記憶だ。

まさかエリオットの能力が漏れて、あの時みたいに押しかけてきたとか？

悪い予感に跳ね上がった心臓を押さえるように胸に手を置く。けれどあの時みたいに無防備ではいられない。

わたしは握っていたエリオットの手を一瞬強く握ってから、そっと離した。

首を傾げたエリオットの前に回り込み、笑顔を作る。

「エリオット、やっぱり今日は二階で朝ご飯にしよう。お母様、メイドさんに頼んでくるから、元の部屋で待っててくれる？」

手を繋いで一緒に一階へ向かうと思っていたエリオットは「えー」とその場で地団駄を踏んだ。

まぁ、そうなるよね……と思いながらも、エリオットの興味を引きそうなことを挙げていく。

「朝食はねぇ……そうだ。パンケーキを焼いてもらって、フルーツとクリームもつけてもらおう。……あ！　それにアメリアちゃんが来るだろうから、一緒に読む本を選んでおかなきゃ。明日は花火の試し打ちが見られるって、昨日メイドさん達に教えてもらったでしょ？　花火の絵が描いてある絵本も探したらあるかも」

なんとかエリオットが下に行かないように、思いつくまま話す。

それに全てが誤魔化しじゃなくて、明日の夜は本当に花火の試し打ちが行われるのだ。

エリオットはまだ四歳だし、花火を見るのはもちろん初めて。大きい音を怖いと思うかもしれない、と、本番に向けて一度連れていって様子を見ることにしたのだ。

試し打ちは打ち上げる高さも控えめで、全貌は丘からしか見えない場所で上げるらしい。けれど公然の秘密というヤツで、アメリアちゃんも非番の使用人さん達も子供達を連れて見に行くと言っていたので、エリオットも聞いた時はとてもはしゃいでいた。

どうやら思い出したらしく、エリオットはぱっと笑顔になってこくこくと頷く。

「すぐもどってきてね！」

そう言うと、くるりと小さな身体を翻して、元来た廊下を駆け戻っていった。

ちゃんと部屋の扉が閉まったのを確認してから、わたしはすぐに立ち上がり、急いで階段を下りていく。そして踊り場で玄関ホールを見下ろしたその先にいたのは——何故か里帰りしているはずの使用人さん達だった。

みんな大きな荷物を持っていて、リンさんは忙しそうにその中を縫って回っている。ふとその内の一人、わたしの身の回りの世話をしてくれているメイドさんの一人と目が合うと、ぱあっと顔を輝かせて、満面の笑みで挨拶してくれた。

「ナコ様！　お久しぶりです！」

「久し、ぶり……？」

その声を皮切りに次々と「ナコ様！」「お元気でしたか！」と声がかかる。

その勢いに驚いて一旦立ち止まったものの、すぐに階段を駆け下りれば、メイドさん達はわたしを取り囲むように集まってきた。

口々に話す彼女達の話を纏めると、リックが実家から早々に出て別邸に来ていると聞いて、自分達も行きたくなったらしい。

「やっぱりジルベルト様とナコ様のお側が落ち着きます。それにエリオット坊ちゃんと毎日会えないなんて耐えられません……！」

「ええ！　それにジルベルト様は今、お仕事でここを離れてらっしゃるんですよね？　ナコ様やエリオット坊ちゃんが寂しがってないかな……って」

「そもそもご家族揃って過ごされているのも久しぶりですし、そこで仕事しなくてどうする！　って俺の料理人魂が訴えてくるんです！」

メイドさん達の後ろから、ひょっこりと顔を出してそう言ったのは若い料理人さんだ。

「本当は料理長も戻りたがってたんですけど、親父さんに秘伝のソースを覚えるまでは駄目だって言われて、泣く泣く……あ！　エリオット坊ちゃんの大好きなベーコンとじゃがいものキッシュ、預かってきましたよ！」

みんな口を揃え、自分達もここで過ごしたいと必死で訴えてくる。

その必死の形相に圧倒されていたわたしは思わず噴き出してしまった。ああ、みんなのこのノリ好きだなぁ……！

玄関ホールは見慣れた顔ばかりで、よく似た別邸の内装も相俟って、もう王都のわたし達のお屋敷みたいだ。

「私の中の坊ちゃん成分が抜けきって禁断症状が出そうなんです……！　今、どちらにいらっしゃるのですか！」

ずずいっと前に出てきたメイドさんが至極真面目な顔でそう尋ねてくる。両隣のメイドさんも『うんうん』と首を揃えて頷いていた。

「……っふふ。ちょうどよかった。今二階の寝室にいるんです。奥から二番目の部屋だから、ついでに連れてきてもらえますか？　みんなに会えてきっと喜ぶと思います」

「承りました！」

メイドさん達がきゃあっと高い声を上げて、先を競うように階段を駆け上がっていく。

……あの感じだと、心配していたエリオットの特殊能力については漏れてないんだよね？　今日みんながやってきたのは偶然ってことか……。

そう結論づけてほっと胸を撫で下ろす。

使用人さん達の間を掻き分けてきたリンさんがわたしに「ひとまず部屋は十分あります。本人達の希望ですし、リックのようにこちらに来る者もいるかもしれないとあらかじめハンス様から使用人の滞在の許可は頂いているので、問題はないかとは思いますが……」と説明してから、どうするか尋ねてきた。

「うーん……。エリオットのこともあるし信頼できる人手は必要ですよね？　本邸の執事さんと一応ロドニー様にも伝えてもらえますか？」

そうお願いするとリンさんはこくりと頷き、入り口でちょうど突然の来客に戸惑っていた本邸のメイドさんに声をかけに行った。

その後、料理人さんは「朝食の準備を手伝えないか厨房覗いてきます！」と元気に宣言し、それを皮切りに他の使用人さん達も、お仕着せこそないもののそれぞれ手伝えそうな場所に向かう。

すっかりがらんとなった玄関ホールにリンさんと残り、わたしは軽く腕組みをした。

「みんな本当にいいのかなぁ……？　下手したら二度と会えないかもしれないのに」

「まぁ、一般市民の家はそれほど広くありませんし、ここから来た使用人達は皆それなりに年齢を重ねていますから、兄弟家族が家を継いだりしているので、長い滞在は気を遣うのかもしれませんね。両親の元気な顔が見られただけで十分なのでしょう」

「ああ、そういうこともありそう。……なるほど」

そういえばリックも似たようなこと言ってたもんね。せっかくの休暇なのに働かせてしまって申し訳ないと思っていたけれど、ちょっとだけ気が楽になる。

「それにエリオット様ももちろんですが、ナコ様も目が離せませんからね」

「なんて？」

いやいや、さすがに幼児と同列に並べるのはやめて欲しい。

「伯爵が留守にするのを聞いたと仰っていたでしょう？　意外と寂しがり屋のナコ様のために戻ってきてくれたんじゃないですか？　自分達にとっては慣れた故郷でも、ナコ様にとっては見知らぬ土地ですし」

思ってもみなかった言葉に驚いて、目を瞬く。

ちょっと……みんないい人すぎない？　あ、なんか涙で前が見えなくなりそう。

確かにエリオットのいざこざがあったりして、王都の慣れたお屋敷に帰りたいな、なんてちょっとだけ思ってたから。

「まぁ、誰かも言っていたでしょう？　彼らの居場所はお三方のお側なのですよ。エリオット様はもちろん、ナコ様も彼らにとても好かれていますし、伯爵は特に雇用主以上の存在ですから」

「……そう、だよね」

……ああ、やっぱり旦那様がやったことをみんなが知ったら、自分を大事にして下さいって怒るだろうなぁ。旦那様に伝えたいことが増えていって会いたい気持ちが大きくなってくる。

……うん、言いたいこと、ちゃんと整理できた気がする。

気持ちもだんだん上を向いてきて、少し寂しいくらいに静かだった別邸も、まるで王都の屋敷に戻ってきたようにあっというまに活気づく。

それからすぐにメイドさん達二人と手を繋いでエリオットがご機嫌で階段を下りてきた。弾んだ声で明日の花火の話をしていて、みんなで見に行くのもいいよね、と楽しみが増える。本当は旦那様と見たかったけれど、それはちゃんと仲直りして本番までのお楽しみに取っておこう。

だけどそんな中、何故かリックがお屋敷の強面な使用人さん達に捕まっていた。一段と恰幅《かっぷく》のいい庭師さんが厳しい顔をしていて、他のみんなも同じような顔でリックを取り囲んでいる。

「お前の親父さん、『リックが戻ってこなくて、一気に馬の機嫌が悪くなった！』ってプリプリしてたぞ」

「ああ、ウチの工房まで来て愚痴ってたんだ。お前はまだ若いんだから、雑魚寝でもいいだろ。仕事手伝ってやれよ」

庭師さんも、続けてそう言った使用人さんも、ちょうどリックのお父さんと同世代だ。きっと思うところがあるんだろう。

「そうだぞー。これだけいればエリオット坊ちゃんの遊び相手にも困らんしな。まぁ、メイド連中がしばらくは離さんと思うし」

確かにリックには休みだというのに、随分エリオットの相手をしてもらっていた。

馬達はリックの言うことならなんでも聞くし、牧場では大活躍だろう。子供の相手も上手いから、甥っ子さん達も寂しがっていそうだ。それに何よりご両親も若い内に遠く離れた場所に行ってしまったリックと一緒に時間を過ごしたいんだと思う。

えー、と困惑顔のリックは迷惑そうだけど、子供を持って初めて分かる親心というものはある。

わたしはおやつ用にストックしてあった焼き菓子を厨房から持ってきてもらい、バスケットに詰めた。

「リック！」

「おっ！　はーい！　なんすか！　ハイハイどいて下さいねー！」

これ幸いとばかりに若干暑苦しい肉壁を抜け出してきたリックに、わたしは苦笑して手に持っていたバスケットを胸に押しつけた。

「ほら、これ持って一旦牧場に戻りなよ。明日は花火の試し打ちもあるし、馬が音にびっくりして騒ぐことになるかも」

「え、そんなに大きいんですか？」

「うん、多分。元の世界と同じじゃないとは思うんだけど、火薬を爆発させるのは一緒だろうし」

前の世界では花火大会の爆音でびっくりしたペットが、パニックを起こして脱走したなんて話を聞いたことがあった。

そしてやっぱり馬のこととなると気になるらしい。途端そわそわしだしたリックに「それに王都に戻ったら、またしばらく家族と会えなくなるでしょ？」と、言葉を重ねて説得する。

ちょっと汚いけど、両親ともう会えないわたしに諭されれば、リックも黙るしかないわけで……。

結局、不満顔もそのままに街に続く坂道を下って何度も振り返っては、

「すぐ戻ってきますからねー！　ナコ様、木とか登ったり、その辺のもの口にしたり、危険なことしないで下さいよー！」

なんて、大声で念を押しながら実家に戻っていった。

いや、だからさぁ……エリオットより心配されるのなんで⁇

これは一度リックやリンさんと、腹を割って話し合った方がいいかもしれない。

その後、戻ってきた使用人さん達も、それほど仕事があるわけじゃないので、みんなエリオットに構いたがった結果、何故か大人も子供も交えた集団鬼ごっこが始まってしまった。

エリオットはもちろんアメリアちゃんも本邸の使用人さん達の子供も喜んでくれて、アメリアちゃんはテンションが高いまま、止める間もなく「リックがいない代わりに誘ってきます！」と、ロドニー様を誘いに行ってしまった。ハンス様不在の時は当主代理としての仕事をしていて、断られてしまったらしいけど「また今度な」と約束してくれたそうで、アメリアちゃんは拗《す》ねることなく、にこにこしていた。

……自分より年下の子が働いているのに、遊んでいるのが申し訳なくなるけど、ここはきっちり気持ちを切り替えて、今はめいっぱい遊ぶのだ。

まぁ念のために、うるさくないように本邸の敷地には入らないように注意して、ロドニー様には伯爵家《うち》の料理長自慢のキッシュを差し入れておけば、きっと大丈夫だろう。

――そして大人が加わった鬼ごっこは多大な大人げなさを発揮しながらも白熱し、エリオットの特殊能力のことを忘れてしまいそうなほど楽しく、気づけばお日様は西へと沈もうとしていた。

みんなひっくるめて軽食を取り、今は一段落して大人は休憩。エリオットはアメリアちゃんを始めとした使用人さんの子供達とまだまだ元気に追いかけっこをしている。

貴族としての嗜《たしな》みや戦略の基礎となるボードゲームなんかも楽しいと思うけど、こうして同世代と笑い合って走り回っているのを見てると、どこかほっとするんだよね。親としての思い込みかもしれないけど。子供は元気が一番なのは世界共通。笑顔ならなおよし、だ。

これから、心も身体も健やかに育って欲しい。

こちらに向かって走ってくるエリオットの笑顔を見て、改めてそう思う。

……でも、旦那様には当時側にいてくれる人はいなかったわけで……。

そんな旦那様の子供時代に想いを馳せては、寂しさや痛みを覚えて胸が押し潰されそうになる。

自然とエリオットと旦那様を重ね、当時の旦那様を抱き締めたいと思うのだ。そしてちゃんと「怖かったね」って言葉にして、小さな身体から力が抜けて安心するまで側にいてあげたい。

「……旦那様に会いたい、なぁ……」

昨日の今日なのに、ぽつりと漏らせば、よりいっそう会いたい気持ちが強くなった。

鼻の奥がツンとしたその時、ポンと腰を叩かれてびっくりする。

「お母さま、捕まえた！　次はお母さまがおにだよ！」

「わ！　え、ちょっと休憩にしようって言ったのに」

にこにこ笑う顔に毒気を抜かれ、そして涙も引っ込んでしまった。わたしもぱっと笑顔を作る。

「……ま、いっか！　ほらほら十秒数えるから逃げてよー」

両手を口元に添えて周囲に聞こえるように大声で叫ぶ。

途端、きゃあああっと甲高い声が上がり、近くにいた子供達が一目散に逃げていく。

こちとら元ソフト部のレギュラーだ。陸上部部長直々に兼部でもいいから、とスカウトに来たくらい足の速さには自信がある。加えて今日は踵《かかと》の低い軽いブーツ。

わたしはしっかり十まで数えた後、途中参加した『あージルベルト様の奥様かぁ。捕まってやるべきかなぁ』的な舐めきった顔をしている本邸の執事見習いの若者に向かって、飛び出すようにスタートを決めた。

――そして一分とかからず獲物を仕留めた……もとい、捕まえたわたしの瞬足。まるで化け物に追いかけられているように、みんな悲鳴を上げて逃げていた気がするけど気にしない。

「お母さますごーい！」

「あし、はやっ……！」

「え？　あんなワンピースで⁉」

「さすがウチのナコ様です」

そんな本邸の使用人さんの声と、何故か自慢げな伯爵家《うち》の使用人さん達の歓声を聞きながら、わたしはいい汗掻いたと満足して、寄ってきたエリオットと一緒に今度は逃げ出し、建物の陰にこっそり隠れる。

数日前にエリオットを抱えて爆走して別邸に駆け込んだわたしだ。体裁とか淑女とか今更だろう。

「ナコ様……貴女がいつも仰っている淑女の仮面はどうなさったのです」

「えーっと、そこになかったらないですね」

ついノリでそう答えてしまってから、はっと我に返る。背後にいたのは当然リンさんだった。

「エリオット様、アメリア様を呼んできて下さいますか？　さぁ、ナコ様はもう一度淑女の仮面を被れるよう……いえ、二度と落とさないように、今からアメリア様と共に礼儀作法の復習でも致しましょう」

そんな非情な宣告と共に、わたしはリンさんに引きずられ、テーブルへと連行されてしまったのだった……。

＊

そして次の日。午前中は例の勉強の時間で、わたしは静かに同じ部屋の邪魔にならないところで大人しく見学していた。……さすがにこの年齢の子が習う歴史関係は知っているので眠く……は、ならないんだなーこれが！　理由はただ一つ。昨日の鬼ごっこによる筋肉痛のせいだった。

朝起きて身体を伸ばそうとした途端、ぴしっと太腿の筋が張り、勢い余ってそのまま痛めてしまうところだった。なんで昨日マッサージしなかったんだ！　と思ったけれど、昨夜はエリオットとお風呂に入ってから寝かしつけるために一緒の寝台に寝転び、もう次の瞬間には意識がなかった。

「お母さま、だいじょうぶ？」と、目覚めてから変なポーズで固まった背中を擦《さす》ってくれたエリオットの優しさにほろりとしつつも、朝の支度を手伝いに来てくれたリンさんの目の冷たさよ……。

ちなみにエリオットもアメリアちゃんも元気で、昨日の疲れなんて引きずっていない。うう、若さが羨ましい……。

むしろ二人は元気すぎて、花火の試し打ちへの期待を抑えきれず、授業中も終始落ち着きなくソワソワしていたので、家庭教師の先生も苦笑して「今日は頭に入りそうにないですね」と早めに勉強を切り上げてくれた。

昼食を食べ、花火を見に行くために少し長めのお昼寝をさせたら、あっというまに子供達も、ついでにいえば大人達も楽しみに待っていた花火の試し打ちの時間になった。

伯爵家《うち》の使用人さん、領主邸の非番の使用人さんとその子供達、それにわたしとエリオットの護衛の騎士さんも一緒に、屋敷から上に続く見晴らしのいい丘へ歩いて向かう。

残念ながらリンさんは「こちらがお世話になる以上は、使用人達をいつまでも遊ばせるわけにはいかないので、この間にこちらのメイド長と仕事の割り振りについて話し合いをします」と留守番だ。わたしも戻ってきたら手伝うから一緒に行こうと誘ったけれど、「お祭り当日に同じものが見られますから」とクールに断られてしまったから、しょうがない。確かに試作品の小さいものを見るより、本番で一番綺麗なものを見る方が感動は大きいかもしれないし。

玄関まで見送ってくれたリンさんに手を振り、日が陰り、少しずつ暗くなってきた足元を照らしてくれる護衛さんに先導され、エリオットと手を繋いで坂道を上がり始める。太腿の筋肉が悲鳴を上げるのであくまでゆっくりと、だ。幸いなことに同じようにぎくしゃく歩く使用人さん達は多く、いい大人が子供に戻ることへの代償は大きいのだと視線を交わし頷き合った。そして。

「おい、坂道は膝を上げて歩いて、少し前のめりになるんだ。きちんと呼吸を考えろ。筋肉の弛緩の制御は鍛錬には欠かせないからな」

誰かわたしの隣にいる、脳筋トレーナーをどうにかしてもらえないだろうか。

そう、そろそろ向かおうと玄関を出たところで、まさかのロドニー様が現れたのだ。どうやら当主代理として花火の試し打ちを見届けるらしく、わたしとエリオットの護衛も兼ねて騎士団と共にやってきたらしい。

「トレーニングしているわけではありませんから。わたしは子供のペースで歩きます」

「そんなことを言って、エリオット様に助けられているではないか」

ロドニー様はそう言うと、わたしの右斜め前を歩くエリオットに視線を流す。

確かにわたしの手はエリオットに繋がれていて、よいしょよいしょと引っ張ってもらっている状態である。うう、不甲斐ない母でごめんよ。

「……ロドニー様、申し訳ないですから、わたしに付き合って下さらなくて結構ですよ」

内心で『護衛さんだけ置いて、さっさと抜かしていけばいいでしょうが！』と呟いた言葉を綺麗に変換し、そう申し出る。

けれどロドニー様は首を横に振ってから、堂々と言い放った。

「この中で僕が一番強い。離れたら護衛にならんだろうが」

いや、自分でそれ言っちゃう？

ほら、周りの騎士さん達も苦笑しちゃってるけど……でも、思ったよりも温かく見守られてる感じがする。そういえば職人街では辛口評価だったけど、騎士団の中ではそれなりに評価されてるってリックのお父さんが言ってたっけ？

まぁ、確かに努力家で一生懸命なのは伝わるもんね。

今は雰囲気も悪くないし、言葉は一見嫌みにも思えるけれど険はない上、結局旦那様に怒鳴ったことにも触れてこないので、どちらかというと友好的だ。

昨日ずっと書類仕事してたみたいだから、頭が冷えたのかな？　それとも横流ししたキッシュ《賄賂》のおかげ？　料理長の料理美味しいし、可能性はなきにしもあらずだけど……。

ちらりとロドニー様を見上げれば、素早く視線を動かし周囲の様子を窺っている。ふと山肌の方を見て一度目を眇めたかと思うと、側にいた護衛さんの一人に声をかけた。

「当日、屋敷の扉は開かれる予定だが、この場所にも領民は上がってきそうか？」

「ええ、やはり高いところから見たいという者は多いでしょうね。観光客は来ないとは思いますが、今日来ている者の家族や知り合いは来るでしょう」

「では道からはみ出している枝は剪定《せんてい》しておかなければ。それとある程度の間隔で明かりを持つ騎士を置いた方がいい。カンテラは騎士団の遠征用のものを流用しよう」

ふむ、と頷いてすぐに指示を出したロドニー様に、ちゃんと働いてる……なんて、少々失礼なことを思ってしまう。

まじまじ見つめていると、ロドニー様はすぐに気づいて「なんだ」と尋ねてきた。

ちゃんとこっちも見ているらしい。やっぱり剣を使う人は気配に敏感だ。

「いや、なんでもないです。……ちょっと傾斜がキツくなってきたなぁ、と」

誤魔化してそう言ったものの、本格的に足が重くなってきた。……わたし一人のために、って遠慮しちゃったんだけど、素直に馬車を出してもらった方がよかったかもしれない。

後悔先に立たず、と反省しながら足を動かしていると、頂上の展望台が見えてきたせいかエリオットの手を繋ぎに来たアメリアちゃんに引っ張られ、スピードが上がってしまった。ずんずん登っていく子供達の体力が無尽蔵すぎて正直分けて欲しい。

「お母さま！　お山のてっぺんが見えてきたよ！」

テンションが上がり、ぐいぐい押してくれる子供達に助けられて、勢いそのままに開けた場所に出た。丘の頂上というには平べったく、広い空間が確保されていた。

「わ……！　結構広いんですね」

「元は高地での特殊な作物を育てるために実験的に開いた土地だからな。上手くいかなかったから展望台にしたそうだ」

何げなく呟いたわたしの言葉を拾い、ロドニー様が説明してくれる。ほうほう、と相槌を打てば、すぐそこ――展望台の入り口近くに荷馬車と若い男の人達が立っていることに気づいた。使用人さん達が軽く会釈をして通り過ぎていく。

誰かな、と、思えばキナダールから来た花火職人の見習いさん達と通訳さんらしく、見え方の確認のために見に来たらしい。確かに見届け役はいるもんね。

というか馬車で来たなら、帰り乗せてもらえるように頼んでみようかな……。え？　ほら、子供達が眠たくて帰り道でグズッちゃうかもしれないし？　決して楽しようとは思ってないからね？　ね？

わたしは邪な気持ちを抱えつつ、幌のかかった荷馬車の大きさをチェックする。職人さん達はロドニー様とわたしの存在に気づいたらしく、はっとしたように深く頭を下げてきた。

ロドニー様も彼らに視線を向けて、労《ねぎら》いの言葉をかけ軽く手を上げる。わたしも子供達に引っ張られながらも「お疲れ様です」と、軽く会釈して通り過ぎた。

花火職人さん達にハンス様が用意した作業場は、危険性を考えて街からもお屋敷からも少し離れた場所だ。なので彼らと顔を合わせたことはなかった。――あ、一度だけ職人街で遠目に見た時くらい？

本当は東国の花火職人さん達とお話ししたいものの、残念ながら言葉が通じず、彼らと直接話すことはできない。今はもちろん花火の制作で忙しいから我慢だけど、記念式典が終わって時間があれば少しくらい時間を取ってもらえないかな、と期待している。

ちょっと後ろ髪を引かれて一度振り返ると、一人だけ作業着じゃない藍色のジャケットを着た通訳さんらしき人が顔を上げていた。意外と若い……そう思っていると目が合ってしまい、青年は少し驚いたように目を瞠ったものの、すぐに愛想よく笑って口を開いた。

「小さい花火なので、やはり奥の崖の方が見えやすいですよ」

微笑んでいるものの、緊張した少し硬い声だ。

少し引っかかったものの、「ありがとうございます」とお礼を言って顔を戻す。まぁ一応元神子だもんね。女神の信仰のない国からしたら得体の知れない存在かもしれない。ううん、それ以前に単純に貴族だから、っていうのも理由かな？

言葉はわたしに向けられていたけれど、それを耳に入れた周囲の子供達が我先にと駆け出し始めて、一瞬騒然となる。

アメリアちゃんもエリオットと手を繋いだまま向かおうとし、姿勢を崩して転びそうになったわたしは咄嗟に手を離した。

引き止めかけたものの、改めて広場を見れば、崖にはきちんと木製の柵が立てられていて、よほど危険なことをしない限り落ちることはないだろう。景色を楽しむためのベンチも柵からは少し離れているし、足元も長い草は刈られていて、危険はなさそうだ。

護衛対象であるエリオットと離れすぎるのもよくないと思ったのか、ロドニー様が騎士二人にエリオット達についていくように指示する。そして「転ばれては敵わんからな」と手を差し出してきた。どうやらよろけてしまったのを見られていたらしい。

「……」

思わず驚いて無言になる。ロドニー様ったらこの前に引き続き、紳士だな。うん、これは旦那様ポイントをあげてもいい。何せ初対面がアレだからわたしの採点も緩い自覚がある。二パーセントくらいは旦那様に近づいてるって認めてあげよう。

そしてそっぽを向いたロドニー様の耳は赤い。……エスコートし慣れてないんだろうなぁ、と分かってしまう。鍛錬ばっかりしてて女の子に免疫がないとか？　天邪鬼《あまのじゃく》だし、恋人ができてもお互い苦労しそう……。

何だかロドニー様に対して親心まで発揮してしまったわたしは、お嫁さんのことまで心配になってしまった。

「おい」

「あ、はい。ありがとうございます」

いつまでも手を出さないわたしに、ロドニー様が痺れを切らしてじとりと睨んできたので、慌てて手を重ねた。

……あ、旦那様とよく似た手してる……。

剣を持つ人の手のひらはいつも乾いていて硬い。それに親指の付け根の辺りにタコがあってぽこっとしているのだ。

もしかして喜ぶかな、と言葉にしようと口を開いたその時、子供達の一人が広場の真ん中で勢いよく転んだ。けれどすぐに立ち上がる。痛そうだけどなかなか強い。エリオットなら泣いちゃいそうだ。

「危ないから気をつけなさいよー」

「弟の手はしっかり握れー！」

と、口々に注意が飛ぶと、お兄ちゃんらしき男の子がしっかりと手を摑み、今度はやや速度を緩めて走り出した。

どこの親も一緒だなあ、なんて微笑ましくなってエリオットに視線を戻すと、未だ広場の真ん中少し手前を走っていた。まぁ手足の長さから言えばしょうがない。

アメリアちゃんはもっと速く走れるのにペースを合わせてくれるのも優しい。ずっとついていてくれたメイドさんは肩で息をしていて、そろそろ限界が近いことが分かった。うん、メイドさんだって昨日の鬼ごっこの参加者だもんね。いくら若くても幼児の無限の体力には勝てない。タイミングよくロドニー様がさっき指示した騎士さんが追いついて、彼女同様わたしもほっとしたところで、背後からカチンッカチンッと金属音が聞こえてきた。

「何の音だ？」

ロドニー様の言葉にわたしも首を傾げる。聞こえたのは通り過ぎた出入り口で、いるのはさっき話した通訳さんと見習いさん達だけだ。

目を凝らせば見習いさんが荷物にかかっていた布を外したところだった。さっきの金属音は馬車の荷台の幌を外す蝶番《ちょうつがい》の音だったらしい。

そして荷台から勢いよく転がり落ちたのは紙のボールのようなものだった。地面が少しぼこぼこしているせいか、わたし達の数メートル前で弾んで止まる。

丸い……まるで、灰色のボールのような……違う、テレビで見たことある。あれ、花火玉じゃない？

え、あれって筒みたいなものに入れて、着火するんじゃなかったっけ？　そもそもあんな乱暴に扱う？

「玉遊びでもするんでしょうか。でも随分量がたくさん……」

「それにしたってあんな乱暴な出し方しなくったたって」

みんなその場に立ち止まりそんな呑気な会話をしている。あまつさえ誘われるようにそちらに戻ろうとする人達も出てきて、エリオットもそんな周囲に釣られるように足を止めた。

ヒクッと喉が変な風に鳴って、わたしはロドニー様の腕から手を外し、叫んだ。

「駄目！　離れて！　あれ、花火‼」

声が震えているせいで、思ったよりも声は響かない。だけど隣で息を呑むような気配がし、ロドニー様が大きく口を開き、地面にびりびり響き渡るような声で叫んだ。

「爆発する！　全員、入り口から反対の崖の方……いや、その場で待機しろ！」

言い直したのはさっき通訳の男が崖の方に行くことを勧めたからだろう。逆にそこに何か仕掛けられた可能性は高い、今更ながら気づいてぞっとする。

「エ、エリオット！」

わたしはばっとエリオットに視線を向ける。アメリアちゃんと一緒に騎士さん達に囲まれるように守られているのが見えて胸を撫で下ろす。どうにか側に行きたいけれど、今動いたら逆に的になって護衛さん達に迷惑をかけてしまう。

一瞬の静寂の後、あちこちからたくさんの悲鳴が上がった。すぐに動いたのは護衛の騎士さん達で、奇行に走った職人見習い達を取り押さえようとしたのか、数人がそちらに向かおうとする。

――が、ロドニー様がそれを止めた。

「ナコとエリオット様の安全の確保が優先だ。残りは領民を！　どうせ奴らに辿り着くまでに花火玉に足を取られて逃げられる！」

見習いの男達の前には、数十個はあろう花火玉が未だ転がり続けている。

騎士達は戸惑い、強張っていた表情から一瞬で気を引き締めたように緊張感を漲《みなぎ》らせて、一斉に返事をし、それぞれ動き出した。

「一体どういうことだ！　お前達の目的を言え！」

ロドニー様は一番近くにいた見習い職人達に怒鳴る。すると先ほどの様子とは打って代わった様子で、お互いの顔を見合わると歪《いびつ》に笑い合った。

「くくっ！　クソガキがいっちょ前にもう領主気取りか？」

ロドニー様の眉間の皺がますます深くなる。けれど意外にも暴言に怒鳴り返すことはせず、冷静に男達の言葉を黙って聞いていた。

「そもそも俺達は金で雇われてるだけだしな。目的なんて知ったこっちゃない」

「それに今からが本番だしな」

笑いながら男の一人がそう言うと、手にしていた花火の導線に火をつけ、玩具《おもちゃ》を扱うような軽さでこちらへ投げた。ロドニー様に届くことはなかったけれど、既に転がっていた花火にぶつかり、瞬く間に引火する。すると赤い閃光《せんこう》が地面に半円状に描かれ、大きく爆発した。

「きゃああっ！」

びりびりと鼓膜を刺すような爆発音にあちこちから悲鳴と、子供達の泣き叫ぶ声が聞こえてくる。そんな中で、今まで馬車の中にいたらしい騒ぎを聞きつけた通訳の男が、手に松明を持ち男達に向かって怒鳴った。

「お前達、気が早いぞ！　私の指示を待てと言ったはずだ！」

彼らには仲間意識はなさそうだけど、通訳の男に反論することはなく、肩を竦めてみせただけだった。『金で雇われている』と言っていたし、おそらくこの通訳の男の人が依頼主なのだろう。

その様子をじっと見ていたロドニー様が注意深く口を開いた。

「……お前がリーダーか？　アネラの後継者候補である僕が目的ならば連れていけ。ここにいる領民達を巻き込むな」

ロドニーのこの場にそぐわないくらい落ち着いた声は、ざわめきを一瞬にして掻き消した。

通訳の男が振り返りロドニーを凝視する。そしてたっぷり間を置いてから声を上げて笑い出した。

「ははは！　出来損ない跡取り息子のお前一人が目的なわけないだろうが！　格好つけやがって滑稽だな！　私の目的はそんなちっぽけなものじゃない！　グリーデンとアネラの現領主と領民全てへの復讐《ふくしゅう》だ！」

見習いに扮《ふん》した男達が後ろでニヤニヤと笑い合う。

「復讐？」

思わず問い返したわたしに視線が流れる。騎士達に囲まれたわたしを見ると、通訳の男はにぃっと口角を吊り上げた。

「ああ、グリーデン夫人、そこにいらっしゃったんですね。――ははっ！　私の名前はフェリクス・ケネリーというんですよ。稀代の大商人ドルガ・ケネリーは私の祖父にあたります。グリーデンから聞いておりませんか？　グリーデンとハンスの汚い手によって破滅させられた、百年続いた由緒正しき大商人の家系なんですよ」

芝居がかったように語られた彼の名前は聞き覚えがない。けれど『ドルガ』という名前の方は少し前に旦那様から聞いた覚えがあった。……確か。

「数年前に起こった国境沿いの村での誘拐事件の黒幕か」

頭に浮かんだのとロドニー様が呟いたのはほぼ同時だった。

すると通訳の男――フェリクスと名乗った男は、かっと顔を真っ赤にさせ、癇癪《かんしゃく》を爆発させるように怒鳴った。

「うるさい！　それは濡れ衣《ぎぬ》だ！　親子揃って小賢《こざか》しくよく喋る奴だな。恨むならグリーデンとハンスを恨め！　お前らもな！」

最後はぐるりと領民達を見回して、そう吐き捨てる。

……旦那様達が留守の時を狙った復讐劇？　詳細は分からないけれど、逆恨みして花火を使って騒ぎを起こそうとしていることだけは分かる。

フェリクスは男達に指図をして、馬車に残っていた花火を残らず地面に転がした。持っていた松明をその内の一人に押しつけ、自分は火の粉から逃れるように風上に移動する。男が持つ松明がすっかり暗くなった空にゆらりと弧を描く。その不吉な赤色にぞくりと肌が粟立った。

「やれ」

フェリクスの声と共に、男達が屈み込んだ。バチバチと微かな音が響いた後《のち》、彼らの足元から炎が走り始め、あちこちに広がっていく。

予想通り最初に爆発したのは、通訳の男が勧めていた崖の一番先端にあたる場所だった。鼓膜が破れるような轟音《ごうおん》と共に、歪で大きな炎の塊が煙を上げてベンチを吹き飛ばす。ほどなく木製の手摺《てすり》に燃え移り、炎がますます大きくなって熱風が肌を焼いた。土は黒く焦げ、硝煙が霧のように広がっていく。

「おじい様と父の無念を思い知れ！　――っく、けほ……っもうこんな火薬臭い場所はごめんだ！　お前達、全部の導線に火をつけろ！」

叫んだフェリクスは上がった煙を一瞬吸い込んでしまったのか派手に咳《せ》き込んだ。苛立ったように舌打ちしたフェリクスは腕で口元を押さえると、すぐにその場から取って返す。そしてあらかじめ用意してあったらしい馬に飛び乗り、「あとは任せたぞ！」と言い残して、一人で坂を駆け下りていった。

取り残された男達はそれぞれ舌打ちし顔を顰めたものの、フェリクスの指示通り、仕掛けられていたらしい導火線に火をつけていく。その内の一人が馬車の近くに残った花火を取りに背中を向けたところで――初めてロドニー様が動いた。一瞬で駆け出し、転がった花火を器用に避け、男に飛びかかった。まだ気づいてもいない男の襟首を掴み、背中側に引き倒す。

それを皮切りに何人かの騎士が逃げ出した男達を追おうとするが「一人でいい！」と呼び戻し、

腰元から剣を抜いた。

そして地面に転がった男の首ギリギリに刃を突き立てると「崖と、どこに花火を埋めた？」と低く問う。

先ほどまでの余裕がすっかり消え去った男の顔は真っ青だった。しかしなけなしの矜持か、言い淀んだ男の腕をロドニー様は容赦なく踵で踏みつけた。

絶叫が響き、男はすぐに「適当だ！　適当。そんなに深く掘ってないから、見りゃすぐ分かる！」と泡を噴きながら答えた。

「適当だと？　では逆に埋めていない場所は？」

「知らねぇよ！　ただ、崖のところだけは導火線で繋げた！」

周囲を見れば確かにでこぼこしている場所がいくつもある。その範囲は広そうだけど、周囲は暗く、ともすれば足を引っかけて転んでしまいそうだった。……もしかすると、さっきの子供はそれで転んでしまったのかもしれない。

「皆、その場から動くな！　騎士が地面を見て回って安全地帯を確保する！　一つずつ処理して……」

ロドニー様がそう指示し、領民達ははっとしたように動きを止め大人しく従う。けれど分が悪くなったと察したのか既に入り口近くまで逃げていた男達の一人が、まだ仲間が残っているにもかかわらず、持っていた松明を入り口にあった馬車に向かって投げた。

「ロドニー様！」

中にはまだ花火が残っていたのか、馬車の荷台から上がった火が、近くの花火に引火し、爆発音と共に火の粉が飛び散る。地面ごと吹き飛んで一瞬で視界が煙に包まれた。

悲鳴と怒声、子供の泣き声が再び上がり、次々と上がる炎を避けてみんなが逃げ惑い騒然としている。

「――エリオット！」

爆風で巻き上がった土埃と煙のせいで、目を凝らしてさっきまでいた場所を見てもエリオットの影すら見つけることができない。

煙を吸わないように手で口を覆い、うるさい心臓を無視して注意深く耳を澄ませば、悲鳴の中に微かにエリオットの声が聞こえた気がした。

「エリオット！　お願い！　返事をして！」

次々と込み上げる不安に押し潰されそうになりながら、わたしは声がした方向に駆け出した。

「ナコ様、我々が……！」

護衛の騎士さんの一人が止める声がしたけれど、重たい鎧《よろい》の彼よりわたしの方が速い。

ワンピースの裾を蹴り上げて一気に駆けた先に、しゃがみ込んでいる黒い小さな頭が見えた。そのすぐ側にはアメリアちゃんの姿もある。

付き添ってくれていた騎士さんはどこに行ったんだろう。メイドさんもいない。爆発に驚いてはぐれてしまったのだろうか。

エリオットは、怖くなってしまったのか、しゃがみ込んだアメリアちゃんをなんとか立ち上がらせようと、腕を引っ張っている。

けれど火はすぐそこまで来ていて、わたしは再びエリオットとアメリアちゃんの名前を呼んだ。導火線がなくても次々と足元で上がる火は、広場の真ん中で立ち竦んでいたエリオット達のすぐそこまで迫っていた。

「エリオット、アメリアちゃん走って！」

わたしの声にアメリアちゃんを起こそうとしていたエリオットが反応し、不安に揺れていたコバルトブルーの瞳とようやく目が合った。

大きく見開かれた後、くしゃりと顔が歪む。同じタイミングでアメリアちゃんも気づいたらしく、大きな涙をぼろぼろと流して、エリオットの手を支えに立ち上がり、ようやく駆け出した。

けれどそんな小さな背中を追いかけるように、近くで火花が迸《ほとばし》り、一際大きな爆発が起こった。

待って……！　駄目！

一瞬、音が消え、心臓の音だけが耳のすぐ近くで聞こえる。

もう足の痛さなんてどこかに飛んでいた。

花火に引火して炎が大きく膨らむ直前に、わたしは二人に辿り着いた。咄嗟に二人を抱え込み、炎を避けるように身体を返して背中を向ける。

「……！」

地面に膝を強く打ちつけたのと同時に、心臓ごと焼けるような痛みが背中を覆う。想像していた熱さじゃなくて刺されたような痛みに、身を強張らせせる。

腕の中の子供達は震えているけれど、しっかりと息をしている。それだけでほっとした。

だけど。

「だ、……」

大丈夫だった？　と聞いたつもりなのに、声が出ない。

口を開くと肺に冷たい空気が入り込む。肉の焼ける嫌な臭いに吐き気と咳が止まらなくて、目尻に涙が浮かぶ。

花火の爆発はひとまず収まったらしく、煙が落ち着いてくると大きな声が響いた。

「ナコ！」

「グリーデン夫人！」

どうやらロドニー様は無事だったらしい。その声にほっとして、エリオット達を解放しようと身体から力を抜こうとした途端、ずくんっと引き攣れた痛みが背中から全身に広がった。そのままエリオット達の身体をなぞるように、ずるりと地面に崩れ落ちる。

必死で縋りつくエリオットは泣いているのに、手を伸ばせない。慰める声も出ない。

「おい！　ナコ、大丈……っ」

目の前で止まったロドニー様の声が途中で途切れる。

痛い痛い痛い痛い。頭の中がその言葉でいっぱいになる。奥歯を噛み締めていないと泣き叫んでしまいそうだった。

泣き出した子供二人の真っ赤な顔が可哀想で、必死で「大丈夫」と応える——が、無数の針で背中を刺されているような痛みが走った。

爆発はやんだ？　ロドニー様も来てくれたし、もう大丈夫？

でもまだ、意識を失えない。安全かどうか分からない。

大人達の怒声と悲鳴、子供達の泣き声と硝煙。

周囲は未だ燻る赤い炎にぐるりと囲まれている。焼けた土はまるで戦場のようで、子供の頃見た怖い絵本の地獄そのものだった。

息を吸いたいのに、上手く吐き出せず、苦しさに意識が遠ざかっていく。そうなると痛みよりも息苦しさに耐えられず、胸を掻きむしった。

――ごめん、ごめん。ごめんなさい。もう、駄目かもしれない。

後悔よりも深い諦観が身を包む。

……どうか、わたしがいなくなった世界が、この子……エリオットに、ううん、旦那様にも優しい世界でありますように。

持ちうる限りの気力で願ったその時、ぽつ、と何か冷たい雫《しずく》が頬に当たった。ぼやけた視界がますます白くなって強制的に狭くなる。音と勢いはどんどん強くなり、みんなが空を仰いでいるのがかろうじて残った視界でも、ぼんやりと分かった。

「――雨だ」

ロドニー様が呟いた声に小さな希望が灯《とも》る。

雨は冷たくて寒いはずなのに、何故だか身体を中から温めてくれるような不思議な感覚がした。

そして硝煙に煙る世界で、音がなくなって、自分の呼吸音だけが耳に残る。

「……エリオット……」

腕を掴んで縋りついて泣いている。大丈夫だよ、って言いたいのに、もう口が動かない。

不思議な雨に促されるように遠ざかる意識の中、まだ燻る火の前で一人、ぽつんと佇《たたず》む小さな人影を見た気がした。静かなコバルトブルーの瞳を持つ小さな男の子。

エリオットによく似た……違う、あれは――。

「――旦那、様……？」

八、旦那様、悪夢を駆ける

ハンスと共に国境沿いの村を出てから半日。

商談、第二王子の使者との密会と恙《つつが》なく済ませ、私達を乗せた馬車は予定よりもかなり早く、街へと戻る街道を走っていた。

揺れる馬車の中、私は逸る気持ちを抑えられず、商業組合の職員に紛れたキナダールの第二王子の使者から受け取った文献に目を通していた。やはりベルデ《自国》には存在していなかった文献や記述が多く、収穫は期待以上だと言ってもいいだろう。報告通り口伝を綴《つづ》ったメモもあり、当時の神子の気持ちが率直に書かれていて真実味が増した。

期待に文字を追う視線の動きも速くなるが、僅かな手がかりも読み飛ばすことのないようにしっかりと文字をさらう。

そんなことを延々と繰り返し——何時間が経っただろうか。綴られた几帳面な文字に指を止める。古いせいでインクは掠れていたが、かろうじて読み取れた。ぐっと目を細め、食い入るように読み込む。

そこには、ずっと知りたかった神子の——いや、ナコの『特殊能力』の消失について記されていた。まずはベルデでも有名な一代目の神子は戦争の終盤、瀕死の王を治療し、力を失ったらしい。

それから数代後の神子もベルデで命を狙われた時に、夫と子供と共にキナダールまで力を使って移動したことで、その能力は消えている。最後には、ナコと同じ若返りの特殊能力を持った神子の記録を見つけ、食い入るように見つめる。彼女が若返らせたのは神官の夫だった。戦の怪我から病を患っていて、余命はあと一年もないと宣告されていたらしい。どういった経緯があったのかは書かれてはいないが、婚姻を結び、結果、彼は十歳ほど若返り、健康を取り戻したと記されていた。病の原因となった怪我がない状態まで戻ったのならば健康になるのは当然だ。しかし後に夫は亡くなり、数年後彼女は再婚したらしいが――。

……新しい夫が若返ることはなかった。

は、と息を吐き、指で辿ってもう一度確認してから、文献を膝に置き、狭い天井を仰いで目を瞑《つぶ》る。書類を見すぎたせいで瞼は重かったが、それ以上に得たものの大きさに喜びが勝った。

……ナコの特殊能力は失われている。これを大々的に発表すれば彼女が若返りの特殊能力のせいで、危険に晒されることはなくなるだろう。

目録にもなっていた報告書にも手を伸ばせば「近い内に奥方と子供と遊びに来い」という私信も交じっていた。苦笑し、しかし別れ際に見た強張ったナコの顔を思い出して、目を伏せる。

だが、一番気になっていたことは判明した。それに神子がそうならば、産んだ子供もそうである可能性が高いだろう。

少し休憩するかと軽く目頭を揉むと、それまで正面の座席で同じように仕事の書類を読んでいたハンスが話しかけてきた。

「明かりを持たせましょうか」

確かに古い文献が多く、褪《あ》せて薄くなった文字は、窓から入る日の光だけでは読みづらくなっている。ナコの能力について判明したが、その子供についての記述はまだ探せていない。一瞬お願いします、と口を開いたが、窓の外を改めて眺め、首を振った。

「いえ、もう街が見えてくる頃合いでしょう。そろそろ片づけます」

まだ夕方だが、既に会合が行われた国境からは遠く離れており、言葉通り領主邸のある街まではもうすぐだ。本来なら戻りの予定は明日の午後だったが、ハンスは私に確認した後、先触れは出さなかった。今日は花火の試作品が上がる日で、こちらの都合で楽しみを奪うのは忍びないという理由からだった。

膝の上に置いていた本や記録を纏めて、革製の鞄にしまい込む。

まだ全てに目を通したわけではないが予想していた……いや、期待していた通り、神子の特殊能力は、大きな力を使った後に失われていた。それがどれだけ私の心に安堵感を与えたか言葉にはできないだろう。未だナコと仲違いをしたままだというのに、おめでたいものだと自分に呆れてしまう。

「では、ようやくお話しできますね。ジルベルト様のおかげで商談も上手く進みました。改めてお礼を申し上げます」

慎重に鞄の鍵を閉めたところで、再びハンスに話しかけられる。私に向かって頭を下げていたので、すぐに首を横に振った。

「道中ドルガの孫の——フェリクスでしたか……彼らが襲ってくると思っていましたが、結局そういったことはありませんでしたから。何もしないのも心苦しいですし、お役に立ててよかったです。しかしキナダールの商業組合の理事達は、相変わらず喰《く》えない人間ばかりでしたね」

小さな村に不似合いの立派な円卓に陣取った商人達。商売人の強欲故か、年齢を重ねているにもかかわらず世代交代した者はおらず、面子《メンツ》は変わっていなかった。だからこそ自分を見た時の——まるで化け物を見たとでも言うような顔を思い出し、苦笑する。

「ええ。毎度毎度無理な条件を吹っかけてくるのですから困ったものです。それにしてもジルベルト様を見た時のあの顔は傑作でした」

「まぁ、噂では聞いていたでしょうが、自分と同世代の老人が若返って、突然目の前に現れたのですから、驚きたくもなるでしょう」

おかげで、今回の『国境沿いの鉱山』についての商談はとても上手くいったと言ってもいいだろう。その証拠に商談は二時間ほどで終わり、こうして今、帰路につこうとしているのだから。

最初はハンスだけが会議の場につき、今回の議題である鉱山について話しだすよりも先に切り出したのは、アネラの国境沿いで野盗紛《まが》いの活動をしているフェリクス一団についてだった。僅かに表情を動かした者もいたらしく、情報自体は掴んでいたに違いない。しかし他国であり、自分には利のないことからそれ以上詳細を調べようとはしなかったのだろう。後でハンスからその時の様子を聞いた時は、キナダールの商業組合も随分詰めが甘くなったものだと呆れたものだ。

「大変ですね」「まだ人死にが出ておらず幸いだ」と、あくまで他人事のよう感想を述べた彼らに、ハンスが突きつけたのは、以前から用意していた——フェリクスの一味が持っていた国境の関所の通過許可証だった。一番下にはキナダール商業組合の刻印が押されており、それを使って商業組合に所属する商団を装い、何度も自由に国境を行き来していたのだろう。本来ならば出入国する度に所属している組合に連絡が入るはずだが、管理不足かあるいはわざとか——確認しなかったのは間違いない。

明らかに商業組合の不手際であり、弱みになることは確実で、最悪の場合はフェリクス一団との関与まで疑われるだろう。公になければ今度こそ商業組合の立場が弱くなってしまうことは間違いなく、貿易の拠点にしているキナダール側の国境沿いの村もフェリクスの一団に襲われたことがあり、そこからの反発も免れない。

ただでさえ先のドルガのこともあり——そしてそのフェリクスについても、そのドルガの孫だと言えば、会議は怒号に包まれた。

曰く、鉱山の取引を円滑に進めるために偽の通行証を捏造《ねつぞう》したのだと、根も葉もないことを責め立てる彼らの言及は予想通りであり、そこに私が姿を見せたというわけだ。

若かりし日の姿そのままだったことに驚き、呆然としていた彼らに挨拶し、空《あ》いていた椅子にゆっくりと腰を下ろす。

そしてハンスはその間に、鉱山の採掘計画表や資料を配り、年に一度の監査を受け入れることを条件にして、鉱山の使用権と所有権を百パーセント主張した。

さすがに時間も経ち我に返った数人は、口々にそれとこれとは話が別だと反論してきたが、私が第二王子の存在を匂わせれば、彼らの口は途端に重くなった。王族に知られれば、咎を受けないはずがなく、普段敵対している分喜々として粛清に走るだろうことは明らかだった。

そしてハンスが苦々しく顔を歪めている組合長へ、すっと契約書を差し出し——サインをさせたというわけである。

おかげで一日予定だった会議があっというまに終わり、負け犬の嫌みを向けられる前に早々に村を出て、今に至るというわけだ。

本番としては呆気なかったが、やはりハンスとは長年仕事をしていたこともあり、阿吽《あうん》の呼吸で全てが計画通りに進む快適さはアルノルドにも引けを取らなかった。後継者に指名した自分の見る目は間違いなかったと改めて思う。

「本当に何もなく終わってよかったです。……おかげでこんなに早く戻ることができましたから」

頷いてから、そう独りごちる。

……しかし自分が早く戻ったとして、ナコは顔を合わせてくれるだろうか。出発の挨拶をする時も気の利いたことを言えず、ナコの不安を取り除くこともできなかった。今頃ナコとエリオットは花火を見るために丘に向かっている頃だろう。少しでも笑顔が戻っていればいいと思って自嘲する。

泣かせてしまった張本人である自分が、そんなことを思う資格すらないというのに。

不器用な自分を不甲斐ないと思いながら、真横に置いた鞄を撫でる。……ナコも神子の特殊能力については気になっているはずだ。会話くらいならば許してくれるだろう。

早くナコに会いたい。そう思う一方で、泣きながら私を見ていたナコの表情を思い出して溜息をつく。

しかし何故、あそこまで怒ったのか――もちろん独りよがりに始末をつけようとしたからだとは分かっている。けれど――事情を知るハンスが言葉を濁したこと。そして出発の挨拶をした時に様子を見ながら『……ナコはそれでいいですか？』と尋ねた時の、複雑なナコの表情を考えればきっとそれだけではない。

もうこうなっては、ナコの気持ちが分からない自分の愚かさを打ち明け、謝って教えを乞うべきだろう。

解決策にならない逃げ腰な結論を出したところで、ハンスが私の手元にある鞄を見ていることに気づいた。顔を上げれば視線が合う。

「村を出てからずっと目を通してらっしゃいましたが、新しい情報はありましたか」

「……そうですね。……ええ。ベルデには初代の神子については人柄から癒しの特殊能力、功績まで細かな記録が残っていたのですが、二代目以降は現れた時期と性別と年齢くらいで、あまり記録が残っていませんでした。その子供についてももちろん記録がなかったのですが……、頂いた資料にはナコより以前の神子に関しての記述がありましたし、その頃はまだ信仰心のあった神殿の関係者によって、本人の希望通り平民に紛れたと記録が残っていました。口伝なので確信はできませんが。しかし――」

ナコに話す内容を精査することも兼ねて語り、何気なく窓の外に視線をやると、街の方からまるで何かに追いかけられているような異常なスピードで街道を走ってくる馬車が見えた。

すっと目を細めてその馬車を凝視する。

……もう日は落ちかけていて、ましてや野盗も出るという治安の悪い街の外に荷馬車一台で出てくることはありえない。

「——あの速さは尋常ではありませんね。何か聞いていますか？」

ハンスに尋ねたタイミングで、馬車と並走していた護衛のリーダーも異常に気づいたらしくガラス越しに目が合う。ハンスが窓を開けると、「確認を取りに行かせましょうか？」と指示を仰いできた。

ハンスは少し身体を傾けて外を確認してから、振り返って私を見た。

「ジルベルト様、どう致しましょうか。こちらも一度停まりますか？」

「いえ……少しだけスピードを落とす程度に留めましょう。目のよい者は？」

護衛のリーダーが後ろを振り向くと、小柄な騎士が近寄ってくる。

しかしその表情には戸惑いが浮かんでいた。

「ハンス様、あの馬車の幌にアネラの紋章が入っています」

「うちの紋章が？　では花火職人に用意した領主邸の荷馬車か……。盗まれたか、あるいは何かあったのか……」

「後者だと思います。御者は確か……キナダールから同行した花火職人の見習いの一人だったと思います。初日に挨拶に来た時に一緒にいましたので間違いありません」

見習い……ならばキナダール人である可能性は高い。職人街で見かけた時に覚えた違和感を思い出し、目を細める。

「……では一定の距離を保ちつつ、停まるように警告して下さい」

すぐに合図の笛の音が、日が沈みかけた赤い空に響き渡る。味方同士の確認のために使う笛だが――返事はなく、それどころか音が響いた途端、馬車は逃げるように街道を外れ、森へと進路を変えた。

「ハンス、私の後ろで身を屈めていて下さい」

明らかにおかしい様子に、私は鞄を椅子の下に押し込み、用意してあった弓を取り出した。扉を開け、後ろに注意を払いつつも、弓に矢をかけ思いきり引いて距離を測る。

少し遠いがこちらに車体が傾いた瞬間を狙い、車輪を狙う。馬を狙う方が容易いが一人しかいなかった場合、打ち所が悪いと尋問ができなくなる。右手を離すと同時に、鋭く空を裂いた矢は上手く車輪に引っかかって、割ることができた。車体が大きく傾く。

しかし矢が放たれたことに気づいたのか、上手く馬の手綱を反対側に引いたらしく、ぎりぎりのところで横転せずに持ち堪《こた》えた。

ハンスに指示を送り、一度馬車を停め予備の馬を借り受け、乗り込む。

馬車の車輪が壊れては逃げられるはずもない。幌を突き破り中から出てきたのは、明らかに武装した若い男達だった。数は十二名。明らかな敵意と共に手には各々武器が握られていた。

こちらの護衛は御者も含めば自分を含めて七人。

「馬車はここで待っていて下さい。三名は馬車の護衛を。あとはついてきて下さい。御者はいつでも逃げられるように心づもりをしておくように」

森があるせいで見通しが悪く、相手がある程度統制された組織的な団体だとしたら、二手に分かれて、ハンスを狙い撃ちされても困る。

「全員花火職人として紹介されたキナダール人ばかりです！」

先ほどの小柄な騎士が目を眇めて、そう報告する。

「……どうやら最初から領地に入り込んでいたみたいですね。面目ない」

背後から悔いるようなハンスの苦い声が響く。

彼のことだから念には念を押して彼らの身辺調査を行ったはずだし、そう聞いていた……だというのに、こうもあっさりと侵入を許すことになったのは、やはり商業組合の理事の誰かが、何らかの思惑を持ってフェリクスの後ろについている可能性が高い。鉱山の権利を放棄したのならそれ以上の深追いはしないつもりだったが、これは第二王子にではなく正式にキナダールの王家へ陳情書を送り、徹底的な調査を求めるべきだろう。

自分達の帰りは明日の予定だったので、きっとこんな場所で鉢合わせるとは思っていなかったに違いない。しかしこちらの護衛の数はそれほど多くなく、人数は向こうの方がはるかに多い。それなりに名を馳せた自分がいるといっても、若そうな彼らは気にもしていないだろう。勝機はあると踏んだのか、見習いに扮した男達の表情にはどこか余裕が見える。

そして最後に出てきたのは、確かどこかで見たことがある——そんな印象の薄い男だった。

「あれは確か……通訳の男だと思います」

一人だけ瀟洒な藍色のジャケットを羽織り、ギラギラした目で私を睨んでいる男の大きな鷲鼻《わしばな》には見覚えがあった。

「……おそらくあれがドルガの孫のフェリクスでしょう」

興奮しているのか底光りのする視線を受けそう呟く。

奴の復讐相手は予想通り自分とハンスだったのだろう。しかしあの馬車は逃げるように街からやってきた。——その意味は。

最悪の思いつきに身体中の血が沸騰し、気がつけば身体が動いていた。

一刻も早く捕縛し、何をしたのか吐かせなければ。

一人、単騎で向かう方が早い、と思わず手綱を握る。しかしそんな自分を押し留めたのは、戸惑いに揺れるハンスの声だった。

「彼が、ですか？　……面目ありません。まさかそんな重要人物を自らアネラに招き入れているとは思いもよりませんでした。屋敷の警護と……ロドニーが、ナコ様達をお守りしていればいいのですが」

口調に滲んだ不安に、はっと我に返る。

そう、屋敷にいるのは何もナコ達だけではない。いや、むしろ安定しているアネラの情勢を考えれば、跡取りであるロドニーを狙う方が騒ぎを大きくできるだろう。ナコ達同様に狙われる可能性は高い。

「ハンスがフェリクスに気づかないのは当然です。ドルガを見たことがないのですから、その孫など分からないでしょう。私が領主だった時は、キナダールの商業組合との仕事の時は貴方に留守を任せていましたし、ドルガが騒動を起こした時もそうでした。仕方がありません。それにむしろ……そんなに近くにいたというのに、私が気づくべきでした」

石像のせいで人目が気になり、気軽に街に下りることもできなかった。あれがなければおそらく一通りは街を回り、花火職人の作業場も訪ねていただろう。一度だけ花火職人見習い達を遠目に見たことがあったが、そそくさと逃げた彼らに違和感を覚えたにもかかわらず結局見逃してしまったのは、自分のミスだ。……確かドルガの妻は東国出身だった。母親と日常的に話していたとしたら、職人と見習い間の通訳などお手の物だったろう。しかし既に後悔などしている状況ではない。

重ねて謝罪するハンスに馬車から出ないように告げ、私は再び矢を構えて、盾を手にこちらに向かってくる男の足を射抜いた。

「ぎゃあああっ！」

叫び声を上げもんどり打って倒れた仲間に、見習いに扮した暴漢達が一瞬怯む。背後から「数はこちらが優勢だ！」とフェリクスが叫んでいきりたたせると、意外にも自ら前に出てきた。

「っは！　ここでアネラを去るのも物足りないと思っていたところだ！　お前に会えたのもおじい様のお導きなのだろう。ここでたっぷり恨みを晴らさせてもらうことにするぞ。グリーデン！」

ダンッと短い破裂音が鳴り、鋭い痛みが肩を掠めた。そのまま馬の足元に何か小さなものがめり込むと、乗っていた馬が一呼吸置いて驚きに前足を上げた。宥めすかし、フェリクスを見れば、その手には白い硝煙を上げた小さな銀色の筒のようなものが握られていた。

「……あれは？」

ざわりと騎士達の間に戸惑いが広がる。

見えない弾道、鉛の弾、木と金属が交じった筒――。大陸では広まっていない銃と呼ばれる武器だ。私自身も先の大戦の時に、はるかに長く大きく粗雑な造りのものしか見たことがなかった。それも当時はあまりに暴発が多く、実用には堪えないとされ、いつのまにか消えていったが、これほどまでに進化し、小型化されているとは想像もしていなかった。

「銃、ですか……」

私の呟きに、騎士達が息を呑む気配をする。実物はないが、知識としては皆上官なり教師からなり習うものだ。特に質の悪い銃の暴発で、戦時中は保管していた村が火事になり村人の半数が亡くなった痛ましい事件も起こっている。

「さすがにお前は知ってるようだな！」

どこか嬉しそうにそう言ったフェリクスは新たに装薬と弾丸を詰め、撃鉄を起こす。そして今度こそ私の額にぴたりと銃口を向けた。

息を詰め彼の行動を注視しつつも、時間を稼ぐために話を続ける。

今なら彼らは馬もなく、後を追うこともできない。離れた場所にいるハンスだけなら馬車でも逃げられるはずだ。小銃もその銃身に比例し、飛距離はそれほどないだろう。

「……私も初めて拝見しました。しかし、先の大戦で結んだ条約には、殺傷能力の高い武器の開発は連盟国の条約で禁止されていたはずです。一体どこで入手したのですか」

「っくくっ！　ははっ！　それだけで言えばお前達のおかげかもしれんな！　キナダールを追い出されて頼ったのは母上が産まれた東国だった。しかしそこでも私達は冷遇され逃げ続け、とうとう北のちっぽけな村まで追い詰められた。……だが、神は私を見捨てなかった！　その村には小さな鉱山があったらしくて戦争中に製造されていたマグリット銃の工場が残っていてな。元職人達が秘密裡に銃の研究と改良をしていたんだよ。それで私は当時持っていた有り金を全部はたいて融資し――開発を推し進めた。我ながら素晴らしい先見の明だったよ。これはまだ試作品だが、完成度は高いだろう？」

土にめり込んだ銀の小さな弾丸を視界の端に留めて目を細める。

これはとんでもない事実だ。試作品だと言っていたがフェリクスの言葉通り十分に完成度が高い。このまま開発が進めば大量殺戮《さつりく》兵器となり、大陸に流通しようものなら国同士の力関係がひっくり返り、再び大戦が起こる可能性すらある。

「あのクソジジイだらけのキナダールの商業組合の理事も目の色を変えて欲しがってな。唯一口利きのできる私の言いなりだ！　――いずれ大量生産ができれば――分かるか？　ははっ！　お前のように剣を振り回すだけの時代は終わったんだ！」

威嚇するように私の周囲に続けざまに弾丸を撃ち込む。最後の弾丸は頬を掠め、温かい血が頬に流れた。ゆっくりと親指で拭う。射程距離内にかかわらず直接急所を狙わないのは、よほど自分を嬲り殺しにしたいのだろう。しかしそれこそチャンスだった。

なくなった弾丸を補塡すべくフェリクスが銃を下ろし、胸元を探り始める。

待ち構えていたその隙を狙い、ハンスの乗る馬車を守っていた御者と騎士三人に合図を送れば、御者は慌てて手綱を引き、馬車を走らせた。

「っ逃がすな！　追いかけろ！」

「馬を奪え！」

フェリクスが怒鳴ると、男達が騎士達に向かっていく。騎士達はフェリクスの持つ未知の武器のせいで気もそぞろになっており、私は改めて指示を出した。

「フェリクスはまず私から狙うはずです。流れ弾に当たらないように横に散らばって下さい」

一番近くにいた騎士にそう話せばフェリクスは「なんて言ったんだ！」と怒鳴る。

……聞こえないほど潜めた声ではない。僅かな違和感に疑問を抱けば、ふと戦争中に言葉を交わした傭兵《ようへい》との会話を思い出した。

『ああ、鉄砲……銃な。あいつはいけねぇ。撃ち続けると耳が馬鹿になるからな。それに――』

周囲を見回せば指示通りに騎士達は散らばり、暴漢と戦っている。馬に乗っている分圧倒的に有利だったが、その内の何人かは馬を奪われていた。しかし銃の音に興奮し、暴れる馬をなかなか制御できず、馬車は既に追いつけないほど、小さくなっていた。

上手く逃がすことができたことに安堵すると、フェリクスは再び私に銃を向けた。

夜風に外套《がいとう》が膨らみ煽られる。それがよかったのか、続けざまに二発撃った弾は外套に穴を開けるだけに留まり、馬から飛び降りて混乱したままの馬をフェリクスに向かってけしかけた。その後ろに隠れるように一歩下がった後、同じタイミングで駆け出す。

「うわっ！」

短い叫び声と共に発砲音が響き、馬が短い嘶《いなな》きを響かせた後、フェリクスの前で崩れ落ちる。痛みにのたうち回る馬の足が地面を蹴り、砂埃を巻き上げ、視界が狭まる。やがて事切れて、静寂が落ちたその瞬間を狙い、私は馬を飛び越えその勢いのままフェリクスに飛びかかった。

ぎょっとしたフェリクスが慌てて銃口を向けたが、大きく外れて地面へと銃弾がめり込む。

銃を持つ彼の手は小刻みに震えていて、考えが当たっていたことに安堵し、私は躊躇することなく銃を持った手首を捻り上げた。

「つぎゃあああっ」

大袈裟なほど大きな叫び声を上げ、フェリクスがその場に蹲ろうとしたところを、蹴り飛ばして仰向《あおむ》けにさせた。投げ出された銃を拾い上げ、その意外なほどの重さに、傭兵の言葉の続きを思い出す。

『撃ち続けると耳が馬鹿になるからな。それに――撃っただけで衝撃で腕が痺れる。それを何発も撃てば、俺くらい鍛えてても捻挫しちまうくらいの負担がかかるんだよ』

どれだけ小型化されたといっても連続して、それも片手で撃っていたなら尚更であり、ましてや鍛えてもいないこんな細い手首なら確実に痺れがきていただろう。

逆にあれだけの数をフェリクスが撃てたのは、復讐相手を前にした高揚感で感覚が麻痺《まひ》していたのかもしれない。

戦場で一緒になった傭兵に聞いた言葉を思い出せたのは僥倖《ぎょうこう》だった。

地面に転がったフェリクスの鳩尾《みぞおち》に躊躇なくブーツの踵を喰い込ませる。

取り上げた銃を見て騎士達は明らかにほっとしたように戦いを再開させた。余計な気がかりさえなくなれば彼らは訓練された騎士であり、破落戸を集めた程度の連中ならば簡単に制圧できる。

その証拠に馬を取られた騎士も既に反撃に出て、少し離れた場所で男達を拘束していた。

改めて鈍く光る銃身を見下ろし、握り締める。これは確実にリオネル陛下に報告しなければならない案件になるだろう。証拠品として触れているものの、嫌な感覚だ。自分の命もかけずに簡単に他の命を奪える武器など存在していいはずがない。

弾丸を込め直し、外套に穴を開けたのが二発。それから馬に向かって三発目を撃ち、発砲した衝撃に耐えきれず地面に撃ったので四発目。つまりあと一発、弾倉の中に残っているので、それも含めて慎重に取り扱わねばならない。最初に撃たれた時から弾丸を補充するまで数えていたので間違いはない。少なからず商業組合の誰かが関わっているという言質《げんち》も取れているし、これは商業組合とアネラではなく、キナダールの王族とリオネル陛下との話し合いになるはずだ。

フェリクスは唯一自由になる顔を動かし、周囲にいた仲間達も次々と捕縛されていることに気づくと舌打ちした。……随分元気だと腹に置いた足に力を入れれば、軽く骨が折れる音がする。

銃を撃っている時に火薬で喉もやられたのだろう、けほっと横を向いて赤い痰《たん》を吐き出したフェリクスは、それでも気丈に――いや、奇妙な余裕を見せて薄く口を開いた。

「――こんな、……っところに、いて、いいのか？　グリーデン」

思わせぶりな言葉に、思わず眉を顰め、置いていた足から少し力を抜く。騎士達もすっかり暴漢を制圧し終えたらしく、こちらへと視線が集まっていた。

注目を浴びていることに気づいたのか、フェリクスは笑みを深め話を続ける。

「今日は、試作品の花火が上がる日だって……聞いて、いたか？」

「――何を」

先ほど呑み込んだ嫌な予感に、心臓がうるさく鼓動を刻む。

黙ったまま視線だけで先を促せば、勿体ぶるように口を閉じたので、鳩尾から足をどけ、痛めた腕を躊躇なく踏みつける。

かはっとまた血交じりの咳が飛ぶ。フェリクスは一瞬意識を飛ばしたように白目を剝いたが、私は再び足に体重をかけた。痛みですぐ目覚めたらしく、今更ながら私の顔を見上げて少し怯えたような顔をした。

「続きを」

そう促して屈み込み、手の中の銃をフェリクスの額に強く押し当てれば、ひっと短い悲鳴を上げた。しかし真っ白だった顔は、だんだん赤くなっていき、どこか吹っ切れたように高い声で笑い出した。徐々に大きくなる笑い声は不快なほど明るく、彷徨う目が常軌を逸していた。

やりすぎたかと舌打ちした瞬間――フェリクスの濁った目と目が合った。

「存分に楽しめるように花火は展望台に埋めて仕掛けてきてやったよ！　お前の嫁と息子もアネラの後継者も呑気に花火見学に来ていたな！　ふふっあはは。仲がいいと街でも随分評判になっていたが、次会う時は親子揃って焼死体か大火傷で二目と見れない顔になってるだろう。どっちにしろ無事じゃすまない！　──大事な家族を失った悲しみをお前も味わうんだ！」

一瞬、何を言っているのか理解できなかった。否、理解したくなかったのかもしれない。

ハンスが隣で息を呑み、周囲の護衛達もざわりと騒ぎ出す。

──ナコ達が？

脳裏に蘇ったのは数日前、ソファの上で三人で固まり、本を読んでいた優しい時間。

そっと絡まったナコの華奢で柔らかな腕と、エリオットの笑顔と小さな子供らしいふっくらとした手を思い出し、それが無情な炎に晒されるなんて、想像することすら恐ろしい。

「──は」

心臓が嫌な具合に軋《きし》んで、鼓動の大きさが周囲の音を消す。

気づけば自然と引き金を引いていた──が、ギリギリの理性で僅かに照準を外した。

「ぎゃあああ！」

耳の半分が弾け飛び、派手に血が飛び散る。

私もやはりどこか壊れているのかもしれない。普通の人間なら大多数が恐怖を覚える鉄の臭いと鮮やかな赤に──逆に頭の中がすっと冷えた。

騎士の一人が「今すぐ向かって下さい！」と叫ぶ。フェリクスの上に置いていた足を離し、ふらつく足取りのまま、引っ張り出された馬に飛び乗る。

──一刻も早くナコとエリオットを保護しなければ。

きっと不安と恐怖に惑って私を待っていてくれているはずだから。怪我など、ましてやその命が消えているなんてありえない。私は今こうして生きている。優しいナコが約束を違えて私を置いていくはずがない。

「ここからは我々にお任せ下さい！　奥様とご子息が無事であると願っています！」

呼びかけに応える余裕も気力もなかった。そのまままっすぐ街を目指し、私は鳴りやまない耳鳴りと心臓の音に急かされるまま、ひたすら鐙《あぶみ》を踏み締め、最大速度で馬を走らせた。

街に入れば通りにいた人間は領主邸の方角を見上げていた。たくさんの馬車が無秩序に別の方向を目指しているせいで渋滞しており、ハンスの乗っている馬車の見分けもつかないほど広場はごった返していた。

周囲に散らばる領民や観光客も、郊外へ逃げようとする者と丘へ向かう者で騒然としている。

見上げた丘からはいくつも煙が上がっていて火薬の匂いが鼻をついた。

街が爆撃された、隣国のどちらかの宣戦布告、子供達が帰ってこない、そんな声があちこちから上がっていて恐慌状態であり、こちらに意識を向ける者は誰もいない。

人々の間をすり抜けて領主邸に向かう坂を駆け上がる。すると、領主邸の入り口を通り過ぎたところで、見知った顔を見つけた。私に気づくと大きく手を振ってくる。

「――ジルベルトか！」

そう怒鳴ったマックの後ろにはクルやアントニオもいて、職人達を引き連れて頂上の展望台を目指していた。そのまま通り過ぎようかと思ったが、状況を把握しているかもしれないと、素早く馬の手綱を引き、馬上から端的に状況を説明し、尋ねる。

「暴漢が丘に火薬を仕掛けたようです。見に行った者でここまで逃げてきた人間はいませんか？」

ここでドルガやフェリクスの名前を出しても意味はない。簡潔に告げればマックが息を呑み、その場にいた職人達が悲鳴を上げる。職人街にも子供は多く、丘へ見に行った者も多いのだろう。

「……みんな落ち着け！　領主邸から丘までの道はさほど広くなかったはずだ！　一斉に詰めかけたら救助の邪魔になる！　ジルベルト、ここまで下りてきた奴はいないが――俺達は何をしたらいい？」

――戻ってきた者はいない。

その言葉に打ちのめされかけ、マックの強い問いかけに、かろうじて理性を取り戻す。

「……これから救護用の馬車がいくつも通るでしょう。しっかり明かりを持って道の脇で一列になって登ってきて下さい。煙を吸わないように気をつけて。炎が残っているようですが、農業用に開いた土地ですから水を汲み上げる施設が残っているはずです。その操作をできる人間を探して――」

「――あ！　俺覚えてる！　師匠の手伝いしてたから」

「では各自、水を入れるものを持っていって下さい」

一秒でも時間が惜しく、これ以上長居はできないと、言葉の途中で馬の腹を蹴る。

その後もいくつか見知った顔を見たような気がするが、そのまままっすぐに屋敷を通り過ぎ、展望台を目指した。

ようやく到着した入り口には、まだ炎の燻る馬車が横倒しになって道を塞いでいた。一足早く屋敷からやってきた騎士達がどかそうとしているが狭い山道だ。押せる人数にも限界がある。

「ジルベルト様！」

「ジルベルト様が戻ってらっしゃったぞ！」

その内の一人の騎士が私に気づき名前を呼ぶと、周囲の騎士達も私を見てどこか安堵したような顔をした。自分が来たところで何も変わらないと自嘲して入り口を凝視する。意外なほどに火は落ち着いているが、この規模の火事なら、おそらく死者も出ているだろう。

すぐに展望台の中の状況を尋ねるが、未だ誰も中に入れず、呼びかけは悲鳴と怒声で消され、応える声もないらしい。

「でも、先ほどまで雨が降っていましたから、展望台の火も小さくなりました。この馬車の中にあった爆発物らしきものも水で駄目になったようです」

「……雨？」

よくよく見れば彼の髪も制服も濡れている。しかしここに来るまでに雨は降っていなかった。局地的なものだったとしても範囲が狭すぎる。

今日の予報は晴れ――だからこそ、花火の試し打ちをすることにしたのだから、間違いない。昔と比べ今の天気を予想する学者は優秀であり、あまり外すことはなかった。

なんだ？　彼が嘘をついているわけではないだろう。確かに足元は泥でぬかるんでいるし、他の面々も同じような状態だ。

引っかかりを覚えたところで、背後の騎士が声を上げた。

「ジルベルト様！　火が大分消えました。手元は確保したので一気に押します！」

屋敷から来た護衛騎士と使用人達が泥をかけ、なんとか馬車を消火してくれたらしい。焼け残った金属部分にロープをかけるように指示した後は、首を巡らせ別邸からも見えていた貯水池の方向と距離を確認する。未だ炎の燻る木や馬車を落とすならそこだろう。僅かに残った火種も山の中では火事の危険性を高めるため、完全に消してしまわなければならない。

「馬に引かせて、貯水池へ落として下さい。責任は私が取ります」

農作物に影響したり、馬が犠牲になるが人の命には代えられない。それにけしかけた馬が引っ張る方が確実に速いはずだ。先ほども盾にした馬を思い出し、脳裏にリックの顔がチラついたのは一瞬。迷いと呼ぶほどではない。ナコ達の安全と秤《はかり》にかければ、どちらに傾くかなんて明白だった。

近くの騎士に命令すると、他の数人と頷き合い、すぐに準備に取りかかってくれた。

入り口さえ確保できれば、負傷した人間を運べるだろう。後は任せることにして私は馬に乗ったまま、一旦後ろに下がった。

十分助走の距離を取ってから、嫌がる馬を何度か宥め、まだ炎の残る馬車に向かって一気に馬を走らせた。

「ジルベルト様、無茶です！」

周囲から上がった怒声や悲鳴を無視し、重心を低くしたところで馬の蹄《ひづめ》が一際強く地面を蹴った。

ふわりと炎を跨ぐように馬車を越え――ようやく広場に入ることに成功した。

炎越しに歓声が上がったが、それよりも綺麗に着地してくれた馬を一撫でしてから、滑るように馬から下りた。

先ほどいた場所よりも開けているはずなのに、残る煙が視界を狭める。

地面から立ち上がる熱気に、昔の記憶が蘇り肌がざわりと粟立った。噴煙、子供の泣き声、不快な肉が焼ける臭い。

遠い昔に置いてきた戦場そのものが、今ここに存在した。

むしろ今までこそ夢で、これが現実なのだと知らしめるような絶望感に息が詰まる。懐かしさよりも嫌悪が勝り、当時は全く感じなかった不快感と吐き気が込み上げた。

……まだ、ナコ達が無事である可能性はある。彼女は元神子であり、貴い存在だ。誰よりも優先されるべき人物であり、その息子であるエリオットもそうだ。

身分、政治的な観点から言えば、ナコ達はロドニーが自分を犠牲にしてでも護《まも》らなければならない貴人である。

日頃自分が嫌悪している地位や権力を持ち出してまで心を保つ。そうしなければその場から一歩も歩き出せそうになかった。

グッと奥歯を噛み締めてから、叫んだ。

「ナコ！　エリオット！」

何度も呼びかけ、見逃すことがないようにゆっくりと人の間を歩いていく。皆、倒れた者に夢中で声をかけていて、自分の存在には気づいておらず、その姿もすぐに煙《けぶ》って消えていく。まるで夢の中にいるような、世界に一人しかいないような、そんな強い恐怖が襲いかかり、ぴたりと足が止まった。

寒気さえ感じるのに一向に汗が引かない。張りついた前髪を乱暴に掻き上げた指が震えていることに気づいたところで、微かに自分を呼ぶ声が聞こえた。

「ジ、ジル様！」

しわがれているがよく通る声はロドニーに間違いない。声がした方向に瞬時に足を向け、走る。

「ロドニー！　ナコは！　エリオットはどこ……」

ロドニーが膝立ちのまま片手で抱えているのは小さな黒髪の――エリオットだった。

その背中にくっついているのはアメリア嬢だろう。

しかしその足元――真っ黒に焼けたドレスの背中を晒し、地面に横向きに伏せっているのは誰だろうか。

戦場ではよく見た黒焦げになった背中、薄い水色のドレスが焼き切れ、無残に千切れて落ちようとしている。真っ黒な生地から火傷の度合いを察し、ぞわりと肌が粟立った。

「……ナコ」

痕が残る、なんて話どころではない、これは――。

耳鳴りが止まらない。息ができない。心臓がうるさくていっそ抉り取って捨ててしまいたい。

唇が戦慄《わなな》いて、音にもならなかった。

何故、どうして。

必死に足を動かしてナコの前まで向かい、その場に膝を落とす。雨に濡れて重くなった黒髪は灰と泥に塗《まみ》れて艶を失っていた。露わになった顔は煤《すす》で汚れていて、顔色もよく分からない。ただ唇は青白く、まるで人形のようだった。

息を止めて、震える指で頸動脈《けいどうみゃく》を探る。

確かめたいのに自分の心臓の音が邪魔で仕方ない。グッと自分の胸を押さえて、再び目を閉じる。小さく脈打つ鼓動を感じ、はっとして改めて抱え込んだ。

――生きている。

「ジ、ジル様。落ち着いて下さい。ナコ様は大丈夫だと思います。もちろん、エリオット様も！」

取り乱す私に驚いたのか、それまで静かだったロドニーが煙で嗄れた声を詰まらせながら、堰《せき》を切ったように叫んだ。

背中の傷を見れば、抱え込んだ拍子に焦げて真っ黒になった服の切れ端が雨に濡れて、ずるりと剝がれ落ちる。現れたのは傷一つない、こんな場所には不似合いなくらい白く滑らかな美しい背中だった。

「これ、は……ナコ、ナコ！」

ぴくり、と動いた指に、今度こそナコの身体を引き寄せる。

顔色は悪いが、呼吸は規則正しく心臓も動いている。全身から力が抜け、ナコの身体をぐっとかき抱いた。

信じがたい奇跡だが、これが夢ならもう醒めなくてもいい。重たい顔を上げ、膝をついたロドニーの胸の中で胸を上下させているエリオットを確認した。涙の跡も痛々しく、腫れた瞼を震える指先で撫でてやる。その温かさは冷えた指先にじんとした痺れを生み、ぐっと込み上げそうになった嗚咽を呑み込む。

幾分、理性を取り戻し、濡れたナコの身を丁寧に自分の外套で包み込んだ。焦げたドレスが痛ましく、何度も頬を撫でる。そしてようやく問いを口にすることができた。

「この火傷の痕跡は」

ロドニーははっとしたように唇を噛み「……お守りできずに申し訳ありませんでした」とエリオットを抱いたまま謝罪の言葉を口にした。

「謝罪よりも早く状況説明を」

ロドニーが頭を下げるよりも早く促せば、ロドニーは慌てたように再び口を開き、僅かな躊躇いを見せた後、説明を始めた。

「僕もしっかり状況が摑めていません。僕が暴漢に手こずっている間に、ナコ様はエリオット様とアメリアを庇われ、背中に火傷を負われたんです」

「エリオット達を庇って……?」

「はい。しかしそれをエリオット様が——治されたのだと思います。いえ、ナコ様だけでなく、おそらくここにいた怪我人全員です」

「——全員?」

思わず鋭い視線を向けてしまい、びくりとして言葉を切ったロドニーに苛立ちを覚えるが「続けてくれ」と先を促した。

「はい……！　最初はナコ様に縋って泣いておられたのですが、ナコ様の意識が落ちたところで突然雨が降ってきたんです。その後エリオット様の身体が神々しく光り……僕も気がつけば腕に負っていた火傷の痛みがどんどん消え、跡形もなく傷が治っていました。気を失っている者もいますが、ナコ様のように服こそ損傷しているものの、騎士に確認させたところ、火傷の痕も残っていないと報告がきています。……エリオット様も時間にすれば五分ほどでしたか、身体からの発光が消えた後は気を失われました。ジルベルト様も確認されたと思いますが、エリオット様にも怪我はなく、呼吸も安定しています」

再びエリオットの様子を確認してから息を吐き、ナコを強く抱き締めた。

命があり、傷も治ったとはいえ、ナコを襲っただろう恐怖や痛みを思い、ぐっと唇を噛み締める。こんな小さな身体が傷つけられるくらいなら、自分がその何十倍も何百倍も痛めつけられる方がよほどましだ。

年寄りの最後の我儘と思いながらナコを手に入れた時は、どんな小さな傷一つつけないと誓ったというのに、こんな目に遭わせてしまった。

早くその声を聞かせて欲しい。もう微笑みかけてなんてくれなくていい。ただ無事にそこにいてくれるだけできっともう自分は十分幸せだ。

ナコの頭を抱え頬を擦り寄せる自分の姿に、ロドニーはどうしたらいいのか分からない、とでも言うように、途方に暮れた顔をする。

身体が重い。このままでは駄目だと思うのに、足が根を張ったように動けなかった。

こんな情けない姿を晒すなんてロドニーも幻滅しただろう。いやむしろそれでいい、勇敢で何事にも動じない英雄などどこにもいない。ここにいるのはただただ愚かに最愛の妻を失いかけて恐怖に立ち上がれなくなった、みっともない一人の男なのだから。

は、と息を吐き出す。

煙が落ち着き、分厚く渦を巻くような雲も同様に晴れてきた。月が姿を見せて、周囲を照らし出したその時、後ろから軽い足音がまっすぐこちらに向かってくるのが聞こえてきた。

「旦那様!? もう戻ってきてたんっすか！ ……いや、それより何があったんです!? 火事かと思ったら、急にここにだけ分厚い雨雲が広がってて、変……っ…て、ナコ、様……？」

リック、と呟いたはずの声は音にならなかったらしい。しかし私の代わりにロドニーが私とリックとの間に立った。訝しげに目を細めた後、少し考えるような間を置き、ぽつりと応える。

「お前は……確か馬番の……リックといったか？」

「そうっす！ 実家にいたんですけど、馬達がしきりにお屋敷の方を気にしてると思ってたら、煙が上がってるのが遠目で見えて、慌てて戻ってきたっす！ それよりナコ様はどうなってるんすか！」

「あ、ああ。ナコ様は無事だ。エリオット様が治して下さった」

ナコの姿に一瞬ひゅっと喉を鳴らして立ち竦んだリックに、ロドニーが説明する。第三者の登場に少し冷静になったのだろう。ロドニーが強張った顔のまま固まっているアメリア嬢に気づいたらしく、あやすように背中を撫でる。

「なお……？　あ！　エリオット様の特殊能力……じゃあ、ここだけに降ってた雨も？」

「いや、それは偶然だが……そういえば、そんな気配は全くなかったのに、突然降り出した……」

「っていうかここだけに黒い雨雲が……って、今はそんなことどうでもいいっす！」

リックは焦《じ》れたように話を切り上げ、こちらに駆け寄ってしゃがみ込んできた。

ここ数年で立派な青年になったリックの目がナコに注がれる。それが無性に耐えられなくて自然と深く抱え込んでいた。それを見たリックが私の腕を強く掴む。

「旦那様！　ナコ様は無事なんすよね？　じゃあ、しっかりして下さい！　エリオット様に治してもらったみたいっすけど、ちゃんとお医者様に見てもらった方がいいでしょ⁉」

力強くはっきりとした声だった。

ロドニーが反射的に何か言いかけたが、リックの剣幕に圧倒されたのか口を閉じる。

「旦那様！」

再びリックに強く名を呼ばれて、どこか遠くに行っていた心が戻ってくる。

噴煙、臭い、生温い風、目尻に涙を滲ませ自分を怒鳴るリックの声。ゆっくりと五感が戻って、すっと我に返った。

「――申し訳ありません。大丈夫です」

小さく深呼吸してそう答えると、私の腕を掴んでいたリックは注意深く私の目を見つめてから、安堵したように息を吐き、手から力を抜いた。

ロドニーは何をするべきか迷っているようで、縋るように私を見る。

……ああ、事態の収束に務めなければ。未だぼんやりとした頭の中でそれだけ思い、口を開きかけたその時。

「領主様！」

「ハンス様がいらっしゃったぞ！」

と、誰かの声が広場に響いた。先に馬車で見送ったはずのハンスが今、到着したらしい。息を切らし肩で呼吸する様子から見て、広場から馬車を捨てここまで走ってきたのかもしれない。馬で人の波を避けて駆けるには技術が必要で、ハンスはそれほど馬術が得意ではないのだ。

「ロドニー！　アメリア！」

息を切らして護衛と共に駆け寄ってきたハンスに向かって、ロドニーにしがみついていたアメリア嬢が駆け出す。しゃがみ込み、それを受け止めたハンスは少し後ろによろめいたものの、しっかりとアメリア嬢を抱き締めた。今まで気づかなかったがきっと我慢していたのだろう、大声で泣き出したアメリア嬢の背中をハンスが撫でる。そしてその状態のまま、ふらふらと近づいてきたロドニーを見つけると片腕を上げた。

「ロドニーも……無事でよかった」

「……父上」

引き寄せるように乱暴に頭を撫でられ、耳元で振り絞るように囁かれた声に、ロドニーの充血した水色の瞳に涙が滲む。

……冷静になれば、奇跡を目の当たりにしてもなお、幼い妹を抱えながらナコの側を離れなかったロドニーの判断は正しかっただろう。パニック状態になった領民がナコ達をどう扱うかは想像に難くない。まだ自分達の身に起きた奇跡を処理できず、立っている者は少ないが、彼がいることで一種の抑制にはなったに違いない。しかしロドニーだって同じ状態であり、まだ十六歳だ。そして任された護衛対象を守れなかったことは、彼の矜持をも傷つけたに違いない。

静かに再会を喜ぶ親子の対面に、ハンスも心配だったろうと今になって思い至る。自分の欲を優先してしまった身勝手さを自覚する。

「ここに来るまでに周囲の様子を見てきましたが、救助に向かった数人が煙を吸い、気分を悪くしただけのようです。火傷を負った者も今のナコ様と同じように意識を失っているらしいですが、大丈夫そうです。無傷で意識を失わなかった者もいますから、時間を置いて改めて事情を聞こうと思います」

彼は自分と違い、領主としてきちんと仕事をしていたらしい。

ああ、自分は領主になんてなる器ではなかったのかもしれない。しかし腐っても自分は前領主だ。突然の爆発騒ぎに取り乱す者は多く、この場に残ってハンスを手伝い、事態の収束を図るべきだろう。

「……リック。すまないがロドニーからエリオットを引き取ってくれないか。ナコと共に運んでやりたい」

お互い目が覚めた時に一緒にいれば安心するだろう。

「分かりました！」

リックは頷きロドニーからエリオットを抱き取る。

少し屈んで穏やかな寝息をそっと確かめてから、くしゃっと顔を歪ませた。

「ほんっと、すごいことしてくれるっすね……」

同感だ、と心の中だけで同意していると、ハンスの登場で随分落ち着いたロドニーが入り口の馬車を指さした。

「ナコ様とエリオット様、それにアメリアは救護用の馬車で帰らせましょう」

今は奇跡に呆然としている者達も、事の顛末《てんまつ》を聞けば、いい意味でも悪い意味でもエリオットの側に来ようとするだろう。一刻も早く安全な場所に移動させる方がいい。

「ありがとうございます」と、短く礼を言ってリックを伴い馬車に向かう。

先にアメリア嬢を馬車に入れ、気を失ったままのナコを座席に横たえさせ、リックについていくように命令する。

しかしなかなかナコから手を離すことができなかった。

一瞬でも目を離せば、彼女がこのまま消えてしまいそうで恐ろしい。

煤で汚れた顔をハンカチで拭い、少しずつ血色を取り戻してきた頬に温もりを感じても、一向に恐怖は拭えなかった。

――早く馬車を出さなければ。

身を引き千切られる思いで手を離し、扉を閉めようとしたところで、いつのまにか背後にいたハンスが、私の名を呼んだ。後ろにはロドニーが立っている。

「ジルベルト様もナコ様と一緒に馬車で屋敷に戻って下さい。以前ジルベルト様の腕を診てもらった医師を待機させています。もちろんこちらに来る医療団とは別ですから、遠慮はしないで下さい」

「しかし」

「お任せ下さい。失礼ながらここはもう私の領地です。信用して任せて下さいませんか？　このままではまた、職人街のご老体達に私がまだまだだと虐《いじ》められ……いえ、ありがたい忠言を頂くことになってしまいますから」

最後は軽い口調でそう返す。

確かに自分ばかりが出張っていたら、ハンスの領主としての面目も潰れてしまうだろう。

しかしそれすらも言い訳だ。ナコと離れずに済むことに心から安堵してその提案に飛びつく。

「――ロドニー、お前も気合を入れてくれ。気を失っている人間も多いし、逃げようと崖から落ちた者もいるかもしれないし、水を引き上げるポンプも動かすには力がいるそうだ。お前は体力もあるし目もいい。それに人員の采配も悪くないとジルベルト様も仰っていた。……頼りにしている」

ハンスの言葉に、ロドニーは一度面喰《めんくら》ったように大きく目を見開く。

それから、ぐっと顎を引いて「……はいっ」と大きな声で返事をすると、未だ煙が燻るこの場所から怪我人を運ぶために、人だかりへと走っていった。それを見送り、馬車は静かに走り出した。

九、目覚めれば

ゆっくりと意識が浮上する。

重い瞼を押し上げれば、ここ数日で見慣れた部屋の天井に、ああ、アネラの領主邸の別邸、とすぐに納得する。

すぐ横で気持ちよさそうに、すやすや眠るエリオットに『わぁ！　今日はもうちょっと寝ていられる……！』なんて反射のように喜んで、むにゃむにゃ動いている唇にほわっと優しい気持ちになった。

いつものように反対側にいるだろう旦那様の寝顔を拝めるチャンス！　と、能天気に首を動かそうとして、いやに身体が重たいことに気づく。

重たい、というか、ギシギシするというか……まるで高熱で寝込んだ次の日の、気分はスッキリしているけれど、身体の節々が強張っているようなあの感覚だ。

……あ、なんかゆっくり動かないとピシッと筋を痛めそう。もしかして鬼ごっこの筋肉痛酷くなったのかな？　年齢を重ねると、数日後に来るって言うし……やだ、ソレ怖い。

なんとか慎重に寝返りを打てば、何故か寝台のすぐ側に椅子を置いて座っている旦那様がわたしをじっと見下ろしていた。

「――ナコ」

目が合うと大きく目が瞠られ、ゆっくりと大きな手が伸ばされる。頬に触れた手の甲は酷く冷たくて、寝起きだったせいで少しびっくりしてしまった。

部屋が薄暗いので、長い睫毛がいっそう濃い影を作り、旦那様のコバルトブルーの瞳がいつもよりも暗く見える。

しかも目の下には隈《くま》までできていて、珍しいことに無精髭《ぶしょうひげ》も浮いている。せっかくの美形も台無しに……は、ならないけれど、いかにも憔悴した様子に啞然《あぜん》とする。

「だ……だん、な………さま?」

え、何があった⁉ 夏なのにこんなに手が冷えてるなんて体調が悪いんじゃ……と、咄嗟に首を傾けて、自慢の高めの体温が少しでも移るように頬をぺたっと擦り寄せる。

すると旦那様は眉間に皺を寄せ、奥歯をぐっと嚙み締めるように唇を引き結んだ。長い睫毛は微かに震え、細められた目元は少し赤い。

え、嘘。

泣くのを堪えているような――初めて見る表情に驚きすぎて、もう身体の節々の痛みなんて気にならなくなった。わたしはがばりと上半身を起こし、旦那様に両手を伸ばす。

そう、抱きつこうとしたんだけど、それよりも早く迎えに来た旦那様の手が背中に回され逆に強く抱き締められてしまった。その刹那に見えた旦那様の表情は酷く歪んでいて、理由も分からないのにわたしまで泣きたくなってしまう。

旦那様が座っていた椅子が傾き、後ろに倒れる音が静かな部屋に響く。

後頭部にも手が回り、顔を埋められた首元で感じる息は熱い。掻き抱くように背中に回された腕はいつもよりずっと強かった。

「……っ」

一瞬その強さにびっくりしてしまって、思わず身体を強張らせると、今度は勢いよく身体を離される。至近距離で見つめたコバルトブルーの瞳は揺れていて、目尻は後悔を表すように下がっていた。

「……申し訳ありません……痛かったですね。目覚めたばかりだというのに、無理を、させました」

途切れ途切れに必死に吐き出された細い声に、込み上げたのは言葉にできない感情だった。可哀想で、守ってあげたくて、とても愛しくて。

今度こそわたしが旦那様の背中に手を回し、力いっぱい抱き締め返す。もちろん、広くて全部は届かないけれど、精一杯手を伸ばして、いつも旦那様がしてくれるように包み込む。

「大丈夫！　わたし大丈夫ですから！」

膝立ちになってぎゅむっと頭を抱え込んで、そう宣言する。

自分でも寝起きだと思えないくらい、しっかりとした声が出た。

そのおかげか完全に目も頭もしっかり覚醒して——状況を、というか今までどうしてわたしが眠っていたのか完全に思い出した。

試作品の花火が打ち上がるのを見に行ったこと。

花火職人の通訳さんと見習いさんに襲撃されたこと。

そして、エリオットとアメリアちゃんを庇って爆発に巻き込まれたこと――。

そこまで反芻して、ひゅっと喉が鳴る。

旦那様を抱き締めたまま振り返れば、さっきと同様、わたしのすぐ隣で眠っているエリオットの姿があった。

「――エリオット!」

わたしが引っ張ってしまったからシーツはかかっていない。半袖の寝間着姿のおかげで、顔や外に出ている柔らかい小さな手足のどこにも、傷や火傷の痕がないことが分かった。

寝起きに確認した時と変わらず規則正しく胸は上下に動いていて、ただ気持ちよさそうに眠っているだけのように見える。

「大丈夫です。医師の診断では身体に異常はなく、ただ眠っているだけということです」

落ち着きを取り戻したのか、旦那様が幾分しっかりとした声でそう教えてくれてほっと胸を撫で下ろす。

旦那様もわたしの頭を優しく撫でてから「私も、もう大丈夫です」と、控えめに微笑んでそっと身体を離した。わたしがエリオットに直接触れて無事を確認したいだろうと思ってくれたんだろう。

一瞬離れてから、でも旦那様も放っておけなくて、離れていく手を掴みしっかりと繋ぐ。

ぱち、と旦那様の目が瞬き、ふわりと口角が上がる。そのことに少しほっとして、もう片方の手でエリオットの頭を撫でてみれば、エリオットはふにゃっといつもみたいに笑ってくれた。その呑気さに今更ながらじわりと目尻に涙が浮かぶ。

「怖かったね……」と起きないようにそっと撫でていると、繋いでいた旦那様の手がぴくりと強張った。振り返れば、旦那様が再び視線を伏せていた。

「……ナコも怖かったでしょう」

後悔の滲んだ声に、旦那様がどうしてこんなに憔悴しているのか、その理由が分かった。

記憶を思い起こしてみれば、あまりに怒濤《どとう》の展開に考える暇もなく、何だか長い悪い夢を見ていただけのように現実味がない。あの時、ただエリオットを守ることしか考えられなくて、自分が怪我をしたら、死んだらどうしようだなんて全く思い浮かばなかった。必死すぎて、恐怖は明後日の方に飛んでいた感じ？

え、意外とわたし鈍い？　いや図太い？

「いえ、そんなに……？　なんか必死だったのであまり覚えていないというか……」

旦那様の表情があまりに暗くて、これ以上気にすることのないように、軽い口調で答えてみた。けれど旦那様の顔は強張る一方で、なかなかいつもの穏やかな微笑みを見せてくれない。……しかも顔色も悪くない？　旦那様の方がベッドで眠った方がいいんじゃないかと思うくらいだ。

離れて椅子に戻ろうとしていた旦那様を引き止めて、寝台に座ってくれるようにお願いする。

……というか、旦那様が戻ってるってことは、あれから一日半くらいは経ってるのかな？　カーテンが引かれているけれど、外はまだ明るいのが分かるし。

確かにその間ずっと眠っていたなら、とても心配をかけてしまっただろう。旦那様は本当に心配性だし……まぁ、わたしもエリオットに対しては、旦那様のことは言えないんだけど。

それより花火職人の見習いさん達が起こした騒ぎ――あれは、どういうことだったんだろう。話を聞いていた時はエリオットのことが気になって深く考える暇がなかったんだけど、結局あれって馬車で聞いた数年前にアネラで起こった誘拐事件の黒幕、大商人だったたって言ってたドルガの孫……確かフェリクスって名乗ってた人の復讐劇みたいなものなんだよね？

自分の祖父は無実だと思い込んで旦那様達を恨んだ末にロドニー様やわたし達、それにアネラの領民を狙って……テロのような騒ぎを起こしたんだろう。ロドニー様とのやりとりを聞いていただけで、そのフェリクスの思い込みの強さはなかなか強烈だったと思う。

きっと旦那様達の留守を狙ったんだ……と納得しかけて、はっと顔を上げた。

「だ、旦那様！　旦那様は何もなかったんですか！」

護衛や騎士団がいる街ではなく、護衛付きとはいえ国境沿いの村まで出向いたのだ。フェリクスが率いる団体がどれほどの規模が分からないけれど、二手に分かれていたとしたら、途中で襲われていても不思議じゃない。

「……いえ、私の方は……」

静かに首を横に振った旦那様をじっと見つめる。違和感を覚えて、思わずがしっと両手で頬を包み込むように押さえれば、確かに頰に線を引いたような薄い切り傷の痕を見つけてしまった。

――旦那様の顔に傷――!!

絶対なんかあった！　と自然と潤む目で旦那様を見ると、僅かにぐっと顎を引くのが分かった。視線を逸らさずまっすぐ見つめれば、旦那様は小さく息を吐き出して、やや言いづらそうに口を開いた。

「ちょうど逃げる途中のフェリクスの一団と鉢合わせしました。フェリクスを含め全員を捕縛し、今はキナダールの王家からの返事を待っています。ハンスも無事ですし、護衛が上手く立ち回ってくれたので、怪我もこれ以外はありませんから安心して下さい」

「……本当に？」

「ええ、本当です」

繰り返した言葉には嘘はなさそう……だと判断し、頬を包んでいた手を緩める。そして改めて今回の騒ぎについて話を聞いた。

丘の上の展望台で見たフェリクスの顔を思い浮かべれば、思わず眉が寄ってしまう。向けられた視線は狂気じみていて、何をしでかすか分からない感じはあった。そして何の躊躇いもなく火をつけることを命令した不機嫌な声音を思い出し、改めて旦那様が無事でよかったと思う。

「……後の処理を他人に任せて、残った一族の消息の確認を怠った私の詰めの甘さです」

後悔の滲んだ声にそんなことを気にしているのか、と少しびっくりする。

今回のことは完全に逆恨みだし、他国の商業組合なんて調査できるわけもないから、その時の最善を旦那様が選んだのは間違いない。それにキナダールにとっては身内の恥でもあるし、その後どうしたかなんて詳しく内情を話してくれるわけもないだろうし。

……そしてわたしも決して外交に詳しくない。かける言葉に困って黙り込むと、旦那様はふっと視線を上げて「……背中は痛みますか？」と不安げに尋ねてきた。

「え？　全然……っあ」

そういえばわたしは確かにエリオットを庇った時、背中に火傷を負ったはずだ。

後ろ手に背中をぺたぺた触って感覚があることを確認する。あの火傷特有のヒリヒリする感じもないし、むしろあの勢いなら髪の毛だって……あ、よかった。ハゲてない……。

後頭部を撫で、そこまで心の中で呟いて、ぎくりと心臓が跳ねた。

……でも、それしか考えられない。

わたしは小さく深呼吸して気持ちを落ち着かせてから、振り返ってエリオットを見た。

「もしかしてエリオットが治したんですか？」

「ええ。私もその現場は見ていないのですが、ロドニーが言うにはエリオットの姿が光って、みるみる火傷を……ナコだけではなくその場にいた全員の傷を治したようです」

「――全員!?　……あの、それってエリオットの身体に悪影響はないんでしょうか」

アメリアちゃんも他の子供達もたくさんいたのに、自分の子供だけを心配しているような酷い発言だと思う。わたしって本当に神子には向いてないと思うのはこういう時だ。博愛の精神なんてない。自分が大事にしたい人達だけを守るだけで精一杯だから。

「大丈夫です。………申し訳ありません。話す順番を間違えて混乱させてしまいましたね。貴女が眠っている間にキナダールから受け取った文献や記録を確認したのですが、歴代の神子の特殊能力は一度大きく力を使うと失われるとの記載がありました。その後は意識を失いますが、目覚めた後は能力を失っている他は健康だったそうです。そこには神子の産んだ子供についても記録されていて、子供も同様の条件で失われると記されていました」

「失われる……」

わたしの言葉に旦那様が深く頷く。

「ええ。それにベルデの記録にはありませんでしたが、神子は大神殿が正式に記録に残していた以上に召喚されており、子を生した者も存在し、生まれる子供に力が継がれる確率は半々。しかし孫以降の世代に受け継がれることはなかったそうなので、安心しました。自分が守れない遠い未来に特殊能力が顕現することがあれば、権力者から狙われ続けるでしょうから」

旦那様の説明を何度も反芻して、感じたのは安堵だった。

だって失われたとしたら、誰かがエリオットの特殊能力を狙ってくる危険性はぐっと下がるし、わたし自身だってそうだ。

「よかった、んでしょうか……？」

「おそらくは」

色んな可能性があって即答するのは難しいのだろう。少し困ったように言葉を濁した旦那様に、わたしも不安を口にしかけて、はっとして呑み込んだ。……うん、起こってもいない心配事ばかり羅列して不安に浸るのは子供にも自分にもよくない。子育てで学んだことでもある。

「エリオットに怪我がなくてよかったです。本人が怪我しちゃったら治せるかどうかは分からないし……あ！　そういえばたまに転んで擦り傷作ってましたよね……自分には効かないってこと？　あー……じゃあわたし、間に合ってよかったぁ……」

つまりエリオットがあのまま大火傷して意識を失ったとしたら、周囲の人達は治せなかったはずだ。あ、ぞわっとした。仮定でもそんなこと想像したくない。

わたしの言葉に旦那様は、ふっと目を細め深く細い息を吐いた。

「……よく動けましたね」

「えへへ。褒めて下さい！　昔から走るのは得意なんですよ！」

お出かけ用のドレスを着ながら、人生で一番のスピードが出せたと思う。

うん、だって二人の愛の結晶！　グリーデン家の跡取り！　これはリンさんにも褒めてもらわなきゃ。貴族はお家第一みたいなとこあるし。

ぱっと笑顔を作ると、肩が触れ合う程度の距離にいた旦那様がそっとさらに肩を寄せてきた。珍しい仕草に顔を覗き込む。

「……旦那様？」

「我が子を身をもって守った貴女は、愛情深い母親なのでしょう」

囁くように優しく穏やかな声なのに、悲しい響きが余韻のように耳に残った。

「けれど私は貴女を褒めたくはありません」

いつのまにか俯き、ぎゅっとシーツを握り締めていた旦那様の反対側の手は、白く色を変えるほど力が入っている。

――旦那様を傷つけてしまった。

そう分かっているのに、また言葉が見つからなくて無言のまま時間が過ぎる。

ただその白くなった手が痛々しくて、シーツを握ったままだった方の手に指を絡ませると、旦那様が顔を上げた。

「私は父親として失格かもしれません。子供を庇って重傷を負った貴女をどうしても褒めたくない。嫌です。どうか怪我なんて一生しないで下さい。私よりも長く生きると約束をしてくれたでしょう」

至近距離で下から見上げるように、切羽詰まった余裕のない声でそう畳みかけられる。

……ああ、本当に分かっていなかった。多分わたしが思っているよりもずっとずっと旦那様を不安にさせてしまったのだろう。

……軽い口調で誤魔化すんじゃなかった。だってわたしだって旦那様が大怪我どころか、掠り傷を負ったって悲しくなる。だから――あ。

「……」

思いついたことに謝ろうとした口を一旦閉じる。

これは……うん、ちょうどいい機会かもしれない。

そう思いついて、わたしは一生懸命、言葉を選び今度は慎重に口を開いた。

「旦那様」

ちらりと見たエリオットはまだ静かに眠っている。幸せそうに。だからこの子が泣いた理由をちゃんと理解して欲しい。

「……わたしも同じ気持ちです。旦那様が少しでも痛い思いをするのは嫌だし、身体を大事にして欲しい。それこそ掠り傷一つだって許せません。——だから、エリオットの特殊能力が分かった時、わたしも旦那様がエリオットの能力を試すために、自分で自分に傷をつけたことが許せませんでした」

「……ナコ」

想像もしていなかったのだろう。旦那様は雷に打たれたように固まって目を瞠った。

わたしは旦那様のコバルトブルーの瞳をじっと見つめ、強張った旦那様の指に自分の指先を絡めて言葉を続けた。

「エリオットだってそうですよ。血にびっくりして……だけどそれ以上に大好きなお父様が怪我をしたのが、すごく悲しくて泣いたんです。エリオットだけじゃない。きっとマーサさんだってお屋敷のみんなだって悲しいですよ。マーサさんなんてカンカンになって怒ると思います」

旦那様の瞳が戸惑いに揺れ始める。けれど自分とわたしと置き換えて思うところがあったのか、「そう、ですね」と途切れた呟きが吐息と共に零れ落ちた。

ややあってから、旦那様は静かに目を閉じ、少し自嘲気味に口角を上げる。

「私は二人の子供のことなのに、勝手に話を進めたことを怒っているとしか思いつきませんでした」

「……それもあったんですが、でも思えば自分のことも含めて、これまで任せっきりだったわたしも悪かったんです。それなのにエリオットのことだけ共有したいなんて都合がよすぎました」

「いいえ、それは私自身があまり貴女に関わって欲しくなくて、わざと話さなかったこともあります」

わたしの言葉に旦那様は首を横に振って否定する。だけど、わたしはそれを知っていて、過保護だなぁ、なんて優しさに胡坐を掻いて甘えていた。

「何となく気づいてましたよ。旦那様は優しいからわたしを危険や不安から遠ざけたいんですよね？　でも、これからは教えて下さいね。――それから、もう一つ。エリオットに……『幼い子供』に血を見せたこともショックでした」

「子供に……」

旦那様は戸惑ったようにそう呟くと、助けを求めるように一度エリオットに視線を向け、それからわたしへと戻した。誰にでも優しい旦那様なのに、分からないことが悲しい。

「だけどハンス様から旦那様は子供の時から血を見慣れてたって聞いて。……そんな、話を聞いて、わたし旦那様のことたくさん知っているつもりで、何も分かってなかったんだなって思ったんです。……わたしは嫌です。もしかしていつかは血を見ることもあるから、とか男の子だから、とか思ってるかもしれませんけど、わたしはエリオットに、ましてや子供に血なんて見せたくありません。もちろん、幼い旦那様にだって見て欲しくなかった」

「それ、は……」

旦那様は詰まったように黙り込む。

ハンス様から聞いたのは旦那様のとてもプライベートな話だ。口にするのはとても勇気が必要だった。

だけど火傷を負って意識を失う直前、炎と硝煙の中に、確かにわたしは幼い旦那様を見たのだ。

エリオットはもちろん、旦那様にだって二度とあんな全てを諦めたような瞳なんてして欲しくない。

「……ハンス様には『普通』を教えてあげて欲しいって言われて考えてたんですけど……『普通』って一番難しいじゃないですか。だってわたし、異世界から召喚された非常識の塊みたいな存在ですよ？　……だからちゃんと話し合って、もう少ししたらエリオットにも参加してもらって自分達の『普通』を探って決めましょう。改めてわたしに旦那様のことを教えて下さい」

そんな言葉を皮切りに、わたしは故意に避けていた旦那様の過去を尋ねる。

しばらく沈黙が落ち、旦那様のコバルトブルーの瞳が戸惑ったように揺れる。それでも背中を撫で続けていると、旦那様は言葉を選ぶように、ぽつりぽつりと呟くように話しだした。

「……私の子供の頃の最初の記憶は——母親の寂しげな背中でしょうか。父を深く愛していた女性で、父と兄の戦死の知らせを聞いて後を追うようにすぐに亡くなってしまいました。それでも使用人は幼くして残った私に優しく接してくれて……数か月、経った頃でしょうか。屋敷から乳母やマーサ、家族のような使用人もいなくなって、酷く寂しくて泣いていたような気がします」

どこか他人事のように話す旦那様をぎゅっと抱き締める。

今更抱き締めたってもう遅い。それはもうただの私の自己満足でしかないけれど、旦那様は、ふわっと優しく笑った。頬を擦り寄せたわたしを優しく、抱き締め返してくれる。

「……その次は食べ物のこと、でしょうか。周囲の喧騒やむせ返る血の匂いすら気にならないほど、空腹だった気がします」

そんな風に、旦那様の幼い頃の記憶や想いを、わたしは憤り、時には涙を堪えながら、旦那様を抱き締めたまま聞いた。

そうして次はわたしの番だと、旦那様に乞われるまま、あまり話す機会がなかった、生まれてからこの世界に来るまでの——日本でのとても平凡で、少し寂しかった頃の話をした。

だけどずっと握っていてくれた手は温かくて、怒りを覚えたり悲しくなることはなくて、記憶の一部として私の中でしっかり消化されていることを知った。旦那様もそうならいいと思ってじっと顔を見つめれば、少し疲れた顔を見せつつも目覚めたばかりとは違い、落ち着いた凪いだ瞳で柔らかく微笑んだ。

そして一度深呼吸してから、ふっと笑みを深め、書き物机に置いてあった書類ケースのような鞄を手で示した。

「あれがキナダールから譲ってもらった神子についての文献や資料です。もう少し元気になったら二人で読みましょうか」

「え？　あ、あれがそうなんですか⁉　わたし今元気なんですぐ読みたいです！」

気になって寝台から降りようとすると、旦那様は「落ち着いて下さい」とわたしの手を引いた。

伸ばした手に指を絡ませ、こちらにもたれかかるようにわたしの首に顔を埋めた。

「私は貴女をとても、とても……言葉では表せないほど愛しています。……いえ、根本的にもっと原始的な部分で、貴女には幸せしか感じて欲しくない。エリオットと二人でいつも幸せに笑っていて欲しいと願っています。だからこそ元の世界にはなかった身分や立場……そして神子の特殊能力を巡る諍いで煩わしい思いをさせたくなかった。……いいえ、それに留まらず貴女を苦しませる全てのものから守りたい――ずっと、そう思ってきました。そしてそんな独りよがりな思いのせいでエリオットの能力が発覚した時、貴女の気持ちを聞かず、それを利用して貴女の……いえ、二人の能力は消えてしまったのだと大々的に知らしめたいと、先走って貴女を悲しませてしまった」

「旦那様……」

紡がれているのは重たいくらいの愛の言葉なのに、いつものように喜ぶことはできない。何故なら言葉を続ける旦那様はとても苦しげだったからだ。

「……だから本当はあの文献も、貴女を傷つける内容があるなら、と先に一人で全て読んでから、都合の悪いことは伏せて、差し障りのない文献だけを貴女にお見せするつもりだったんです」

旦那様の行動は想像できる……。今までだってわたしが傷つくことを極端に嫌がっていたし、護衛だってたくさんいる。それなのにこうして話してくれるってことは、わたしを信頼してくれるってことで。

「……旦那様。わたしの話を聞いて情報を共有してくれようと思ったんですよね？　そっちの方が何倍も何十倍も嬉しいです。ありがとうございます」

「ナコ……貴女のことなのに内緒にしようとしていたことに怒りを感じないのですか？」

旦那様が僅かに眉を寄せ、そう尋ねてくる。

それを見たわたしはゆっくりと首を横に振った。

「でもこれからは教えてくれるんですよね？　……それに、わたし寂しがりだから心配されるのも過保護にされるのも嫌いじゃないです。むしろ好きですよ」

「それはそれは……」

わたしの言葉に旦那様は苦笑して小さく肩を竦める。そして顔を離した拍子に髪を一房抓むと、ちゅっと唇を落とした。

「本音を言えば私しか見えないくらい依存してもらいたいとすら思っているのに、そんな可愛いことを言って欲を煽らないで下さい。……閉じ込めるようなことはしません。太陽の下で笑っている貴女が一等可愛らしいし愛しい。だからナコ自身が私が寂しくならない距離にいて下さいね」

上目遣いで乞われ、ごきゅ、と喉が変な風に鳴ってしまった。すっかり日も沈み、暗くなっていた部屋に妙に響いて、旦那様が小さく噴き出す。

ああっもう最後までシリアスに決まらないの、なんで！

旦那様が水を入れたコップを渡してくれて喉を潤す。旦那様も、と半分残して渡せば結局お互い飲ませ合いっこしたような感じになってしまった。結果、水差しの水がなくなってしまう。

「水と軽食をもらってきます」

そう言ってわたしの頭をぽんと撫でて立ち上がった旦那様はもうすっかりいつも通りだ。目元はやや赤いものの、顔色は随分よくなったように見えてほっとする。

「ついでに目が覚めたことも話してきますね。皆心配していましたから」

「そうですね。あ、いつのまにか部屋も暗くなってきてる……。エリオットには可哀想だけど、ちょっと明かりをつけましょうか」

わたしが泣きすぎてパンパンに腫れてしまった瞼を手の甲でぐりぐり押さえながらそう言うと、

旦那様は「擦っては駄目ですよ」と注意し、サイドボートに置いてあった明かりに火をつけた。

旦那様がついでにと水差しを手に、扉へ向かうと、同じタイミングで扉がノックされた。

多分窓から漏れる明かりに気づいて来てくれたんだろう。

リンさん？　それともリック？

こんなに早く気づいてくれるなんて、よっぽど心配かけちゃったんだろう。

わたしは申し訳なさと少しの嬉しさを覚えて、何だか照れ臭くなってしまう。旦那様と仲直りもできたし、寝すぎて身体が軋んでいること以外は特に問題はないので、ちょっと後ろめたくもあった。

「どうぞ！」

すぐに応えたわたしの声に、名乗りも挨拶もなく既視感を覚える勢いで扉が開かれた。そこにいたのはリンさんだった。

彼女らしからぬ不作法に目を瞬けば、リンさんはスカートを持ち上げたまま大股で部屋を横切り、わたしの目の前までやってきた。

あまりの勢いに思わず仰《の》け反《ぞ》ってしまったわたしの目の前にリンさんが陣取る。そしてばっと両の手のひらを突き出して「これは何本ですか！」と、切れ長の目をカッと見開き、尋ねてきた。

「――――数多くない!?」

そこは普通、二本か三本でしょ！　しかも若干目が血走っていて怖い。

思わず大声で突っ込んだわたしに、リンさんは一瞬の静寂の後、静かに手を下ろした。

けれどその後もわたしの顔を凝視してくる顔は真剣そのものだ。つい、へらりと愛想笑いしてしまうのは、もう癖みたいなものだろう。美人の真顔は怖いのだ。

それがよかったのか、リンさんはようやく肩から力を抜いて胸に手を置くと、大きく息を吐き出した。

「無事目覚められてよかったです……」

いつも冷静沈着なリンさんのか細い呟きに、胸が痛くなる。旦那様同様本当に心配させてしまったんだな、と今度は真面目に反省してしまった。ああ、さっきも思ったのに。重い空気になると、咄嗟に空気を軽くしようと茶化してしまうのはわたしの悪い癖だよね。

「……心配かけてごめんなさい。リンさん」

心からそう言えば、リンさんはきゅっと目を細めて僅かに笑みを作った。

「……ええ、もう本当に。寿命が縮むかと思いました」

そして眉尻を下げて少し首を傾けると、わたしの頬にかかっていた髪を優しく耳の後ろにかけてくれる。その手がとても優しくて、何だかお母さんみたい、なんて思ってしまった。

……さっき思い出話をしたからかな？　リンさんとお母さんを重ねたことなんてあまりないのに。

そしてリンさんにもう一度謝ろうと口を開いたその時、開いたままの扉の向こうにまた新しい人影が現れた。

旦那様以上に目の下を真っ黒にさせたリックは、きっと偶然通りかかったのだろう。わたしと目が合うと、一瞬時が止まったように足を宙に浮かせた不自然な格好で止まった。

「――リック」

泣き笑いのような顔のまま手を振ると、リックはその場で俯きブルブルと震え出した。それからばっと顔を上げ、飛ぶような勢いで部屋に駆け込んできた。

さっきまでリンさんがいた場所に来ると寝台にばんっと両手を置き、ぐぅ、と喉から唸るような声を出した。そのまま俯いてしまったので、心配になって手を伸ばそうとしたら、リックはがばっと顔を上げた。その目からぼろぼろと大きな涙が零れ落ちる。

「オ、オ、オレのいないところでっ、あ、ぶないことっ……っじないでくださいって、言ったじゃないっすかぁあああ……っ!!」

つい最近見たロドニー様とよく似た号泣にぎょっとし、それから反省する。それこそ子供みたいなリックの頭に手を伸ばした。

そう、リックは前に一度、オセ様に騙《だま》されてわたしを危険に晒してしまったことを、とても後悔している。それから身体を鍛えて剣も習うようになり、旦那様がいない時は、わたしの側から離れるのを渋るところがあった。

……それなのに、わたしが無理やり実家に帰らせちゃったんだよね……。

自業自得としか言えないから、今回のことは気にしないで欲しいんだけど……。

「ご、ごめんね。リック」

「ゆるじまぜん……ッ!!」

頭を撫でたまま顔を覗き込めば、恨めしげに上目遣いで睨まれる。

やばい……。リックって普段全然怒らないから、どうしたらいいのか分からない……。困って旦那様を見れば苦笑するだけで、リンさんに至っては「反省して下さい」とばかりに、黙ったままわたし達を見ていた。いや、ホント誰か助けて。幼児はともかく成人男子の号泣はちょっと手に負えない。

わぁぁあん！　と部屋どころか建物中に響き渡る泣き声に、次々と使用人さん達までやってきてしまった。そしてわたしが目覚めていると気づくなり、みんな部屋に入ってきていっぺんに賑やかになる。

「ナコ様！　目が覚めたんですね！」

「りょ、料理長なんて騒ぎの後すぐにこっちに来て、ずっとナコ様の大好物作って待ってたんですからね！」

料理人の一人がそう言うと、隣にいた料理長がくわっと厳《いか》つい顔になって拳骨を落とした。

「余計なこと言うんじゃねぇ！」

「ったあああ！」

痛そうな鈍い音がして悲鳴が部屋中に響き渡る。なんかこのドタバタした感じも随分懐かしく思える。料理長ももしかしてあの頑固そうなマックさんを説き伏せて、わざわざこっちに戻ってきてくれたのかな？

旦那様に確かめるように振り向けば、わたしの聞きたいことを察してくれたようで、柔和に微笑んで頷く。

わたしはぱっと顔を戻して、何だか懐かしい気さえする強面《こわもて》の顔に笑いかけた。

「……料理長、ありがとうございます。へへへ……料理長の料理久しぶりだから楽しみ……」

何だか子供みたいな言い方になっちゃったな、なんて照れくさく思っていると、ぐぐっと肩を怒らせた料理長は、ばっと俯き、鼻を啜った。

それからすぐに隣の料理人さんの襟首を掴む。

「ぼうっとしてないで朝に仕込んだスープ温め直すぞ！　お前は口当たりのいいデザートを作れ！」

「ちょ、引っ張らないで下さいよ！」

そんなやりとりをしながら、料理人さんを引きずり部屋から退場してしまう。

他の使用人さん達も、料理長達のやりとりに噴き出し、わたしの顔色や表情を確認すると、それぞれ労りの言葉をかけてくれた。ほぼみんな言葉の最後には、目頭をハンカチで押さえたり、袖で目元を拭うのがもはやお約束になってる。

……伯爵家《うち》の使用人さん達もみんな泣き上戸……っていうか感情豊かだよね。

……かくいうわたしもこくこく頷きながら、半泣き状態なんだけど。

ちなみにリックは庭師さんに寝台から引き剝がされ、「うるさい」とお見舞いらしい棒付きの飴《あめ》を口に突っ込まれて、幼児扱いされていた。

いやまぁ、静かになったけど。

わたしは見なかったフリをして、気になっていたことを尋ねた。

「あの、みんなはどう？　花火で火傷してない？」

多分、そこそこ酷かっただろうわたしがこんな感じだから大丈夫だと思うけど、あの時は周りを見渡す余裕もなかったから、誰が怪我を負ったとか分かっていない。

わたしの質問に代表するように、普段わたしの身の回りの世話をしてくれているメイドさんが真面目な顔をして、すっと前へ出てきた。

「ナコ様。火傷を負った者は私も含めて全員、坊ちゃんに治して頂きました。このご恩は一生忘れませんとも！　……もし、この奇跡の能力で以前のように騒ぎになったとしても！　この身をもってお守りします。ええ、私もあの頃の小娘じゃありませんとも！」

そう言った彼女は、数年前の旦那様の若返り騒動の時に、屋敷に押し寄せてきたお客さんに揉みくちゃにされて泣き出してしまったメイドさんだ。

……本当に頼もしいなぁ。わたしも強くならなきゃいけないよね。大きな事件が起こった時はいつもそう思う。わたしも彼女みたいになれたらいいな。

目覚めたばかりですから、と旦那様が背中にクッションを当ててくれる。そしてとっくに新しい水差しも誰かが持ってきてくれていて、勧められるまま喉を潤す。旦那様が再び同じ寝台に腰かけて斜め後ろから支えてくれて、離れがたかったから自然と触れ合えるのは嬉しい。

ようやく落ち着いたリックにお小言をくらったけれど、それもちゃんと聞く。だけどエリオットに絡むことで無茶はしないとは約束できないと正直に言えば、唸ったリックに『なるべく冷静になるように心がける』と手を上げて馬に誓わされてしまった。新たな宗教の爆誕である。

そしてようやく部屋の空気も落ち着いたところで、リンさんが思いもよらない、驚愕《きょうがく》の事実を告げた。

「本当にようございました。伯爵もナコ様から離れようとしないし、横になることすらされなかったのですよ。ナコ様が起きられる今日まで三日も」

ちらりと旦那様を見たリンさんの言葉を反芻して、わたしはぎょっと目を剝いた。

「三日……⁉」

まさかの時間経過に、思わずそう叫んでしまう。

旦那様のあの憔悴しきった表情と濃い隈を見れば、心配して眠っていないとは思っていた……だけど！

「三日って⁉　あれから三日も経ってるんですか⁉」

思わずそう叫ぶと、リンさんは「今更何を仰ってるんですか」と呆れた声で呟く。いやいや待って！　そもそも旦那様も誰もそんなに時間が経ってるって教えてくれなかったよ⁉

どうりでみんなの心配が尋常じゃないはずだ。だけど、旦那様、三日徹夜はさすがにマズイです！今すぐ寝ないとお肌の調子が悪くなるどころか身体を壊します！

「ちょっと旦那様！　今すぐ場所変わりましょう！」

「大丈夫ですよ。昔は三日程度眠らなくても……」

「昔は昔、今は今！　わたしの『常識』では三日寝ないと死にます！　これぱっかりは異論は認めません！」

ぐいぐい引っ張って、わたしと入れ替わるようにエリオットの横で眠らせようと袖を引く。

けれどその途中で、はっと大きな問題に気づいた。

「……え、じゃあエリオットも三日寝てるってこと……？」

さぁっと血が引きかけてそう呟いたその時。

「お母さま」

「うん、まずいよね……って……」

聞こえた寝起きの拙い声に振り向けば、きょとんとした顔でエリオットが目を開けていた。むくりと起き上がり、旦那様とわたし、それから繋がれた手を見て、にこぉっと笑う。

「なかなおり、した？」

そんな可愛い声に、わたしはエリオットが目覚めた安堵と、幼い子供に心配されていた不甲斐なさと色んな感情が込み上げて、両手で口を覆った。

うん、と言葉にもできず、エリオットに向かって大きく頷くと、旦那様はらしくなく、勢いよくわたしごとエリオットを抱き締めてきて、ひとかたまりになった。

そして一瞬の静寂の後、部屋はみんなの歓喜の声で溢れ、いっそう騒がしくなったのである。


次の日。

ロドニー様達家族みんなでお見舞いに来てくれたんだけど、さすがに三日間眠っていただけあって、少しだけ身体が重かったので、旦那様の強い勧め……というか許可が下りず、寝台の上で面会することとなった。

ノックの後入ってきた三人はそれぞれ複雑な顔をしていた。けれど一番先に動いたのはいつも通りアメリアちゃん。わたしと同じ寝台にいたエリオットに駆け寄り「大丈夫？」「痛いところはない？」としきりに体調を尋ねている。その様子を見てアメリアちゃんも元気そうでよかった、とほっとする。

ハンス様は神妙な顔をしてわたしに会釈した後、旦那様に話しかけ――残ったロドニー様は寝台のすぐ側まで来ると、神妙な顔をして絨毯に片膝をつき、深く頭を下げた。

「――守ってやれなくてすまなかった」

目の前のロドニー様のつむじを見て、慌てて首を横に振って顔を上げてもらう。

「ちょ、やめて下さい！　あの時騎士さん達に止められたのに、エリオットを探しに勝手に走り出したのはわたしなので、騎士さんはもちろん、ロドニー様が謝る必要はないです！」

それにあの見通しの悪い場所では探し出すのも難しかっただろう。詳しく事情を聞いたところエリオットも爆音に驚いた瞬間に、咄嗟にわたしを探して守ってくれている騎士さん達の足の隙間から逃げ出してしまったらしく、アメリアちゃんがそれを追いかけて……と、親子でお騒がせしてしまった感さえある。

……うーん。どうすべきか。

ロドニー様は真面目な分、責任感が強い方なんだと思う。

一応、わたしは尊敬すべき旦那様の伴侶かつ元神子でお客様だから『身を挺《てい》して守るべき』みたいな使命感が人一倍あったんだと思うんだよね。

きっと騒動を治めるために奔走したのだろう。昨日の旦那様ほどじゃないけれど、目の下には隈があるし、幾分やつれていた。

眉尻を下げた暗い顔をしているので、まるでしょげた犬みたい。旦那様がフォローしてくれないかな、と側にいる旦那様をちらりと見上げると、気づいているだろうに、しれっとハンス様と会話を続けている。

もう旦那様め……。わたしが絡むとちょっと大人げないところ出してくるからな……それがまた可愛いんだけど！　まぁ、旦那様なりにロドニー様に反省を促してるのもあると思うんだよね。

どうすべきか、と悩むこと数秒。ぽんといいアイデアが頭に思い浮かんだ。

コホンと咳払いし、もう少し近づくようにちょいちょいっとロドニー様に向かって手招きした。不思議そうにしながらも素直に屈み込み、わたしに向かって顔を近づけてきた。

わたしはにこっと笑って耳元に口を寄せる。

「そんなに気になるなら旦那様の領主時代のとっておきの話で勘弁してあげます。実はまだまだあるんでしょう?」

するとロドニー様は擽ったかったのか、ぱっと離れて囁いた方の耳を手で覆った。顔を真っ赤にさせて、ぐっと唇を引き結ぶ。

あれ?　わたしと同じ擽ったがり?　それとも馴れ馴れしさに怒った?

わたしが首を傾げるとロドニー様はきっと顔を上げ、顔を赤くしたまま叫ぶ。

「いっ一日では収まらないぞ!　覚悟していろ。ここにいる間毎日十話は語ってやる!」

……嬉しいけれど、病み上がりの身にロドニー様の大声はキツイ。

うっと身体を傾けた瞬間、近くにいたハンス様が「病人の前で叫ぶ馬鹿がいるか！」と、負けず劣らない大声で突っ込んだ。

紳士然としたハンス様とは思えない初めて聞く怒声。とても意外なことに、肺活量の多さはハンス様からの遺伝だったらしい。そしていつのまにかアメリアちゃんがエリオットの耳を小さな手で塞いでくれていて心から感謝した。……齢五歳にして優秀すぎない？　それともわたしが知らなかっただけで、慣れてるのかな？

だけどやっぱり親子だったのね……なんて咄嗟に押さえていた耳から手を離せば、いつのまにか寝台の縁に腰を下ろしていた旦那様の手が伸びてきて胸の中に背中が収まっていた。

「少し近すぎますよ。内容はまぁ……想像がつくので敢えて聞きませんが」

耳元で囁かれてふにゃりと溶ける。お腹の上にある旦那様の手をさわさわ触っていると「そこまでにしておいて下さい。大事な話が山ほどあるでしょう」と、冷静なリンさんのツッコミが入った。

いや、ちょっとくらい……。

唇を尖《とが》らせると、ロドニー様が「子供だな」と言ってきたので、「成人もしていない本物のお子様には敵いませんよ」と言い返す。何回か繰り返したところで、旦那様に優しく唇を抓まれてしまった。

「……っむむ」

「リン嬢の視線が鋭くなってきましたよ。この辺りでやめておきなさい」

後ろから囁かれて、はっと首を傾ければロドニー様の後ろでリンさんが冷笑を浮かべていた。これはもう逃げられない予感がする。いや、わたし一応病み上がりなんで。ね？　お説教ならロドニー様だけでお願いします！

そして改めて——エリオットに騒ぎのことを尋ねると、結論から言えばよく覚えていなかった。よっぽどショックだったのかと心配したけれど、本当に広場でアメリアちゃんに誘われて駆け出したところから綺麗に忘れていて、それどころか『花火終わっちゃったの？』なんて残念そうに尋ねてきたので拍子抜けしてしまった。

その後は、キナダールから譲ってもらった資料をみんなで回し見て色々相談し、ハンス様達立ち合いの下、エリオットに偶然昨日軽く指を切ったメイドさんを治せるか試してもらったところ、すっかり治癒能力はなくなっていたのである。

何よりエリオット自身もあっけらかんと、「ポカポカするのなくなっちゃった」と教えてくれたので、本当になくなったんだろうと思う。嘘をつく必要もないし、素直な子だし。

……何だかこれって、女神様の采配なんじゃない？　後で聞いた局地的降雨もそうだし。あれもエリオットが雨を媒介にして癒しの力を使ったということになったけれど、さすがに能力が二つなんてチートすぎると思うし。

でもよかった。だって父親に引き続いて、母親まで大きな火傷をした記憶なんてあったら、トラウマになったかもしれないし……、そうなら素直に女神様に感謝したい。

わたしはちょっとだけ元神子らしく両手を組み、心の中で女神様にお礼の言葉を捧げたのだった。

十、騒動はまだ続く

それから三日も眠っていたとは思えないほど、エリオットとわたしの身体に問題はなく、お医者様にも健康そのものだと、太鼓判を押してもらった。

わたしはともかく、点滴もないこの世界。エリオットの体力の低下や水分不足なんかを心配していたのでほっとした。

『やはり神子様方は我々とは身体の造りが違うのでは……』

と、一瞬興味津々で呟いていたお医者様に、旦那様が一見穏やかな微笑みで圧をかけていたのが印象に残っている。まぁお医者様の関心も当然といえば当然だよね。あまり医療が進んでいないこの世界で三日も目が覚めなかったら、命にかかわると思うし。

そして目覚めてから数日、ふと気づけばどこに行くにもさりげなく旦那様がついてきていることに気づいた。嬉しいものの、旦那様の用事もあるだろうと思って尋ねると、気まずそうに目を逸らし、最初はエリオットに話しかけたりして明らかに誤魔化そうとした。

だけど、じぃっと見つめるわたしに観念したのか、「……しばらくは私の目が届くところにいて下さい」と少し恥ずかしそうにしつつも、乞うような視線で懇願されて……いやもう……！　わたしが拒否できるわけないよね！　むしろ喜んで！　と自ら抱きつき、リンさんもしばらくは淑女らしからぬわたしの行動に目を瞑ってくれた。

　そんな感じで旦那様、そしてエリオットと一緒に、念願だった本来の休暇らしい休暇を再開すること数日。

　その間ハンス様がたくさんのお見舞いの花を贈ってくれたり、ロドニー様が約束通り旦那様の武勇伝を語ってくれたり、あの場にいた本邸の使用人さん達や子供達の親がお見舞いの品をそっと別邸に置いていってくれたりした。こういう決して騒がない気遣いが嬉しい。

　だけどそれとは真逆に騒ぎを聞きつけて、物見遊山に領主邸の周囲をうろつく観光客を、伯爵家《うち》の使用人さん達が、あの手この手で追い払ってくれた。

　エリオットの特殊能力については、あの場にいた怪我をした人達の大多数が、エリオット同様にその時のことを忘れていたり、そもそもあの場には領主邸に関わる人達、旦那様の昔馴染みである職人街の住人が多かったということで、覚えていても積極的に広めようとはしなかったらしい。

　おかげで祭りの本番が近づくと、そちらへと興味は移っていって、もう街に行ってもエリオットの名前は出てこなくなったそうだ。祭りが終わる頃にはこのまま収束しそうな空気に、胸を撫で下ろしたのは数日前のこと。

　そしてドルガの孫フェリクス一団は、既にキナダール王家に引き渡され、銃を造っているという北の村には騎士団の調査が入った。関係者全員を捕縛し、早々に工場は村ごと閉鎖されたらしい。今回は第二王子ではなくキナダールの国王直々に商会への立ち入り調査を行い、その後大陸でも一番力を持つ大国ベルデ——即ちリオネル陛下にも、この騒動について潔く事の全てを報告したそうだ。知らなかったとはいえ、大量殺戮兵器を製造しないという条約を破ったことへの謝罪をし、そしてもちろん戦争を仕掛けるつもりはない、とわざわざ世継ぎである王太子が使者として立ち、情状酌量を求め謁見を申し出たそうだ。

ベルデとしてはキナダールへの制裁という正当な理由の下、兵を向かわせることもできたけれど、リオネル陛下は領地を広げるよりも、これからの貿易上の利益を取ったらしい。

ひとまずその工場があった村に調査団を送り、キナダールの国宝とされる宝物もいくつか献上させ、それで手打ちとしたそうで——ものすごくほっとしたのは、きっとわたしだけじゃないだろう。

ちなみにハンス様も抜け目なく、キナダール王家は本当に知らなかったのだとリオネル陛下に証言することで、新たな貸しを作ることに成功した。そしてそれを何に利用するか、ロドニー様と話し合っているらしいんだけど……何だか目覚めてからこの二人の関係が目に見えてよくなっていて、アメリアちゃんも嬉しそうだ。今回の騒ぎがこの二人の関係を修復させるきっかけになったのなら、不幸中の幸いというものだろう。

けれど当然ながら、至るところに諜報員《ちょうほう》を潜ませているリオネル陛下から『銃の密造についても、息子のことについても、今すぐ王都に戻り、状況をもっと詳しく説明しろ』と、矢のような催促があった。銃の報告については旦那様が、かなり細かく仕様や所感、完成度について報告書を書いていたけれど、エリオットの特殊能力については、例のキナダールで見つかった書物や歴代の記録に、神子の特殊能力は『間違いなく一回きりで既に失われている』と加筆して強調し、写しを手元に残して原本を送り、それを返事としたらしい。

そして以前強制的に巻き込まれた南の国の王女の件を盾に『これを城の研究者に見せ、大々的に発表し、新たな奇跡にいきり立っているだろう神殿派の貴族達をある程度大人しくさせておいて下さい』と、お願いしたそうだ。ついでに『キナダールは商会を牛耳っていた理事達に調査が入ったことで風通しがよくなったので、家族三人なら静かに暮らしやすそうです』なんて国境を越えた引っ越しすら匂わせる追伸《脅迫》まで添えたそうで……。

これでナコの能力も一度きりだと大きく広まることになるでしょう、と清々《すがすが》しい顔をしていた。

もちろん留守番をしてくれているアルノルドさんには、ちゃんと経緯を説明したお手紙を送っているし、マーサさんには、わたしとエリオットの手紙も添えた。まだ王都にはエリオットが起こした騒ぎは届いていないとは思うけど、中途半端に聞いたらきっと心配するだろうしね。

*

そして、想像していたよりもずっと平和に日々を過ごし、迎えたアネラ開拓四十周年の記念祭の式典当日。

わたしは朝から身支度を整えるためにバタバタしていた。

実は少し前に、伯爵家《うち》のヘアメイク係《特殊メイク班》のメイドさんの技術とセンスは国一番だと思っているので、どうせならアメリアちゃんのヘアメイクもしてあげたらどうかな、と提案してみたのだ。するとまぁ、アメリアちゃん付きのメイドさん達がすごい勢いで食いついてきたのだ。

それ以外にも王都の最先端のヘアメイク技術を学びたいと、他のメイドさん達も見学に来ているので、控室となった部屋は本当に賑やかだった。

ちなみに後のお楽しみにとっておくために、エリオットも含め旦那様やハンス様男性陣は立ち入り禁止。いつも以上に可愛いアメリアちゃんを見て、どんな反応を見せるのかすごく楽しみだ。

そしてわたしも、噂は大分下火になったとはいえ、注目されるだろうエリオットから少しでも気を逸らすべく、わたしだってここにいますよ的な、神子らしい衣装にすることにした。つまりドレスはそれらしく、いつか神殿に乗り込んだ時と同じ純白の、ちょっと珍しいエンパイア型のドレス。

朝早くからの支度にちょっとうつらうつらしていたら「終わりましたよ。お疲れ様でした」と、苦笑交じりに声をかけられた。はっとして渡された手鏡を覗き込み、ほぅっと溜息をつく。

「いやぁ可愛いは作れるって、何回見ても感動する……。伯爵家《うち》のメイドさん達天才、最高」

そして磨き抜かれた技術を最大に生かすアジア人の薄い顔の造りよ……。目はぱっちり、鼻は高く、唇も形よく繊細に整えられ、目元に濃く引かれた差し色のラインがイイ感じに、清楚《せいそ》な衣装と合わさって神秘的な雰囲気を醸し出している。

化粧箱を片づけ始めたメイク係のメイドさん達を褒めに褒めてから、大きな姿見の前に移動し、くるりと一回転し、わたしはむむっと眉を寄せた。

「……うーん。これ背中開きすぎじゃないですか？」

前は鎖骨が綺麗に見える程度で露出は少ないけれど、後ろは派手に背中の下辺りまでカットされている。こうして見ると妙にその白さが悪目立ちしているようで、リンさんに意見を求める。

ちなみに背中側の腰部分には、繊細だけど豪華でもあるコバルトスピネルという旦那様の瞳とよく似た色の宝石のブローチが装飾の根元についている。うん、見るからにお揃いです！　な、コバルトブルーのドレスは諦めたけれど、こればかりは譲れなかったのだ。

「あら、背中の開いたドレスがいいと仰ったのはナコ様でしょう」

「言ったけどさ……」

そう、実はわたしがエリオットを庇ったという話は、お屋敷関係者の全員が知っているし、あの時気を失わなかった人の中には、わたしが背中に大火傷を負った瞬間を見た人も多かったらしい。

――そんなわけで、顔を合わせる度に心配そうな顔をされるのだ。

ちなみにあのロドニー様ですら、大好きな旦那様の話を夢中でしている時でも、わたしが少し椅子にもたれかかっただけで「大丈夫か？」って聞いてくるもんね。

その上あの場にいた護衛の騎士さん達は、もっと申し訳なさそうに顔を合わせる度に深く頭を下げてくるので、本邸に行く機会がぐっと減ってしまった。……え？　旦那様？　その場にいたけど、そういえば彼らの奇行を眺めるだけで、何も言わずに微笑んでたっけ……？　いや、いつもの旦那様ならフォローしそうなのに。ちょっと旦那様、ロドニー様に引き続いてちょーっと黒くなってらっしゃる？　まぁ、そんなところも素敵です。いいよね。影のある男性って！

で、ちょっと話は逸れたけれど、そんな理由もあって『傷なんてないよ！』とさりげなくアピールしようと、背中の開いたドレスをリクエストしたんだけど……。

「うーん……ガーデンパーティーで張り切りすぎてるような……何か羽織った方がいいかな」

なんだかんだと田舎は保守的だ。ちょっと露出が多すぎるような気もする。

「それでは意味がなくなりませんか？」

「そうですよ。ナコ様はとても肌理細《きめ》かい肌をされていらっしゃるのに、出さないのは勿体ないです。王都では背中の開いたドレスが主流ですし」

「それに羽織を加えるのはデザイン的に頂けませんわ」

リンさんのツッコミに他のメイドさん達も口々に意見を出してくる。それでもうーん、と迷っていると、考えるように顎に拳を置いていたメイク班のメイドさんの一人がポンと手を打った。

「では、式典では髪を下ろして、夜のガーデンパーティーの時には結い上げませんか？　思えば式典は昼間ですし、日焼けも心配です」

「……そうですね。夜なら暗いですから、それほど背中が開いていても気にならないのでは？　それに内輪のガーデンパーティーにこそ、ナコ様が見せたい方々が集まるでしょうし」

メイドさん達の意見を聞いていたリンさんがそうつけ加え、わたしはすぐに飛びついた。

「じゃあそうします！　ごめんなさい！　せっかく結ってもらったのに申し訳ないんですけど、下ろしてもらっていいですか？」

「ええ。大丈夫ですよ。まだ時間に余裕もありますし、軽食を取られたら一度髪を解いてセットし直しましょう」

お手数おかけします、と平謝りしてからも、やっぱり開きすぎかなぁ、と色んな角度から姿見を覗いていると、……小さな足音と共に可愛い妖精さんが現れた。もちろん火傷の後遺症の幻覚ではない。

「ナコさま、とってもきれいです……」

ぐっと両手を握り締めて鏡越しにわたしを見つめているのは、みんなで選んだワンピースドレスを着たアメリアちゃんだった。

最終的にアメリアちゃん本人が選んだドレスは、チュールがふんわりとしていてとても可愛いらしいのに、落ち着いた濃いピンクで、いつもよりずっとお姉さんに見える。髪も複雑に編み込まれ、真珠を軸とした小花の飾りピンが散らされていて、本当に妖精のようなのだ。

「っ……アメリアちゃん‼　可愛い！　最高！」

思わずそう叫んでしまったわたしの勢いに、ちょっとビクッとしたアメリアちゃんだけど、わたしの心からの賛辞に気づいてくれたのか、はにかんで笑った。

「……っ」

可愛すぎて語彙が溶けたわ。

鏡に映り込んだアメリアちゃんを改めて見つめて、ほぅっと溜息をつく。

軽く口紅を引いてるのも、あどけなさの中に色気があるというか……大丈夫かな、変態に誘拐されないかな？

「……アメリアちゃん。いつも可愛いけど今日はとびっきり美人さんだから、知らない人には絶対ついていっちゃ駄目だよ。エリオットと護衛の人と一緒にいようね」

「はい！」

素直に頷くアメリアちゃんに、わたしは満足して頷く。

何だかあの騒動からエリオットだけじゃなく、わたしにも懐いてくれた気がするんだよね。もしかしたら未来のお嫁さん……いやいやさすがにねぇ。うん、親が子供の将来を決めるのは駄目だ。でもアレやりたい。お姑《しゅうとめ》さんがお嫁さんを気に入ってお着替えごっこ！　いや可愛いもん。ヒロイン通り越して姑側の気持ちが分かるわー。

ふっと悟った目で薄笑いを浮かべていたら、アメリアちゃんが、もじもじと何か言いたそうにわたしを見上げていた。

ぐぅ可愛《かわ》……、と内面で悶えながらも「どうしたの？」と尋ねれば、アメリアちゃんは意を決したようにきゅっとスカートの襞を摑んだ。

「あの……ナコ様。花火上げるのを許して下さってありがとうございます」

「え？　あー……うん。みんなが楽しみにしているのは知ってたし……ね」

そう、実は騒動から数日経って、ハンス様がわたしに、わざわざ花火を上げてもいいか聞きに来てくれたのだ。

実は全部テロの武器として使われてしまったと思われていた花火だったけれど、あの時まだ乾いていなかった花火は倉庫の中に残されていたらしい。ここにきて初めて知ったんだけどロドニー様が東国の言葉を訳せるらしく、詳しく聞いたところ目玉になる一番大きな花火もいくつかは無事だったそうだ。ちなみに東国から来た花火職人さん達は、見習いさんや通訳だったドルガの孫の正体に全く気づいていなかったらしい。少しおかしいな、と思うところがあっても通訳も全てあのフェリクスが行っていたので、こちらに伝える手段がなかったそうだ。そして中には見習いを気に入っていた人達も少なからずいて、その上丹精込めて作った花火を使って騒動を起こしたことを聞いてショックを受けていたみたいだけど、すぐに「花火とは人を傷つけるものではない。むしろその美しさを知ってもらいたい」と、花火大会を決行して欲しいと嘆願されたらしい。

わたし自身は前にも言った通り、エリオットしか見えてなくて炎や花火に対して怖いとは思っていない。エリオットも全く覚えていないので「あの場にいた子供達や他の人達が気にしてないようだったら、上げて下さい」と頼んだのだ。

その時も隣にいた旦那様は心配そうにわたしの表情を窺っていたけれど、結局「ナコがいいなら」と許可してくれた。

そして慎重に聞き取りをした結果、あの場にいた子供達は、エリオットみたいに前後の記憶が曖昧になっていて、どうせなら上げて欲しいと口を揃えて言ったそうだ。

「ちゃんとした花火を見たい」

「自分達のせいで、たくさんの人ががっかりするのは見たくない」

そんな意見が多く、改めて尋ねてきたハンス様に、わたしは「じゃあ、盛大に上げましょう！」とすぐ許可を出したのである。

「楽しみだね」

そう言ってセットが崩れないように頭を撫でれば、アメリアちゃんはこくりと頷き、はにかんだ笑顔を見せてくれる。

……本当、あの時はエリオットしか見えてなかったけど、アメリアちゃんも火傷しなくてよかったなぁ。こんな可愛い顔に傷なんてついたら、全世界が泣くわ。咄嗟とはいえ、いい仕事したと思……いや、いけないいけない。この話題は旦那様の前ではタブーなのだ。

膝詰めでお説教からの……『私の気持ちがまだ伝わっていないようですね』のR18展開。いや、嬉しいけどね！　いじめっ子バージョンで攻めてくるから……うん、さすがに連日となると、全身が筋肉痛になるわけで……ふふふ、いやぁあまーい！　ここ最近の甘さにほっぺたが落ちそう。もうなんかオキシトシンとかドーパミンとか出まくりで、肌もつやっつやしてるもんね。

「あ、そろそろ旦那様が来そう」

ふと目についた時計を見て、そう呟く。

約束した時間まであと少し。エリオットと旦那様、そしてハンス様達と一緒に軽食を取る約束をしているのだ。

「きっと時間きっちりにいらっしゃるでしょうね。うふふ……あの騒ぎからひと時も離れたくないのが見ているだけでも分かって、年甲斐もなくときめいてしまいますわぁ」

「お子様がいらしても仲がよろしくて羨ましいです」

「最初は美形すぎて近寄りがたいなんて思ってましたけれど、ナコ様と一緒のところを見ていると、こちらが照れてしまうくらい眼差《まなざ》しが熱っぽくて優しくて……」

「きっとそのお衣装なら、ますますメロメロになってしまいますよ！　どんな反応されるのか楽しみです。それにジルベルト様の容姿から言っても太陽の男神と月の女神のようでお似合いですね」

お似合いだなんてそんな……。

領主邸のメイドさん達にヨイショされて、すっかり気持ちよくなったわたしはアメリアちゃんと二人、ソワソワと同じ顔をして旦那様達を待つ。

そしてメイドさんの言葉通り、約束の時間きっちりに扉がノックされた。みんなにこにこしていてちょっと恥ずかしい。そんな中で返事をすると、入ってきたのはもちろん旦那様。そして一緒に来たらしいハンス様だった。

旦那様はいち早くわたしを認め、すっと目を細めた。部屋を横切り、掬い取るようにわたしの手を取り、指先にちゅっと口づけてくれる。

「白とは懐かしい。可憐《かれん》で清楚な私だけの乙女、ですね」

愛しげに紡がれた甘い言葉の爆弾に、ぐぬ、っと腰砕けになるのを堪える。しかし残念ながら近くにいた領主邸のメイドさんが被弾したらしく、倒れかけた身体をすっかり慣れた伯爵家《うち》のメイドさん達に支えられていた。

……ここ最近の過剰なスキンシップがなかったら、わたしもきっとああなっていただろう。旦那様の甘い言葉の殺傷能力が高すぎる……。

だけど顔だけはどうしても熱くなってしまうのはしょうがない。それを見た旦那様が愛しげに目を細めて嬉しそうに笑うのも、ちょっと直視できない。くっ……かっこいいと可愛いが渋滞してるんだよ……。もうやめて、わたしのＨＰはもうゼロよ……。

王子様通り越して夜の帝王モードの旦那様を見て、慣れているはずの伯爵家《うち》のメイドさん達までも頬を染め、ほぅっと溜息をつく。そんな中、弱りきったハンス様の声が響いた。

「ジルベルト様、ハードルを上げるのをやめて頂けませんか……」

目の前にはお父さんからの褒め言葉を待つ、お目々キラキラのアメリアちゃんがいた。

……あ、うん。確かにあの後はなかなかハードルが高いよね。

わたしはアメリアちゃんの後ろから『美人』『レディ』『大人っぽい』と、口の動きだけで、ハンス様に伝えてみる。

さすがの勘のよさですぐに助け船に気づいたらしいハンス様は、わたしの単語を繋ぎ合わせて、たどたどしいながら、どうにかアメリアちゃんを満足させる言葉を贈った。

ふぅ、いい仕事したわー、なんて思ってから、一緒に来ると思っていたエリオットがいないことに気づき、旦那様に尋ねてみる。

「お腹が空いたと言って、リックと一緒に食堂へ寄ってからこちらに来ます」

「あらら、待ちきれなかったんですね。用意してくれているメイドさん達と一緒に来るかな？」

わたしの言葉に旦那様は頷くと、改めてわたしをじっと見下ろしてきた。少し表情を曇らせて、小さな声で尋ねてくる。

「その衣装ももちろん素敵ですが、ここに来る前に仕立てた藍色のドレスを着るかと思っていました。ナコ、無理はしていませんか？　元神子として振る舞うのは好きではないでしょう」

周囲から向けられる好奇の目から少しでもエリオットを隠したい気持ちを察してくれたのだろう。

わたしが元神子って呼ばれるのもあまり好きじゃないことは分かってくれているし。

そんな旦那様の気遣いが嬉しい。

「っふふ、大丈夫です。あ、そうだ！　でもホラ！　旦那様の色は後ろにつけてもらったんですよ！」

くるりと後ろを振り返って背中を見せてから、かちんと固まった手に「あ」と思わず呟く。

そう、そこにあるのは真っ白な背中。

繊細なレースは、視線さえ感じさせる防御力ゼロアイテムらしい。

まずい、痴女扱いされる⁉

背中を向けたまま気まずい沈黙を感じていると、はぁ、と小さな溜息が聞こえた。

「……傷痕が残ってないことを示したかったんでしょうが……」

つ、と背中を撫でられて、ぴく、と肩が震える。あぶな、声出ちゃうとこだった！　朝から完全な変態になるとこだった！

「本当に……魅力的すぎて些か心配ですね。今日だけはどこかに閉じ込めてしまいたくなってしまいます」

何だか不穏な言葉を囁きながら、旦那様はわたしの腰に手を回し、するりと身体をターンさせる。

じっと見つめられながら、腰に回っていた手がだんだん上がって背中に直接触れてきて……。

ちょっと旦那様、それ以上はわたしの社会的立場が死にますが！　あっ、もしかしてわたしが羞恥心で引きこもるのを狙ってる？

これはいかんと話題を逸らすために頭を巡らせ思いついたのは、アネラに到着したその日に、ロドニー様から放たれた嫌みだった。

「旦那様！　あのっ！　メイドさん達もすっごく気合入れてくれたんで、こんなに大人っぽく美人さんになれました。これなら『子供みたいだ』って言ったロドニー様をぎゃふんと言わせられる気がしませんか!?」

わざとらしくはしゃいだ声を出せば、旦那様は一瞬固まり、それから「ほう……」と珍しい冷笑を浮かべた。

それをしっかり見てしまったらしいハンス様は「あの馬鹿息子……」と呟き、アメリアちゃんはそんなハンス様の足の後ろにさっと隠れた。

ごめん！　ロドニー様！　多分、っていうか絶対なんか言われると思うけど、ちゃんと後でフォローするから！

それからエリオットとリンさんがやってきて、驚くべきことにエリオットがすぐさまアメリアちゃんに向かって「お姫さまよりもきれい」と、はにかんだ笑顔つきの百点満点の言葉を送った。

ぱあああっと顔を輝かせたアメリアちゃんも「エリオットも可愛いし、かっこいい……」と返し、可愛く完璧なカップルが誕生した。確実に褒め言葉に関してはエリオットの完勝だろう。

そしてそんなやりとりを見ていたハンス様の顔は明らかに憮然《ぶぜん》としていて、わたしは旦那様とこっそり顔を見合わせて笑ってしまった。

＊

丘の中腹という立地のおかげもあり、解放した玄関前の庭からも坂からも、本邸のバルコニーは見えるようになっていて、記念祭はそこに立つハンス様の挨拶から始まった。

わたし達もバルコニーに出ませんか？　と誘われたので、バルコニーに出るか出ないかぎりぎりという、前領主とその家族として体裁の取れる位置に留まり、ロドニー様がしっかりハンス様の隣に立ったのを確認してからそっと後ろに下がった。

それからすぐに戻った控室の窓から見れば、街へと続く坂の両脇にも出店が並び、街の広場でも華やかな出し物があちこちで行われるらしい。まぁ当然ながら領民と観光客でごった返していて、お屋敷から出ることはできないんだけど、ここまで聞こえる楽しそうな声は、聞いてるだけでこちらの気分も明るくなる。

そして夜のパーティーのためにエリオットは少しお昼寝して、わたしもその間にメイドさん達のアドバイス通り髪型を変える。月が出た頃に家族揃って庭に出れば、既に見知った顔がお酒の入ったグラスを片手に盛り上がっていた。

特に料理長のお父さん……マックさんは、既に浴びるようにお酒を飲んでいて、足元には何本ものワイン瓶が転がっていた。

「タダ酒ほど旨いもんはないのう！」

「親父そろそろ……」

「黙れこの小僧が！　この老いぼれの味をまだ超えられん奴は黙っとれ！」

うぐぐ……と下唇を噛む料理長なんて珍しい光景。お屋敷に残ってる料理人さんや見習いさん達に言っても『まさかあの料理長がー』なんて、信じてくれないんだろうなぁ。

「お！　主役のお出ましじゃぞ！」

そして本邸から歩いてきたわたし達に気づいたマックさんが手を振り、一斉に視線が集まる。

途端、わぁぁっと歓声が上がった。

誰かが指笛を吹き、あっというまに取り囲まれてしまうけれど、押し潰したりしないように一定の距離を保ってくれていてほっとする。前のめりながらも興奮を必死で抑えてくれているんだと分かれば、やっぱりアネラには優しい人達が多いな、と嬉しくなった。

「エリオット坊ちゃん！　ありがとね！　ウチの子の火傷治してくれて！」

「坊ちゃん。うちの主人は腕をやっちまってね。鍛冶仕事はもう続けられないって真っ青になってたんだけど、今では、ほら！　あんなにピンピンしてるよ！」

「ウチの奴もそうですよ！　足をやられたんですけど、今はすっかり元気に子供の面倒見てくれてます！　昨日ウチの畑で取れたブルーベリーのジャムお持ちしましたけど、お口に合いましたか？　自信作だからぜひパンやスコーンにつけてみて下さい！」

「わたしも！　お母さんとアップルパイ焼きました！」

口々に話しかけてくるみんなに、エリオットはぱっと両手で顔を隠した。びっくりしたのかと思ったけれど、小さな指の隙間から、はにかむように笑っているのが見えてほっとする。

どうやら、ありがとう、ありがとうございます。と、何度もかけられる感謝の言葉に、照れているらしい。そんなエリオットの可愛らしい仕草に、ほわっと周囲の空気が和む。

そこにはわたしが心配していたような好奇や畏怖の視線はなく、純粋な感謝が浮かんでいた。それからしばらくエリオットへのお礼が続いて、みんなの視線が旦那様とわたしへと移った。

「ジルベルト様も、討伐お疲れ様でした。その場にいた騎士様からすごい闘いだったと聞いておりますよ」

今度は若い青年達が旦那様へ話しかける。これはいつものパターンだわ……と、思ったのは一瞬で、若い女の子達が彼らを押しのけてわたし達の前へと躍り出た。

「もうっ！　今はそんな物騒な話、しなくていいでしょ！」

「ええ。それにナコ様のドレスも素敵です！　さすが元神子様……いえ、今は夜の女神様みたいな美しさですね！」

「ジルベルト様も今日はしっかり髪もセットされていてご衣装もとっても素敵です〜！　お二人で並ぶと太陽の騎士と月の女神のようです！」

旦那様ばかりでなく、珍しくわたしも褒められて伯爵家《うち》のメイク班の技術に感謝する。

暗い中で花火を楽しむために最小限の明かりしか置かれていないけど、全身真っ白のドレスは光を集めるので月のように淡く光って、目立つのだ。わたしの目的を聞き、生地から選んでくれたメイドさん達に感謝しつつも、ここまで武装しなくてもよかったなぁ、なんて反省する。ついついエリオットのことになると身構えすぎちゃうんだよね。

ちなみに一足早く来ていたらしいハンス様は他の職人さん達と話していて、私達を見ると手を振ってくれた。ロドニー様は式典でハンス様の隣に立っていた時の落ち着きが嘘のように、何となくソワソワしている様子で、こちらをちらちら見ている。

んー？

実はお昼の式典の時からずっとこうなのだ、しかも後ろで控えていたので、面と向かって顔を合わせてもいない。

多分まだ微妙にオコな雰囲気を出す旦那様に気を遣ってるんだろうけど……でも、見たいのよね……。だって旦那様の今日の衣装は新作の礼服だもん。そりゃ穴が空くくらい眺め回したいよね。その健気な乙女思考、嫌いじゃないよ！

堂々と旦那様を見られないことに同情していると、以前食堂で会った職人さん達やその奥さん達が集まってきた。その少し向こうに、『エリオットの特殊能力を内緒にして』と頼んだマーニーおばあちゃんがいることに気づく。今日は車椅子ではなく、こちらが用意していた椅子に座っていて、その脇にはやっぱり孫のカイさんが甲斐甲斐しく料理を運んでいた。

わたしはさりげなく輪から外れて、エリオットを連れてマーニーおばあちゃんのところへ向かい、小声で話しかけた。

「マーニーおばあちゃん。お芝居まで頼んだのに結局バラしてしまってすみません」

「あらまぁ、何を謝ることがあるでしょうか。わたしは坊ちゃんのお顔も孫の顔も見れたし、嬉しいことだけですよ」

「そうですよ！　むしろ俺は顔に出るタイプなので、安心しました」

そんな優しい言葉にほっとする。そしてエリオットもおばあちゃんに頭を撫でられて、嬉しそうに笑った。

「ナコ」

そして追いかけてきたらしい旦那様の背中の向こうでは、職人さん達が口々にわたしのドレスアップを褒めてくれていた。

「じじいのくせに綺麗な嫁さんもらいやがって！」

そう言ってウリウリ肘で突かれて揶揄われる旦那様。だけど旦那様も負けていなくて、「羨ましいでしょう?」と、しれっと言い返していた。だーかーら！　旦那様、その余裕どこで身につけてきたんですか！　今までだったら「まいりましたね」なんて言って貴重な照れ顔を見せてくれてたのに……！　ああ、でも余裕のある旦那様も尊い……。

ちょっと赤くなった顔を見られたくなくて、エリオットをリンさんに任せて、ちょっとだけ人の少ない方へ向かう。離れたところからでも輝くような旦那様の美貌よ……。ついついぼうっと見惚れていると、トン、と軽く肩に誰かの腕が当たった。見上げれば、そこにいたのはロドニー様だった。

「悪い……」

同じ方向を見ていたらしく、最初はぼんやりとした謝罪の言葉が落ちてきて、顔を上げればびっくりしたような顔をしているロドニー様だった。

お、もしかして同じように旦那様に見惚れてた？　そう揶揄おうとしたところで「貴女は……」と、暗がりでも分かるくらい顔を赤くして尋ねられた。

あまりに他人行儀にそう尋ねられたので、思わず「は？」と、口から漏れた。

まぁ、暗いせいもあるけど、わたしは一際明るい白いドレスを着ているし、式典の間は顔を合わせることはなかったとはいえ、一緒にいたようなものなのに、ぱっと見て分からなかったらしい。

……もしかして今、初めてちゃんと見たってこと？　あ！　もしかして旦那様しか目に入ってなかったとかありえる！

声で分かったのだろう。目を剝いて少し離れた場所にいる旦那様とわたしを見比べて「お前……っ」と呟き、顔を引き攣らせた。

「ロドニー様、さすがに酷くありません？」

リンさん直伝の淡々とした口調でそう尋ねれば、ロドニー様はいつものように嫌みを返してくれるわけもなく、何故か気まずそうに口元を覆って視線を逸らした。

そして「……化粧で分からなかった。……悪い」と、素直に謝罪してきた。

おっ、あのツンツンのロドニー様が一瞬で謝ったよ！　ふふふ……これは実質完敗宣言だよね！　そうでしょ！　わたしだって分からないくらいに美人でしょうとも！　伯爵家《うち》のメイドさんのメイク技術に驚き恐れ慄くがよい！　チョット忘れてたけど旦那様に相応しくないって言われたこと、まだ覚えてるからね？

「どうでしょうか？　見た目だけでも少しは旦那様と釣り合いが取れましたか？」

にっこり微笑んで、気取って淑女の礼を取ると、ロドニー様は言葉を失ったように黙り込んでしまった。

わたしだって一応王都の社交界に身を置く伯爵夫人なのだ。やればできる。

あとはさりげなく背中を見てもらって安心してもらえれば、ミッション成功だ。

じゃあ、と背中を向けると、すぐ近くでゴクリと息を呑む音がした。ちらりと振り向けばロドニー様がばっと顔を逸らした。

ん？　背中、やっぱり開きすぎかな？　いやでもロドニー様以外、みんな綺麗だって褒めてくれたし、こんな明け透けな反応はなかったな。むしろ初々しい？　……もしかして青少年には刺激が強かったとか？

「……」

いやいやまさか。案外可愛げもあったロドニー様だけど、わたしにそっち方面の感情を持つわけがないし、領主邸のメイドさんの中にも、わたしよりはるかにかわゆい若い女の子はいるし。アレだな。これは『破廉恥』とか『痴女』だとか騒がれる前兆かもしれない。

早急に暴言が吐けない安全地帯に急がねば、と、急いで旦那様のもとへ戻ろうとしたところで、わぷ、と再び誰かに……いや、この包容力と筋肉の硬さで分かる。いつのまにかすぐ近くにいた旦那様にぶつかってしまった。

「――ごきげんよう、ロドニー。随分私の美しい妻に見惚れていたようですね？」

口元に笑みを湛えながら、そう尋ねる旦那様の瞳は完全に笑っていない。

むしろ剥き出しの肌に鳥肌が立ちそうなほどの冷気がわたしを通り越して、ロドニー様へと向けられていた。

これはまずい。わたしが控室で話題を変えるために口にしたあの話のせいなのは間違いない。旦那様ってば、わたし以上に気にしすぎだってば！

そして、旦那様のことに関してだけは勘が働くらしいロドニー様は、不穏な空気を察して、オロオロし始めた。少し赤かった顔がみるみる信号のように青くなっていく。

「あ、その……そう、ですね……」

「そうでしょう」

言葉の最後に被せるように同意した旦那様はわたしの腰に手を回すと、ダンスをしているようにくるりと身体を半回転させた。つまり顔はロドニー様、背中は旦那様の方に向けられ、何だかもたれかかっているような格好だ。旦那様の身体で完全に背中が隠れてしまっている。

旦那様にじとっと非難の目を向けても、にこりと浮かべた微笑みで誤魔化されてしまう。うっ……これだから顔のいい人は！　ただでさえ破壊力が凄《すさ》まじいのに至近距離で微笑むとか……！

くっと俯いて衝動をやり過ごし、改めて周囲を見渡す。

……まぁ、護衛の騎士さん、使用人さん達には式典の時に、早い段階で見てもらえただろうし、職人さん達にも、ロドニー様にも見てもらったし、ここはよしとしよう。

旦那様の静かな威圧に、逃げることも反論することもできないロドニー様は直立不動のまま……なんならちょっと目が潤んでいる。そんなロドニー様の隣に呆れ顔のハンス様が立った。

「ナコ様、ジルベルト様、こちらにいらっしゃいましたか」

ハンス様の左手はアメリアちゃんが握っていて、反対側はエリオットの手と繋がっている。

どうやら連れてきてくれたらしいけど、珍しいスリーショットだ。

「二人とも花火はナコ様達と一緒に見たいと言っていたので、連れてきました」

「お母さま、お父さま」

そう呼ぶとエリオットはわたしに向かって走ってくる。

旦那様はやっとわたしを解放すると、すっとエリオットを抱き上げた。片腕に乗せて「人が多いところでは走ってはいけません」と注意してハンス様に向き直る。

「わざわざ悪かったですね。ありがとうございます」

「いえ、改めてナコ様とエリオット様にお話がありましたから」

「お話？」

ええ、と頷いたハンス様はロドニー様に視線を流す。途端、ロドニー様ははっと我に返ったように、さっきまでの情けない顔から一変、きりっと真面目な顔を作った。

「ナコ様、エリオット様、領民を助けて下さってありがとうございました」

「それにアメリアに先を越されたようですが、花火を上げることを許してくれたことに関してもお礼を申し上げます」

ハンス様が深々と頭を下げると、ロドニー様もすっと背筋を伸ばして礼を取る。アメリアちゃんも真似をするように頭を下げた。リンさんが教えた淑女の綺麗なお辞儀だ。

「ロドニーともお互い反省をして、これからの領地について、そしてお互いに足りない部分は何かと冷静に話し合いました。これもナコ様のおかげです」

「何か言いましたかね……？」

少し考えて問い返す。だって冷静に話し合え、なんて言ったことはなかったはず……。アレかな？二言目にはロドニー様はハンス様の心配ばかりされてるって話をしたっけ？　だけどそれだけだ。

改めてお礼を言われることでもないけどなぁ、と苦笑いしていると、アメリアちゃんがわたしの隣にちょこんと立って、二人を見やって、まるで大人のように大袈裟に溜息をついてみせた。

「ナコさま、お父さま達ね、机のまんなかにお母さまの姿絵をおいて、お話ししてたんです」

思いがけない密告に、ハンス様は気まずそうな顔をし、ロドニー様はぐっと眉間に皺を寄せた。むっつりとして、アメリアちゃんの首根っこを摑んで「余計なことを言うな」とらしくない小さな声で反論している。

少し前からそうだったけれど、今日は一段とハンス様もロドニー様もすっきりした顔をしている。でも真ん中にメアリー様の姿絵って……その光景を思い浮かべれば、なかなかシュールな絵面だなぁ。きっとお互い冷静でいるために必要だったんだろう。

そしてこの感じだと、きっと近い内にその真ん中にいるのはメアリー様の姿絵じゃなくて、アメリアちゃんになるに違いない。想像してみると本当の家族という感じがして、なんというか温かい気持ちになった。

アメリアちゃんの頭を撫でていると、不意にロドニー様が顔を上げ、ちらりとわたしを見てから、踏ん切りをつけるように咳払いをした。

「……今まで失礼なことを言って申し訳ありませんでした」

――え、こわっ！

思わずそんなことを思ってしまうのは、もう条件反射だろう。

「……アメリアも庇って助けてもらった時のナコ様はとても勇敢でした。そんな貴女こそジルベルト様に相応しいと認め……いや、思います。それに今日の姿も美しいと、思いますから、……前言撤回、します」

「……」

思わずぽかんと口を開けてロドニー様を見つめる。

いやだって、なんか各所で言い淀んではいるけれど、あの嫌みからのコレだからね！　やっぱりメイドさん達に頑張ってもらった甲斐があった……いやいや、なんか後ろからひんやりとした冷気を感じるよ！　うん、旦那様、思い出しむかつきしてますね⁉　しかも最後の一言でいっそう空気が冷えるとか、貶されても褒められても嫌なんですか？

そう突っ込みつつも、わたしの心は晴れやかだった。最初に認められなかったからこそ、感激もひとしおだ。だってきっと、ロドニー様みたいに思っている人なんて、王都はもちろん、きっとアネラにもいると思うんだよね。全員に認められたいなんてさすがに思ってはいないけど、そういう人達に対して対抗する最初の一歩を踏み出せた感じがする。

嬉しくなったわたしは、少し前に旦那様達と話していたことを言葉にした。

「ロドニー様。もしよかったらアネラ領を継ぐ前に、アメリアちゃんと一緒に王都に遊びに来て下さい」

うん、まだ若いんだから一か所に留まるより広い世界で、色々経験するのもいいんじゃないかな？　アネラの次期当主として王都で人脈を築くのもいいだろうし、何より推し……もとい憧れの旦那様と一つ屋根の下で生活できるとか幸せすぎない？

まぁ、完全にアメリアちゃんの付き添い要員だけど。いや、貴重な旦那様《推し》の魅力について新しい情報を齎《もたら》してくれる貴重な人材だし、何より旦那様について語るのはとても楽しい。……まさしく昨日の敵は今日の友……。

「いいですよね？　旦那様」

「……ええ、ナコが、それでいいのなら」

思わせぶりに言葉を途切らせるのが気になるけど、苦笑いで気づかなかったフリをする。

だけど、エリオットを抱っこしたままの旦那様から、頭のてっぺんに、ちゅっと唇を落とされたのが分かってふにゃふにゃに溶けかける。ファンサ……もとい、今日はスキンシップが一段と激しくて情緒が爆発しそう。いやいや、今はスライムになってる場合じゃないし。

ふと、ロドニー様を見れば、不快というよりは戸惑ったような表情でわたし達を見つめていた。胸に手を当てて小首を傾げているのがよく分からないけど、イチャイチャしてんじゃない！　と思ってるんだろう。

「ロドニー様？」

首を傾げて見上げれば、ロドニー様は今までの落ち着きが嘘のように、うわ、と後ろに引いた。その顔はまだ少し赤くて、眉尻が情けなく下がっている。

「……あまり、その……近づくな」

失敬な！　と思うと同時に旦那様の手が再び腰に回る。

そしてさっきから料理長お手製のターキーを頬張りながらすぐ近くで見ていたリックが、ぽそりと呟いた。

「うわぁ、修羅の道……」

修羅……ええハイ。わたしが教えました。っていうか、わたしロクな言葉流行らせてないな……。っていうかリック、それ今使うトコ？

思わず訂正しそうになったけれど、ハンス様も微妙な顔をして、「お前いくらなんでもそれは……」と、こめかみを押さえていた。

これはハンス様が困り切った時に見せる表情の一つだけど……んん？　え、もしかしてロドニー様、わたしのこと意識してらっしゃる……？

「……」

いやぁ……さすがの特殊メイク技術としか言いようがない。元がのっぺり平面的顔だから、メイクがめちゃくちゃ映えるんだよね。今はギャップの激しさに驚きすぎて冷静に判断できてないだけだろうし、なんだかんだと恋愛沙汰にしようとするのは、一定の年齢を超えた人間の悪い癖だと思う。自戒を込めて断言しよう。

――明日すっぴんを見たら正気に戻って八つ当たりされる。うん、間違いない。

「王都にいらっしゃったら、旦那様とエリオットで家族みんなで案内しますね！」

一応、保険をかけてそう言ってから、これ以上ややこしいことにならないように、腰に回っていた旦那様の腕にしがみついて身を寄せた。

旦那様も少し落ち着いたのか「では」と挨拶して、エリオットを抱っこして花火の見える場所に移動する。

「もうすぐ花火が上がるぞ！」

そんな誰かの声に、みんなの視線が一斉に空へと向けられた。

少し遠くから花火玉が打ち上げられる独特な音の後、夜空にどぉんと大きな音と共に色鮮やかで大きな花が咲く。

エリオットの瞳は色とりどりの花火の光でキラキラ輝いていて、釘づけだった。怖がっている様子もないし、周囲のみんなも初めて見る花火を目に焼きつけようと、夢中で夜空を見上げている。

平気そうでよかった、と心の中で胸を撫で下ろしたところで、同じようにエリオットを見ていた旦那様と目が合った。

お互いくすりと笑い合って、どちらからともなく旦那様はわたしの腰を抱き寄せ、わたしは旦那様の腕にぴったりとくっつく。

そうして親子三人で寄り添いながら、生きてきて一番綺麗だと思った花火を、大事な家族と見られる幸せを噛み締めたのだった。

残り物には福がある。5

著者　日向そら

2023年5月5日　初版発行

発行人　藤居幸嗣

発行所　株式会社 J パブリッシング
〒102-0073　東京都千代田区九段北3-2-5 5F
TEL 03-3288-7907　FAX 03-3288-7880

製版　サンシン企画

印刷所　中央精版印刷株式会社

ISBN：978-4-86669-568-6
Printed in JAPAN